書下ろし

狐花火《きつねはなび》

羽州ぼろ鳶《とび》組⑦

今村翔吾

祥伝社文庫

目次

【登場人物紹介】

新庄藩《しんじょう》火消《ひけし》《羽州《うしゅう》ぼろ鳶《とび》組》
頭取《とうどり》　松永源吾《まつながげんご》
源吾の妻　深雪《みゆき》
源吾の息子　平志郎《へいしろう》
頭取並《なみ》　鳥越新之助《とりごえしんのすけ》
壊し手組頭《くみがしら》　寅次郎《とらじろう》
纏番《まといばん》組頭　彦弥《ひこや》
風読み　加持星十郎《かじせいじゅうろう》
一番組組頭　武蔵《たけぞう》

新庄藩
御城使《ごじょうし》　折下左門《おりしもさもん》
御連枝《ごれんし》　戸沢正親《とざわまさちか》

加賀鳶《かがとび》
頭取　大音勘九郎《おおとかんくろう》
頭取並　詠兵馬《ながめひょうま》
二番組組頭　清水陣内《しみずじんない》

町火消に組
頭　辰一《たついち》

麹町定火消《こうじまちじょうひけし》
頭取　日名塚要人《ひなづかかなめ》

仁正寺《にしょうじ》藩火消
頭取　柊与市《ひいらぎよいち》

町火消よ組頭　秋仁《しゅうじん》

町火消い組頭　漣次《れんじ》

町火消け組頭　燐丞《りんじょう》

新米鳶
慎太郎《しんたろう》
藍助《あいすけ》

老中《ろうじゅう》　田沼意次《たぬまおきつぐ》

御三卿《ごさんきょう》一橋《ひとつばし》家　徳川治済《とくがわはるさだ》

元花火師　秀助《ひですけ》（真秀《しんしゅう》）

「狐花火 羽州ぼろ鳶組」の舞台
加賀藩上屋敷
不忍池
浅草寺
水道橋御門
神田川
隅田川
本所
駿河台
飯田町
番町
小川町
神田・日本橋
両国橋
回向院
江戸城
日本橋
日本橋横山町鍵屋
新大橋
麴町
八丁堀
永代橋
深川
新庄藩上屋敷
増上寺
北
西
東
南

序章

夜の闇《やみ》を纏《まと》って駆けた。頬《ほお》かむりを剝《は》ぎ取る。白い息が宙に浮かび、それを置き去りにして行く。怒号《どごう》、喧騒《けんそう》からは随分《ずいぶん》離れた。跫音《あしおと》も聞こえない。どうやら撒《ま》いたようだ。

――何なんだ。あいつは。

白い息の隙間に舌打ちを挟んだ。全てが予想外であった。今宵《こよい》も滞《とどこお》り無《な》く火を掛け、今頃は酒を呷《あお》って眠っているはずではなかったか。それなのに突如《とつじょ》、どこからともなく現れた大勢の捕方《とりかた》に囲まれた。何とか虎口《ここう》は脱したものの、何人かが斬《き》られ、己を逃がそうとした者たちも捕まっただろう。残ったのは己一人かもしれない。だが、そのことに何の感傷《かんしょう》も抱いてはいなかった。奴らを仲間などと思ったことはない。目的が共通している。ただそれだけのことである。

探索の手が迫っているとは聞かされていたが、ここまで見事に罠《わな》に嵌《は》まるとは奴らも思っていなかったのだろう。

——火付盗賊改《ひつけとうぞくあらため》方《かた》である！　神妙《しんみよう》に縛《ばく》に就け！

雷鳴の如《ごと》く鋭《するど》く叫んだ男を思い出し、躰《からだ》を震わせた。

「あれが鬼の平蔵《へいぞう》か……」

この神無月《かんなづき》（十月）、火付盗賊改方の長官に就任した長谷川《はせがわ》平蔵はかなりの辣《らつ》腕《わん》で、着任後、早くもいくつかの事件を解決しており、市井《しせい》では「鬼の平蔵」の名で呼ばれていると知っていた。あの平蔵ならば鮮やかな手並みも納得出来る。

鬼が出たことよりも、驚いたことがあった。

——捕方の中に火消《ひけし》がいた……。

と、いうことである。それも並の者たちではない。どいつもこいつも一級の腕を持っていた。中には見覚えのある顔もあった。あれはそう、確か火消の王とも称される加賀鳶《かがとび》の大頭《おおがしら》、大音勘九郎《おおとかんくろう》だったはず。己がまだ独り身であった頃、下谷《したや》の火事で他家の武家火消をも束ねて消火に当たっているのを見たことがある。平蔵は捕まえる前に火を付けられることも想定し、優秀な火消を連れて来たということになる。

「腐れ火消め……」

怒りが腹の底から湧き上がってくる。今、脳裏《のうり》に思い浮かべているのは大音勘九郎ではなく、別の火消の顔であった。

その火消が己の「九尾《きゅうび》」を止めた。

「九尾」は、己が編み出した最高の業《わざ》である。種火を用いずに炎を生み出せるのだ。量を調節して放置することで、時を計って自然に発火させることも出来る。さらに何一つ証拠を残さず、まさに怪火と言うに相応《ふさわ》しい。

故に己は伝説の大妖、九尾の名を当てた。そしてこの九尾、まだまだ改良の余地があると考えていた。

九尾の作り方は極めて複雑である。己でさえも誤る可能性があり、その製造工程を帳面に記して、未《いま》だそれを見ながら作っている。一歩間違えば途中で爆発しかねない厄介《やっかい》な代物《しろもの》だった。さらに完成してからもその性質は不安定で、木の箱にでも入れようものならば火を噴いてしまう。鉄器に入れて保存しなければならないし、試したことはないが、それでも夏の陽《ひ》射《ざ》しに長く晒《さら》せば発火するかもしれない。とにかく扱いが難しい。

九尾を止めたあの火消が用《もち》いたのは、塩であった。

九尾は無数の粉である。それが宙の中に含まれる「何か」と反応し、一粒一粒が熱を持つ。ただそれだけでは発火に至らない。粒同士が擦《こす》れ合い、熱を補《おぎな》い合うことで炎に化ける。塩はその粒の接触を阻《はば》んだのだ。口振りから察するに、あの火消の後ろにいた赤髪の男が見抜いたらしい。相当な知恵の持ち主である。

そして、塩を撒いて向かって来たあの男の胆力《たんりょく》に舌を巻いた。絶対に止められるという保証はないのだ。赤髪を信頼しきっていたということか。

不思議な目をした男だった。火消のくせに、炎への恐れが籠《こも》った目をしていた。そして同時に焦《こ》がれているようにも思えた。

故に逃げる隙を作ろうと、

――火が怖いか火消。だが、その目の奥は輝いているぞ。

と、口走ったのである。それは効果覿面《てきめん》で、確かに動揺が見られた。やはり不思議な火消であった。

――ちりん、ちりん。

無我夢中だったから気付かなかった。中帯に括《くく》りつけていたのがずれたか、鈴が高い音色を奏《かな》でていた。きゅっと胸が締め付けられる。

――お糸《いと》……。

お糸の命を奪った鍵屋《かぎや》に能《あた》う限りの恐怖を与えた上、同じように焼き殺す。備えを怠《おこた》ったせいで見殺しにした火消どもを根絶やしにする。それが今の己の唯一の望みであった。全てが終わればもう生きているつもりはない。

火は多くのものを与えてくれた。火の美しさに魅了され、花火師となった。誰も見たことがない色を、象形《かたち》を、それを追い求めることだけに没頭した。

大切な者に巡り合わせてくれたのも、また火であった。お香《こう》は火を美しいと言ってくれ、それしか能の無い男に恋してくれた。そして何ものにも代《か》え難《がた》いお糸を授かった。

しかし、火は己から全てを奪った。清吉《せいきち》の無謀な花火は、お糸の命を奪い。失意のお香は井戸に身を投げた。その復讐にまで火を使う己は、やはり火に囚《とら》われているのかもしれない。

——ちりん、ちりん。

お糸がもう止《や》めてと言っているように聞こえた。生きていればそう言うに違いない。それでも止められぬ。憤《ふん》怒《ぬ》、後悔、憎《ぞう》悪《お》がこの躰を突き動かす。

——誰か俺を止めてみろ。

そう心中で嘯《うそぶ》いた。その時、何故《なぜ》か先ほどの火消の顔が思い浮かんだ。

喧騒はもう聞こえない。辺《あた》りは静寂に包まれている。己の駆ける跫音、そして哀しいほど綺麗な鈴の音だけが聞こえる。

ふと立ち止まって振り返ると、東の空が薄《う》っすら白んでいた。明日が来る。だがその明日に愛《いと》しい者はいない。秀助《ひですけ》は明日に背を向け、再び西へと駆け出した。

第一章　蠢《うごめ》く

一

――己は何のために生きているのか。

その疑問を初めて抱いたのは十二の頃であった。

己の一日はさる御方の「模倣《もほう》」で成り立っている。

毎朝の目覚めは決まって卯《う》の刻（午前六時）である。その日の宿直《とのい》の小姓《こしょう》が、

「もうー」

と、大音声《だいおんじょう》で呼びかけて来る。もうお目覚めの時です。それを略してそのように言うらしいが、実際のところ真偽のほどは判《わか》らない。

寝所を出ると、まず水で口を濯《すす》ぐ。次いで房楊枝《ふさようじ》で歯の汚れを落とし、顔を洗う。これは何もそう特別なことではないだろう。

次に自室に戻り朝餉《あさげ》を摂《と》る。給仕《きゅうじ》の者はいるが言葉を交《か》わすことはない。飯を

おかわりしたい時などに僅《わず》かに声を掛けるが、向こうは短く返事をするのみで会話にはならない。話すことを禁じられているのかもしれないし、そうではないかもしれない。ただ初めからこうであったし、己も給仕の者も、やはり真偽のほどは判らない。ただこれも模倣の一環なのだろう。

朝餉の途中に御髪番《おぐしばん》と呼ばれる者が入って来て、これも無言で月代《さかやき》を剃《そ》り、髷《まげ》を結い直す。飯ぐらいゆっくり食いたいものだが、決まっているため仕方がない。

朝餉が終わると次は医師が現れる。体調に異変がないか、脈を取って毎日確かめるのである。そして、たとえ些細《ささい》なものでも異変があればすぐに薬が処方される。

これが終わればようやく着替える。それも裃袴《かみしもはかま》を着けなければならない。先祖の位牌《いはい》に朝の挨拶《あいさつ》をするのだ。

ある日、ふと思った。

——これは誰の位牌だ。

謂《い》わば己は、分家の分家という立場である。先祖の位牌は直系の本家が守っている。己の家は父が初代であり、その父もまだ健在なのだ。これが模倣だと言うならば、この位牌も本家の模造なのか。

辰《たつ》の刻（午前八時）の頃には、正室《せいしつ》に挨拶をする「総触《そうぶ》れ」と言う儀式を行う。正室の在子《ありこ》は京から今より七年前の明和《めいわ》四年（一七六七）十二月四日に嫁《とつ》いできた。二人の間に子はいない。いわゆる政略結婚である。だからといって子を作ろうとしなかった訳ではなく、出来なかったのだ。

それで側室《そくしつ》を持った。昨年、側室との間に初めての子、豊千代《とよちよ》が生まれた。まだ子は生《な》さねばならない。そのためにさらに側室を増やすように言われている。

——それが私の唯一の生きる意味。

そう思い極めている。

現に午前にそれらのことを終わらせれば、昼から己にすべきことは何一つない。気儘《きまま》に書を嗜《たしな》んだり、書物を読んだり、あるいは弓を引いてみたり、代《かわ》り映《ば》えの無い日々をあと何百、何千送らねばならないのか。

変化があるとすれば、毎月の朔日《ついたち》、十五日、二十八日、後は五節句の日である。昼からひっ切りなしに人が訪ねてくる。儀礼的な挨拶だけして帰っていく者が殆《ほとん》どだが、中には雑談をしていく者もいる。それが向かい合わせの鏡のような毎日の中では、なかなかに楽しいものだった。だがそれも、己の一生に疑問を持った十二歳までのこと。

――生きる意味が欲しい。

その想いが己の中で燻《くすぶ》るようになったのである。

十四の時に父が帰らぬ人となり、跡目を継ぐことになった。人は美味《うま》い物を食い、よい女を抱き、心地よい家に住まい、眠る。それらの欲求を満たすために働くと聞いたが、ぴんと来なかった。それらのものは、生まれた時から全て持っていた。ただ為すべきことだけが欠落していた。

では何をすれば生きていると実感出来るのか。己の心に問いかけてみた。何夜も布団《ふとん》の中で問いかけた結果、一つの答えが返って来た。

――天下を獲《と》れ。

確かにそう聞こえた気がする。心が答えたのか。いや、己の中に流れる「血」が答えたのかもしれない。

こうして十四歳にして己の人生の主題が定まった。だがこの泰平《たいへい》の世に、どのようにして天下を獲ればよいのだ。まさか挙兵《きょへい》して事を起こす訳にはいくまい。手立てに関しては大いに迷った。方々《ほうぼう》から著名な学者を呼び寄せ、様々な知識を取り入れた。何か糸口が見つかるかもしれないと考えたのである。

貪《むさぼ》るように得た知識は、思いがけないことにも気付かせてくれた。

――いずれ徳川《とくがわ》は亡《ほろ》びる。

と、いうことである。百年後、いや数十年後かもしれない。己の考えが正しいのならば、徳川幕府はいずれ崩壊することになる。別に幕府に忠義の心は無い。だが今、己が獲らんとしているものが消え去るのは困る。幕府が生き残る道はただ一つ。今、己が政《まつりごと》を執《と》ればまだ間に合う。

そして明和五年（一七六八）、今から六年ほど前に一つの結論に辿《たど》り着いた。

――豊千代を将軍にする。

自分が将軍になることはもはや無理でも、嫡男《ちゃくなん》を将軍に出来る望みはある。そして己はその実父として権勢《けんせい》を握る。これは決して簡単ではないが、出来ないことではない。しかし己の身分では政治に関わることは出来ない。意のままに操れる者どもが必要であった。

幼い頃は楽しみにしていた月に数度の機嫌伺《きげんうかが》い、これを最大限利用することにした。

――なるほど、こんな阿呆《あほう》がこの国を動かしているのか。

奉行《ぶぎょう》、若年寄《わかどしより》、果ては老中《ろうじゅう》まで、どいつもこいつも頭の回転が鈍《にぶ》い。よくぞこれで天下の政を行えるなと呆《あき》れた。他者と比べることが無かったから、あるいは己が飛び抜けて聡《さと》いということも考えられる。ともかくどの者も阿呆に見えて仕方がなかった。

彼らの政の悩みを聞いてやり、出世のための助言をし、己の息の掛かった者を着実に増やしていった。だがたった一人、例外がいた。

明和四年に側用人《そばようにん》に取り立てられた田沼意次《たぬまおきつぐ》という男である。政で悩むどころか、むしろ遥か先まで見据える才覚を感じさせる。立身出世も己の力で成し遂げるという強い意志を感じた。弱みを握ろうと、探らせたが、どうもそのようなものも出てこない。阿呆ばかりと侮《あなど》っていた幕臣《ばくしん》たちの中で、異彩を放ち続けていた。ある日、田沼が挨拶に来た時、口辺《こうへん》に深い皺《しわ》を浮かべながら言った。

「ちと、遊びが過ぎますぞ」

こいつは全てに勘付いている。一言でそう察した。

——面白い。

心が浮き立つのを感じた。田沼は着実に出世を重ね、遂《つい》には老中にまで上り詰めた。しかも己に匹敵《ひってき》する派閥《はばつ》を形成しつつある。何とかこれを失脚させる術《すべ》は無いかと考えた。

田沼は経済に精通していた。独自の政策を次々に打ち出し、低迷していた景気も上向きつつある。これが為政者《いせいしゃ》田沼の最大の強みであり、弱みだった。つまり景気が再びどん底まで落ちれば、田沼も老中の席から転がり落ちるのだ。景気を厳冬《げんとう》の如く冷え込ませる。そのために何をすればよいか。

――なるほど、この手があったか。

江戸を焼く。それが最も簡単で、最も効果を発揮する。これを田沼が聞けば何と言うだろう。

「それではむしろ景気が良くなりますぞ」

などと、ほざくに違いない。確かに多くの建物が焼ければ、再び建て直す必要があり、多くの金と人が動き、一時的に景気は活性化するだろう。だが己が見つめているのは「その先」なのだ。

江戸で火事を引き起こすために様々な人材を集めた。武士、町人、職人、猟師、身分にかかわらず、一芸に秀《ひい》でた者はどんどん抱え込んでいった。例えば藤《とう》五郎《ごろう》など元は女衒《ぜげん》だった。人の心の闇《やみ》を覗《のぞ》くことに長《た》け、そこを狙い定めて巧《たく》みな話術で篭絡《ろうらく》する。その技を評価して雇った。

藤五郎はなかなか良い働きをした。各地の有能な人材を口説《くど》き落とし、己の配下に引き込んだ。火を操る天才、花火師の秀助などはその収穫の最たるものだった。

──忌々《いまいま》しい。

火消《ひけし》。己の計画にとって最も邪魔な存在である。秀助をもってしても江戸を完全に焼き払うことは出来なかった。藤五郎はその秀助に裏切られて絶命した。残った配下も武家火消の活躍によって捕えられ、当時火付盗賊改《ひつけとうぞくあらためかた》方長官だった長谷川平蔵の拷問《ごうもん》を受けることになった。その者たちは己が黒幕だと口を割ったらしいが、何の証《あかし》も無い。

新規雇いの者だけでなく、以前より自身の領地から召し抱えていた者もいた。風早甚平《かざはやじんぺい》などはその代表格である。風早は浪人の子であった。父親は賭場《とば》の用心棒をして金を得ており、居候《いそうろう》していた商家の奉公人に子を産ませた。物心ついた時にはすでに母親は死んでおり、父親も賭場での諍《いさか》いに巻き込まれて呆気《あっけ》なく死んだ。風早は浮浪の子となった。己の父は何の気まぐれか、そんな風早を当家の下男として剣を学ばせた。風早は天稟《てんぴん》の剣才があったようで、無外流《むがいりゅう》を学び、めきめきと実力を付けた。父の死後、風早を護衛として士分に引き上げたのは己である。その風早も討ち取られた。またしても武家火消に。それも同じ家の者である。

――ぼろ鳶め。

藤五郎、秀助、風早甚平、稀有《けう》な才を持った駒を失った。当面は新たな人材を集めることに集中せねばならなかった。

「清武《きよたけ》でございます」

襖《ふすま》の向こうで近習《きんじゅ》の清武仙太夫《せんだゆう》の声がした。清武は藤五郎が担《にな》っていた勧誘役、風早が担っていた実行役、今はその二つを兼ねている。愚かでもないし、剣もそれなりに遣うが、二人に比べれば力は数段落ちる。

「入れ」

襖がすうと開き、清武が居室に入って来た。頬骨《ほお》が大きく突き出し、顎《あご》は鋭角《えいかく》、異相の部類に入るだろう。

「整いましてございます」

「左様《さよう》か」

今日は客間で人と会うことになっていた。清武が見つけて来た人材は小物ばかりで役に立たない。あるいは悪になり切れない者で、最後の詰めで失敗している。本荘藩《ほんじょう》の鮎川《あゆかわ》某《なにがし》もあと一歩のところで止められた。

かくなる上は自ら見つけるしかないと思い定めた。市井《しせい》の噂は全て己の耳に入れるように命じ、これはと思う者に声を掛けさせた。その者たちが客間に控えている。

「よし。あとの二人は見つかったか」

「はい……うち一人は見つかりました。しかし、申し上げにくいのですが、不調に終わりました」

「ほう。どちらだ」

「檜谷京史郎《ひのきやきょうしろう》にて」

昨年、京の六角獄舎《ろっかくごくしゃ》で火付けがあった。下手人《げしゅにん》は火車《かしゃ》と呼ばれた職人だったが、黒幕が土御門《つちみかど》の連中だということは解っている。騒動に乗じて、獄舎から多くの悪人が逃げた。その中に檜谷京史郎、通称「首狩り」京史郎がおり、己の手駒に加えたいと思っていた。

「迎えに差し向けた二人のうちの一人が、断った檜谷にさらに迫ったところ……首を落とされましてございます。残りの者は這《ほ》う這うの態《てい》で逃げ帰ったという始末」

「ふざけたことを。まあよい……剣客のあてはまだある。残りの一人を探せ」

「は……承知致しました」

「では、行こう」

膝《ひざ》を立ててゆっくり立ち上がると、清武に先導させて廊下を行く。

「のう、清武。ところで例の帳面はどうなった」

「それが……皆目《かいもく》解らず」

「客間の者もか」

客間で引見《いんけん》する者は二人。一人は、その「帳面」について何らかの情報を持っているると予想していた。

「はい……書いているのを見たことは確かなようです。しかしその後は……」

「そうか。引き続きそちらも探せ」

「仰《おお》せのままに」

清武は低く答えた。客間につくと、清武が中に一声かけて襖を滑らせる。

二人の男が待っていた。一人は若い男。年の頃は三十を少し出たところか。こちらの姿を認めると、素早く両手を畳について頭を下げ、畏縮《いしゅく》しているのか、平伏の格好を取った。

もう一人は横目でちらりと見る。こちらは齢《よわい》五十に近いように見える。対照的に慌てる素振《そぶ》りは見せず、背筋を伸ばしたままゆっくりと頭《こうべ》を垂れた。

上座に腰を下ろし、短く言い放つ。

「面《おもて》を上げよ」

若い男はすぐに顔を上げ、年嵩《としかさ》は躊躇《ためら》う素振りを見せる。高貴な者に遠慮するのは武家の礼法である。若い男は町人、年嵩は武士というように、これで二人の出自《しゅつじ》が解る。己が見込んで呼びつけた者なのだから、名は勿論《もちろん》のこと、彼らの素性《すじょう》もよく知っていたが、このように人を観察するのが好きであった。

「余計な儀礼はよい。これからは配下……いや、私の手足となって働いて貰《もら》うのだからな」

そう言うと、年嵩の男もすぐに考えを改めたか顔を上げる。二人の男を交互に見て、口元を緩《ゆる》める。そして深く息を吸い込むと、鷹揚《おうよう》な調子で言った。

「よく参った。民部卿《みんぶきょう》、一橋治済《ひとつばしはるさだ》である」

二

弥生《やよい》（三月）も間もなく終わろうとしている。

非番の昼前、新庄《しんじょう》藩火消頭松永源吾《まつながげんご》は縁先で煙草《たばこ》をくゆらせていた。春の光る風は、煙をすぐに解《ほぐ》して宙へと溶け込ませていく。近頃では朝方の冷え込みもなくなり、うららかな日が続いている。陽気に誘われて瞼《まぶた》が重くなる。一眠りしたいところであるが、この後は御城使《ごじょうし》折下左門《おりしもさもん》と火消頭取並《とうどりなみ》の鳥越新之助《とりごえしんのすけ》が訪ねて来て、打ち合わせをすることになっている。非番でもやらねばならぬことは山積《さんせき》していた。

小さな庭を見渡しながら、源吾はふと気に掛かって妻の深雪《みゆき》を呼んだ。

「深雪！」

「いかがなさいました」

深雪は息子の平志郎《へいしろう》を抱いて現れた。平志郎は寝起きのようで、薄い髪が汗でぺったり額《ひたい》に引っ付いている。

「面妖《めんよう》なことが……庭に見たこともない木がある」

庭の隅に木があり、白い花が咲いている。昨年までは確かになかった。どこから種が飛んで来たのかとも思ったが、一年でこれほど大きく育つはずが無いと思い直したのだ。

「はい。あの木ですね。それがどうしたのです？」

「何者かが我が家に入り、勝手に植えたのやもしれぬぞ」

「何のために」

「解らん……くそ、何が目的だ」

源吾は片膝を立て、他にも変わったことがないかと周囲を見渡した。

「先月から植わっています」

「何……何故《なぜ》早く言わなかった」

「だって、私が植えて貰ったのですから」

「え、そうなのか」

源吾は振り返って目を瞬《しばた》かせた。

「はい。あれは山査子《さんざし》の木です」

「さんざし……？」

「はい。後に赤い実をつけ、それが薬となるのです」

　山査子は大陸から伝わった木であり、その実は食あたりに効果を発揮する加味《かみ》平胃散《へいいさん》、啓脾湯《けいへいとう》などの漢方薬の原料になるという。また蘭方《らんぽう》では心ノ臓の弱りを改善すると言われており、こちらでも薬の一種として用いられているらしい。

「それが何故うちに……」

「山査子はまだ数が少なく、漢方医に高く売れるのです」

「なるほど」

　売ると聞いて妙に納得してしまった。深雪らしいことだ。

「それにしてもそのような珍しい木、どこから手に入れた」

「曙山《しょざん》さんを覚えておいでですか？」

　深雪が近頃親しくなったという絵師である。星十郎は、久保田《くぼた》藩主の佐竹義敦《さたけよしあつ》と号が同じなどと案じていたが、まさかそのようなこともあるまい。この曙山が絵の見本に使っていた、江戸では冬を越せぬ菩薩花《ぼさつばな》を譲《ゆず》り受けて来たことがある。そして深雪は、もう一人の子のように甲斐甲斐《かいがい》しく世話を焼き、見事菩薩花に冬を越えさせた。

「久保田藩出身の絵師という。なるほど、その御方に頂いたのか」

「いえ、曙山さんも元々別の方から菩薩花をお譲り頂いたという話も覚えておいですか？」

「確か……しまづ殿」

「はい。曙山さんの工房に差し入れをした時、その島津又三郎《しまづまたさぶろう》さんという御方がおられたのです」

菩薩花は寒さに弱い。故に冬場は常に部屋を暖かくしておかねばならないのだ。曙山は、深雪が菩薩花に抱いた憐憫《れんびん》をおおいに気に入ったらしく、炭代の提供という形で協力を申し出た。以降、深雪はそれを受ける代わりに、何度か差し入れや裾分けに訪れている。

「へえ……その方が」

「中々変わった方でした」

「よっぽどだな」

深雪は思い出したかくすりと笑い、源吾は口元を引き攣《つ》らせた。深雪も女子としては大分変わった部類に入るだろう。その深雪が言うのだから相当な変わり者に違いない。

その島津又三郎という男は、近頃流行《はや》りの「蘭癖《らんぺき》」らしく、南蛮の技術、政治に強い関心を持っている学者らしい。今の幕政のあり方を憚《はばか》ることなく批判する一方、田沼だけはよく解っているなどと言い、深雪と意気投合《いきとうごう》したとか。深雪が、幕政も当家の家計も今が勝負時と諧謔《かいぎゃく》を交《まじ》えて言うと、又三郎は、

――ふふふ……深雪殿、銭になるものを進ぜよう。

と、怪しい商人のような笑みを浮かべて山査子をくれ、庭に植える手配までしてくれたという。もっとも山査子はご禁制ではなく、怪しい笑みはその男の癖のようなものらしい。

「ふうん。ならいいんだ。俺はてっきり誰か忍び込んで植えたのかと」

「旦那《だんな》様がうちのことに、まるでお気づきにならないだけです」

深雪は平志郎を優しく揺らしながら答えた。平志郎は小さな口を目一杯開いて欠伸《あくび》をする。源吾はばつが悪くなり、こめかみを掻《か》きつつ庭先の山査子の木に視線を移した。五つの花弁をつけた白い可愛《かわい》らしい花は、そよ風に撫《な》でられて微《かす》かに揺れている。

三

「旦那様、買い出しに行って来てもよろしいですか？」

四半刻《しはんとき》（約三十分）ほどして深雪が尋ねてきたので、煙管《きせる》を置いて振り返った。

「構わないが……珍しいな」

平志郎が生まれてから、買い物に出かけることは少なくなり、出入りの者から買うことが増えた。魚屋の魚将《うおまさ》などは普段は配達を行っていないが、深雪様のためならばと特別に届けてくれている。

「今日は気持ちのよい風が吹いていますので、平志郎をおぶって散歩がてら」

「そうか。気をつけて行くのだぞ」

深雪が支度《したく》をしている時、丁度、左門と新之助が訪ねて来た。

「来たか。今日は心地よい陽気だから、こちらでやろう」

源吾は二人に縁先に回るように言った。

「いらっしゃいませ」

深雪は平志郎を抱きながら、左門らを迎えた。

「奥方様、お邪魔します。平志郎は元気ですか？」

新之助は弾んだ声で尋ねた。

「ええ。今日もばたばたと手足を動かして」

深雪は平志郎の頭をそっと撫でる。平志郎は風邪一つ引かずにこの冬を越した。丈夫に育ってくれているのは喜ばしい。平志郎は新之助を見つめてにこりと笑った。新之助は、三日にあげず平志郎に会いに来ている。故に平志郎もすっかり懐《なつ》いていた。

「子どもの成長は早いものだ。随分顔立ちがはっきりとしてきた」

左門は新之助に比べれば平志郎を見る機会が少なく、その分驚きも大きいのだろう。確かに初めの頃は我が子ながら、猿のように見えたものだが、最近では大分人らしい顔になってきた。

「目元は俺に似ていると思わねえか？」

源吾はにかりと笑った。以前から深雪との間で論争になっていることだった。

「ふむ……確かに言われてみれば」

左門は顎に手を添えて答える。

「平志郎は旦那様のように目つきが悪うございません。この睫毛《まつげ》といい、私似でしょう？」

「成程、奥方似のような気もしてきた」

深雪がすかさず反論すると、左門は首を捻《ひね》ってそちらに靡《なび》く。真面目《まじめ》な男である。真剣に考えて唸《うな》っている。

「いや、私という線もありますよ」

「何でそうなるんだ」

「あり得ません」

横から口を挟んだ新之助に、源吾と深雪は異口同音《いくどうおん》に否定した。

「親しい者に似るともいいますから」

新之助は笑いながら平志郎の手を握って揺らし、夫婦二人で苦笑してしまった。

深雪は茶の用意をしてから、平志郎と外へ出かけていった。三人並んで縁先に腰を掛け、茶を啜《すす》って一息つく。

「始めるか」

湯呑を置いて切り出した。今日は、この三人で相談しなければならないことがある。左門も湯呑を置いて話し始めた。

「念を押すが、まずこの春、当家を去る者は三人ということで間違いないな」

「ああ、壊《こわ》し手《て》が一人、水番《みずばん》が二人だ。他は残ることを希望している」

春は火消にとって出逢いと別れの季節である。一年雇いの鳶《とび》たちは、この時期に身の振り方を決める。あるいは当人が望んでも、雇い主側から召し放ちを申し渡されることもあった。

昨年は一人も抜けなかったが、今年は少しばかり事情が異なる。越前《えちぜん》から来ている鳶のうち、三人が各々《おのおの》の事情で新庄藩を離れることになっていた。越前から来た者は、その殆どが百姓や漁師の次男、三男の出稼ぎだった。その中で、兄が子を残さずに死んだため、国元に戻って家を継がねばならない者が出た。

残る二人のうちの一人は、齢《よわい》三十を超えており、いつまでも火消を続けるのは難しいと悟り、江戸で小さな商いでも始めてみようと思っている、と申し出てきたのだ。

「その二人にはお家から餞別《せんべつ》が出る」

「ありがたい。あいつらも喜ぶ」

源吾は左門に頭を下げた。突然、馘《くび》になるようなことこそあれ、辞める者に餞別まで与える家は稀《まれ》である。ましてや新庄藩の懐《ふところ》は決して豊かではない。源吾も幾《いく》らかは包んでやりたいと思い、昨日深雪に相談した。すると深雪は奥に引っ込むと、一分金を三枚持って戻って来た。どこにそんな金があったのかと驚く源

吾に対し、

——このような時のためのへそくりです。

と、笑って出してくれたのである。

「最も苦しい時期に支えてくれた者たちだ。出来る限りのことをしてやりたい。私からも些少《さしょう》だが出すつもりだ」

左門は微笑《ほほえ》みながら言った。何も左門が出す必要はない。だがこの責任感の強い男は、源吾を引き入れたのは自分であると、ことあるごとに火消組のことを気にかけてくれている。

「いつもすまねえ」

「気にするな。新庄藩の鳶でよかったと思ってもらいたいのだ」

左門は頬を緩ませて頷《うなず》いた。なぜこの男がいずれ新庄藩を背負って立つ、と嘱《しょく》望《ぼう》されているのかがよく解る。

「残りの一人だが……聞いているな」

「ああ、水番の半次郎《はんじろう》だな」

「け組の燐丞《りんじょう》が俺に頼みに来た」

弥生に入ってすぐのことである。け組の頭である燐丞が訪ねて来た。歳は二十四。火消の中では珍しく、頰の血管が透けて見えるほど肌が白い。しかしその女のような相貌《そうぼう》とは裏腹に、火事場では泥臭く駆けずり回って指揮を執る。昨年は特筆すべき手柄が無かったからか、番付は上がらなかったが、それでも西の前《まえ》頭《がしら》十枚目を維持し、「白毫《びゃくごう》」の二つ名で呼ばれる、若手期待の火消である。

この燐丞、なかなか変わった素性で、裕福な家の生まれだった。源吾が定火消《じょうびけし》だった頃、よく子守の者にせがんで野次馬に出てきて、己を見つけると、

――いつか火喰鳥《ひくいどり》みたいになりたい。

と、目を輝かせて声援を送ってくれた。あの坊主が、勘当《かんどう》同然で家を飛び出して火消になり、今ではけ組の頭にまでなっているのだから、己も歳をとるはずだなどと考えた。

その燐丞が、け組に半次郎を貰えないかと申し出て来たのだ。け組は昨年の初めに水番から二人の殉職《じゅんしょく》者が出た。そのこともあって昨年は振るわなかったのだという。優秀な水番を探しており、そこで組頭の武蔵《たけぞう》の薫陶《くんとう》を受けながら成長している半次郎に白羽《しらは》の矢が立ったという訳である。

源吾はこのことを正直に半次郎に話し、半次郎は迷った末、け組の世話になることを決めた。

「俸給《ほうきゅう》も増えるそうだな」

「ああ、五両から八両にな」

「めでたいことだ」

左門は半次郎が見込まれたことを心から喜んでいる。半次郎は二十一歳、まだ活躍出来る歳である。火を読む勘が良く、竜吐水《りゅうどすい》も任せており、今後に期待していたので、正直なところ失うのは痛手だ。だが半次郎にとって、より良い条件で火消を務められたほうがよい。それに燐丞は良い火消である。半次郎の面倒もしっかりと見てくれるだろう。源吾はそう背を押してやった。

「け組から祝儀《しゅうぎ》として、十六両が出る。これも当てにしてくれ」

火消の引き抜きを行う時、相手の家や組に、引き抜く者の俸給の倍を祝儀として出すのが慣例《かんれい》となっていた。

「分かった。では本題に入ろう。三日後の鳶市《とびいち》、当家としては抜けた三人分は採ってよいとのことだ」

「鳶市？」

「ああ、御公儀は特に名を付けておられぬが、すでに市井ではそのように呼ばれている。新しもの好きの江戸者らしいことだ」

左門は苦笑してこめかみを指で掻いた。

左門が「鳶市」と呼ぶもの。これは今年の春から幕府が始める新たな取り組みである。一月《ひとつき》前、如月《きさらぎ》の終わりに武家火消、町火消に向けてある告知がされた。

――新たに火消になろうとする者は、全て幕府に届けること。また全ての火消は勝手に召し抱えぬこと。

と、いうものである。

源吾は、これが田沼意次の肝煎《きもい》りだということを事前に知っていた。書状を受け取っていたのである。吉原《よしわら》の一件で、源吾は田沼を詰問《きつもん》した。一介《いっかい》の陪臣《ばいしん》が天下の老中にそのような真似《まね》をするなど、大それたことに違いない。しかし火消としての矜持《きょうじ》を枉《ま》げることは出来なかった。田沼はそれを正面から受け止め、深く考え込んでいたように見えた。以降会っていなかったので、源吾としても気に掛かっていたところであった。

書状では過日《かじつ》のことには触れられておらず、火消の召し抱えに関して幕府が取り仕切ろうと思うという旨《むね》が書かれていた。

庶民たちの憧《あこが》れの職といえば、役者、同心《どうしん》、火消の三つが常に挙げられる。前二つはなろうとしてもなれるものではないが、火消だけは誰でもその機会があることから、毎年かなりの者が鳶に志願する。

鳶の大半は一年雇いで、弥生に引き続き雇うか否かの判断がなされ、ある者はお役ご免となる。これらのあぶれた鳶を、定員に満たない組が召し抱えようとするのが卯月《うづき》（四月）であり、新規の志願者もこの月に殺到し、毎年激しい争奪戦が繰り広げられる。

この時、名のある家、資金が潤沢《じゅんたく》な組に多くの志願者が集まり、必然的にそれらの組は毎年強化されていく。

その筆頭が大音勘九郎率いる加賀鳶だ。毎年、百を超す志願者が詰めかけ、その中から選《え》りすぐられた十名ほどが召し抱えられていた。

一方の無名の家、多くの賃金を払えぬ組は人気が無く、雇いたくてもなかなか集まらないというのが現状である。よしんば見つかったとしても一段落ちる火消ばかりだろう。これでは各家、各組の実力差は開く一方で、自《おの》ずと守りの強い町と、弱い町が出来てしまう。田沼はこれを是正《ぜせい》しようと考えていた。

一、新たに鳶にならんとする者は弥生十五日までに南北奉行所に申し出ること。
二、各家、各組は勝手に鳶を雇わざること。

三、新たに召し抱えられた鳶は三箇年の間、他の家、組には移れぬものとする。たとえ一度鳶を辞したとしても同じとする。
四、三箇年以上、一所で鳶を務めた者は、他の家、組へ移ることを認める。その意思があり、新たな口が決まっていない者も申し出ること。
五、右に基《もと》づいて新たな鳶を名簿として予め配布し、各火消は雇いたいと思う者の名を順に記す。複数の家、組から召し抱えたい旨がありし時は、籤《くじ》にて決めること。
六、新たに召し抱える者の俸給は等しく年三両とすること。ただし他所で三箇年以上鳶を務めた者は自ら望む俸給を提示すること。

以上のことを今年から実施すると書かれていた。これで確かに、火消の強弱は随分是正されることだろう。長年務めた者が、より良い火消組で高給を取って活躍する余地も残されている。夢も失わぬ絶妙の塩梅《あんばい》だと思う。

——加賀藩にはすでに了承を得ている。

と、田沼の文には付け加えてあった。この制度で最も不満が噴出しそうなのは、絶大な人気を持つ加賀藩だろう。だが加賀藩としても、年々増える志願者の多さに手を焼いており、願ってもないことであると返答があったらしい。それに天下の加賀藩ともなれば三箇年の実戦を経《へ》た、中堅の即戦力を引き抜く力はあり、それほど困らないのかもしれない。

今日集まったのは、その名簿の中から新庄藩は誰を指名するのか、最終の相談をするためであった。

「それにしても三百十六人とは多いですね」

新之助は一度見たものを忘れない。名簿も頭の中に叩き込んでいる。

「今まではどこが何人雇ったとか知れた訳じゃねえから、俺でも今年が多いのか少ないのかはよく解んねえよ」

源吾はこの道に入って約十五年になるが、これればかりは本当に解らない。ともかく鳶も需要と供給でなりたっている。沢山の殉職者が出た明和九年の翌年などは、どこの組も躍起《やっき》になって補充していたが、その流れも一旦落ち着いているのではないか。

左門は名簿の中の一人の名を指した。貞介《さだすけ》とある。

「今回の鳶市、目玉は何と言っても元八重洲河岸《やえすがしじょう》定火消だ」

　昨年、八重洲河岸定火消から多くの鳶が去っていた。頭にして「菩薩」と異名をとる進藤内記《しんどうないき》が、火事の遺児を売買したかどにより、蟄居《ちっきょ》を申しつけられたのだが、それを炙《あぶ》り出したのは何を隠そう新庄藩火消であった。この事件で配下は内記に反旗を翻し、多くの者が八重洲河岸定火消を見限った。

「反対に八重洲河岸定火消も大量の獲得を狙っているだろうな」

　八重洲河岸定火消の定員は百十名だが、今はその三分の一ほどしかいないという。新之助は懐から紙を取り出して言った。

「じゃあ、私から。私が選んだ三名はこれです」

　元加賀鳶七番組下、元薩摩《さつま》藩火消、元ろ組、中堅ばかりである。これらは新規の鳶と違い、それぞれが望む俸給を提示している。十一両、八両、九両、しめて二十八両。

「どうだ？」

　源吾は左門に尋ねてみた。

「当家が幾ら貧しいとはいえ、二十八両は出せるだろうが……少ないに越したことはないな」

「俺はこれだ」

今度は源吾が脇に畳んでいた紙を広げ、新之助は覗《のぞ》き込んだ。

「これは……」

「全て初物だ」

源吾は元火消を選ばなかった。選んだのは、全て鳶の経験が無い者たちである。内二人は越後《えちご》、常陸《ひたち》の元百姓の次男三男で、江戸に出て飛脚《ひきゃく》をしている者、一人が佃島《つくだじま》の元漁師の四男。全て一人三両の、しめて九両である。

「即戦力のほうがいいのでは？」

「訳は幾つかある」

源吾はそう前置きして説明を始めた。まず左門は多少は出せると言っているが、新庄藩の台所は苦しい。安いに越したことはない。

次に、他所でそれなりに経験を積んできた者は、己の力に自信があるため、我《が》が強いことが多い。源吾の指揮は連携、連動に重きをおいている。和があってこそ成り立つ。故に他所の者は上手く馴染《なじ》まないかもしれない。元々源吾の采配をよく知り、付き合いが長い武蔵などは例外である。

三つ目に歳である。新之助が挙げた者は、殆どが三十代である。鳶は四十にもなれば続けられぬほど、過酷な役目である。鳶としての寿命が短い。それに対し源吾が選んだ者は十七、十九、二十と若い。今から仕込めば長く活躍出来るだろう。

最後の理由は、彼らの出自と現在の職が理由である。源吾の経験上、百姓出身の鳶は朴訥《ぼくとつ》で黙々と任務に専念する傾向がある。反対に町人出身の鳶は利に聡いせいか、劣勢《れっせい》と見れば及び腰になり、使えない者が多い。全ての者に当て嵌まる訳ではないが、それほど的外《まとはず》れでもなかった。

「源吾の申す者でよいか」

左門が新之助に尋ねる。

「御頭の言う通りにしますよ。私は活躍しそうな火消を順に選んだだけなので」

「それも間違いじゃねえんだがな。どんな奴を選ぶのか見たかったんだよ」

新之助には、どんなこともまず己の頭で考えさせるようにしている。その上で様々なことを教えてやるのが、この若い頭取並を育てる一番の道だと思っている。

「まあこの三人に狙いを付け、あとは見てみることだな」

源吾はそう付け加えた。実績のある鳶はともかく、新たな鳶は海のものとも山のものとも解らない。走り、梯子《はしご》上り、俵《たわら》投げの三種で競わせて躰の優劣を見る。その上で最後の判断を下し、雇いたい鳶の名を書いた札《ふだ》を入れるのだ。

「三日後が楽しみですね」

新之助は待ちきれないというように躰を揺らした。苦笑したものの、実は源吾も少し楽しみにしている。多くの火消がそうであるように、己も催《もよお》しごとが好きな性分《しょうぶん》である。

四

その日の夜半、源吾は布団を蹴り上げた。起き上がって片膝を突くと、耳に手を添えて瞑目《めいもく》する。深雪もすでに身を起こしている。夫が何をしているのか深雪は重々承知しており、無用に声を掛けたりはしない。

「どこだ……」

物音で目を覚ました平志郎がぐずり始め、やがて声を上げて泣き始めた。

「あー……こりゃ解らねえ」

泣き声が大きすぎて太鼓の音が探れない。深雪は平志郎を抱きあげてあやすが、それでも一向《いっこう》に泣き止まない。

「千駄ケ谷《せんだがや》か……いや麹町《こうじまち》か？　平志郎、頼む。少しだけ泣き止んでくれ」

源吾は拝《おが》むように頼んだが、当然平志郎には通じない。

「旦那様、先に支度を。それで平志郎は泣き止みます」

「どういうことだ……」

「早く」

言われるがまま、すぐに着替え始める。深雪は平志郎を抱きながら、片手で火消羽織を手渡してくれた。

「いつものように着てください」

深雪は、平志郎の涙を拭《ぬぐ》ってやりながら、平志郎を源吾の背のすぐ側に近付ける。

「ああ……」

源吾は宙に羽織を回して背に落とした。その瞬間、平志郎がぴたりと泣き止み、ぽかんと口を半開きにして己を見つめていた。

「着る姿が気に入ったようで、私も泣き止ませる時に使っています」

深雪が火消羽織を着てあやしている姿を想像して、少し笑ってしまった。

「助かった。麴町だ」

泣き止んだ隙に、太鼓がどこから発されているものか聞き取った。すでに半鐘も鳴っている。

「いってらっしゃいませ」

「ああ」

平志郎はもう一度ねだるように手をばたつかせた。

「帰ったらな」

源吾は平志郎の頭を撫で、戸口から飛び出した。夜風が爽《さわ》やかで、どこか甘い香りを含んでいる。あと二、三日で桜も見頃になるだろう。行楽《こうらく》を楽しみに眠りについていた者もいたはずだ。そんな心躍《おど》る日々でも、炎は容赦《ようしゃ》がない。源吾は舌打ちしながら教練場を目指した。

着いた時にはすでに半分が集合を終えていた。魁《さきがけ》の名に恥じず武蔵の姿も見える。源吾は短く訊《き》いた。

「首尾《しゅび》は」

「今で六十三人です。場所は今、頭取並が訊きに走っています」

「恐らく麴町だ」

寅次郎《とらじろう》が手甲《てっこう》を付けながら近付いて来た。

「麴町というと、あの……」

「ああ、唐笠野郎《からかさやろう》だな」

麴町定火消の頭取、日名塚要人《ひなづかかなめ》のことである。現場でも菅笠《すげがさ》を目深《まぶか》に被《かぶ》っていることから「唐笠童子《どうじ》」の異名を持つ。この男、本物の「日名塚要人」ではない。元から菅笠で顔を隠していたこともあり、殆どの火消が顔を知らなかった。本物は明和の大火で妻子を失い、火消を引退して親類のいる常陸で菩提《ぼだい》を弔《とむら》うつもりであった。しかしその途中、病で失意のうちに世を去った。

今の要人は妻子の仇《かたき》を討つために、今一度火消として炎と闘うと決めて江戸に戻って来たことになっている。その正体は田沼意次が潜り込ませた公儀隠密《こうぎおんみつ》である。吉原の火付けを追う中で、源吾らだけはその事実を知った。

「そんな奴が消せるのかい？」

武蔵を始め、主《おも》だった者には要人の正体を告げている。

「火消なんて易々《やすやす》と化けられるもんじゃねえ。田沼様も厄介なことを……」

他の鳶に聞こえぬように、源吾は小声で言った。その時、風読みの加持星十郎《かじせいじゅうろう》が木戸から入って来た。

「御頭、春風は移ろいやすく、時折《ときおり》突風となります」

星十郎は挨拶もなく、まずそう言った。

「ああ、急いだほうがよさそうだな」

そう言った矢先、新之助が血相《けっそう》を変えて戻って来た。

「御頭！」

「どうした⁉」

「火元は麹町、岩井某《いわいなにがし》宅の土蔵……朱土竜《あけもぐら》です！」

「朱土竜だと……火付けか」

朱土竜とは、土蔵などの密閉されたところで種火が長きに亘《わた》って燻り、戸を開けた途端《とたん》、外気を吸い込んで焔《ほのお》を吐き出す恐ろしい現象である。ただ自然に発生することは極めて珍しい。火の知識に長《た》けた者の火付けと見てよかろう。

「もう出るしかねえ」

源吾が宣言すると、近習を務めている銅助《どうすけ》が愛馬の碓氷《うすい》を曳《ひ》いて来る。ただまだ七十人ほどしか集まっておらず心許《もと》ない。非番の日であるため、決して咎《とが》めるほどには遅くない。だが、どうにかして残り四十人を後から合流させたかった。

「私が残りましょうか」

星十郎が進み出る。

「いや、朱土竜となるとお前が必要だ。唐笠童子の手並みが怪しい以上、武蔵の竜吐水も、屋根を破るなら寅次郎もいる」

「仕方ないですね。私が……」

新之助が言いかけたが、源吾はこれにも首を振った。

「駄目だ。お前こそ必要だ。あの男だぞ」

この火付けの下手人が日名塚要人である線も考えている。日名塚要人はかなり剣を遣い、新之助以外に対抗出来る者はいない。

「松永、行け。私が後備えを務める」

はっとして木戸を見た。御連枝《ごれんし》様こと戸沢正親《とざわまさちか》である。近習を四人引き連れていた。

本来、火消が出る時には藩主が本陣《ほんじん》である教練場に詰めねばならない。だが主君戸沢孝次郎《こうじろう》は病弱で、その任に堪《た》え切れないだろうと、今まであの手この手でごまかしてきた。いつまでもこれではいかぬと、名代《みょうだい》として本陣に詰めることになったのが、御連枝様と呼ばれるこの主君の従兄《いとこ》であった。

正親は源吾らが拝跪《はいき》しようとするのを手で止めた。

「よい。火元はどこだ。残りは何人だ」

要点を押さえた無駄のない問いである。

「麴町、岩井某宅とのこと。三十八……いや三十七です」

「分かった。揃《そろ》い次第送る」

「忝《かたじけの》うございます」

「行け」

「はっ」

源吾は碓氷に跨《また》がると、御連枝様を今一度見た。口元が緩んでいる。

「私も火消らしく振る舞えているか？」

「お見事でございます」

源吾も微笑むと、皆に向けて号令を発した。

「麴町は御城のすぐ西。方角《ほうがく》火消大手組《おおてぐみ》、新庄藩火消が守護奉《たてまつ》る。行くぞ！」

皆が一斉に応じて木戸に向かう。正親は近習が用意した床几《しょうぎ》にも腰掛けず、胸を張ってそれを見送っていた。

五

焔が赤々と天を焦がしているのが遠くからも見えた。赤坂《あかさか》御門は南に向けて逃げようとする、寝間着姿の人々でごった返している。

「新庄藩火消だ！　道を空けろ！」

源吾は手綱《たづな》を引きながら馬上で叫ぶ。碓氷も主人を真似るかのように嘶《いなな》きを発した。

「おお、火喰鳥だ」

「ぼろ鳶が来た。跳ね飛ばされるぞ！」

皆が口々に言いながら、人混みが真っ二つに割れる。以前とは異なり、今では新庄藩火消の名は府下《ふか》に轟《とどろ》いている。人々から声を受けながら、新庄藩火消は諏訪坂《すわざか》を一気に駆け上がった。

火元となった岩井宅はすでに朱に包まれており、朦々《もうもう》と黒煙を吐き散らしていた。すでに先着した火消がいる。あの唐笠童子こと、日名塚要人の率《ひき》いる麴町定火消である。やはり菅笠を深く被っており、すぐに発見出来た。

「唐笠！」

源吾は碓氷から飛び降りて近付いた。心配しているのか、新之助もぴったり後を付いて来る。

「これは松永殿」

要人は喧騒《けんそう》の中でも落ち着き払い、笠の鍔《つば》を持って軽く会釈《えしやく》した。

「逃げ遅れた者は⁉」

「当主の岩井殿が朱土竜にて絶命。他は下男、下女に至るまで逃げ遂《おお》せております」

言葉を交わしつつ、源吾は肩が触れるほど近付いて囁《ささや》いた。

「替われ」

「はて……先着はこちらですが」

要人が少し顎を上げたので、笠で隠れていた両眼が見えた。その目に動揺の色は見られない。

「お前にこの火が消せるのか」

火勢が強すぎる。下手な火消が対応すれば、周囲に累《るい》が及ぶだろう。火消のふりをしているが、実は公儀隠密である要人に対処できるような火事ではない。

「松永殿は心得違いをなさっておられます」

「どういうことだ……」

「時がありませぬ。風向きは南東から北西。新庄藩火消には平川町《ひらかわちょう》二丁目、三丁目を竜吐水で濡らし、火の粉を防いで頂きたい」

源吾は些《いささ》か驚いた。現在の風も読めており、指示としては至極《しごく》真《ま》っ当《とう》だったからだ。

「お前らは？」

「我らは亀有町《かめありちょう》代地《だいち》を軒《のき》並み潰し、火除《よ》け地を作ります。いかが？」

「……分かった。だが俺はここにいる。いいか？」

手順としては完璧だが、実際にそれが出来るかはまた別。己が見届ける必要があると思った。

「結構です」

「星十郎！」

源吾は振り返って鋭く言った。すでに馬から下りた星十郎は、前髪を指でぎゅっと捻りつつ、朗々《ろうろう》と読み上げるように言う。

「今宵は弥生二十八日、子《ね》の下刻《げこく》（午前一時）、火元は岩井宅土蔵、聞くところによれば朱土竜とのこと。北西に向けた風は朝方までは変わらぬものと見ます。北西には平川町、山元町《やまもとちょう》などの多数の民家あり。迅速《じんそく》に火除け地を作ります！」

「よし！　新之助、聞いていたな」

新之助はこくりと頷き、配下に向けて指示を飛ばす。

「御頭はここに残ります。信太《しんた》さんが纏番《まといばん》を」

「承《うけたまわ》りました！」

信太は気合いが入っている。彦弥《ひこや》は越後に行っており不在。この間、番付西の前頭十六枚目に数えられるようになった副纏師の信太が代役を担っていた。

「水番は全て武蔵さんにお任せします」

「時は掛けませんぜ」

武蔵は、竜吐水をぽんと叩くと力強く答える。

「亀有代地が突破された時を想定し、寅次郎さんら壊し手は火に備えつつ、水番を助けて下さい」

「お任せを」

寅次郎が鉞《まさかり》を地に突き立てると、他の配下も倣《なら》って鳶口《とびぐち》、刺股《さすまた》をどんと突く。源吾は、今か今かと気を漲《みなぎ》らせる配下に向けて、猛々《たけだけ》しく叫んだ。

「てめえら、行ってこい！」

「応《おう》!!」

新庄藩火消の声は、火焔の不気味な音を払うだけでなく、逃げ惑う人々の不安も鎮《しず》めたか、辺りは落ち着きを取り戻して、混乱も収束の兆《きざ》しが見えた。

「流石《さすが》ですな」

すでに陣立てを終えた要人はぽつりと言った。陣立ても悪くはない。いや、むしろ手慣れてさえいる。

「さあ、お前の番だぜ」

要人は腰から指揮棒を抜き取る。指揮用の短い鳶口を遣う者が多い中、こちらのほうが珍しい。要人は唾《つば》で左手を湿《しめ》し、指揮棒を居合いのように構えた。

「麴町定火消へ告ぐ。一番組は西亀有町代地。建家は勿論《もちろん》、路地に置かれた桶《おけ》まで徹底的に擂《す》りつぶせ。二番組は北西の馬場。こちらは厩舎《きゅうしゃ》を除《のぞ》き、馬場役人とともに飼葉《かいば》を運び出す。三番組は竜吐水で一番組を助けよ。水源は麴町御用地の井戸を使う」

要人はそこで一度言葉を切り、指揮棒を抜き放つように振るい、咆哮《ほうこう》した。

「一人でも死なせれば恥辱《ちじょく》と思え！　命を懸けよ！」

麴町定火消は雄叫《おたけ》びを発し、持ち場で躍動する。その士気の高さは、新庄藩火消に勝《まさ》るとも劣《おと》らない。

「お前……」

「不備があれば、御指南《ごしなん》のほどを」

「いや、完璧だ」

「火喰鳥のお墨付きが頂けたなら安堵《あんど》しました」

長年火消を務めた者ならば、源吾でなくとも解る。この男は素人《しろうと》ではない。かなりの修羅場《しゅらば》を潜《くぐ》ってきている火消である。本物の日名塚要人よりも手並みが優れているのではないか。

「お前、今までどこにいた」

これほどの腕前の者が江戸にいれば、それなりに府下に名が通っているはず。つまり田沼は、どこからかこの男を連れて来たことになる。

「ずっと江戸におりましたが」

要人の口角《こうかく》が僅かに上がるのが見えた。あくまで本物の要人であると言いたいのだろう。その時、四十絡《がら》みの侍《さむらい》が、血相を変えてこちらに走って来た。

「定火消！　うちをどうにかしろ！」

「はて、どなた様でしょうか」

「森専之介《もりせんのすけ》じゃ。岩井の屋敷の東隣から二軒先がうちだ！　早く隣の屋敷を壊せ！」

火元の東にある屋敷の主らしい。風向きを鑑《かんが》みて最優先は北西、西側。東側は二の次となる。だが、さすがに隣となれば風向き如何《いかん》に関係なく、壁が煤《すす》で汚れ、所々《ところどころ》焦げている箇所も見られた。その家が燃えれば、次はこの森の屋敷が火の危険に晒《さら》される。

「西側の町を撤去させ次第、そちらに掛かります。お待ちあれ」

「貴様《きさま》……町方のほうが優先と申すか」

森は皺を全て中心に集めたかのような顔で怒っている。

「武家方、町方は関係ございません。風向きを鑑みています。暫《しば》しお待ちを」

要人はにべもなく断る。源吾は森への苛立《いらだ》ちを抑えながら、腕を組んで二人の様子を見守った。

「儂《わし》の息子が誰か知っておるか」

「いえ」

「御書院番御番頭《ごしょいんばんごばんがしら》、西郷筑前守《さいごうちくぜんのかみ》様の婿《むこ》に……」

「立派なご子息《しそく》のようで。では、火事場の指揮がございますので」

要人は会釈をすると、指揮棒を握り直して行こうとする。

「ま、待て！　息子から幕閣にお主の不始末を告げてもよいのか！」

「結構。不始末はしておりませぬ故。立派なご子息の足を引っ張り召されるな」

「定火消の陪臣風情《ふぜい》が！」

要人の肩を摑《つか》もうとした瞬間、指揮棒が疾風《しっぷう》の如く動いて、森の首筋で止まった。

「火事法度《はっと》、二十四条。故意に火消の邪魔をする者は、如何《いか》なる者とて手打ちにしてよし。これ以上妨げれば斬《き》る」

要人が左手で鯉口《こいぐち》を切ったものだから、森はひっと短い悲鳴《ひめい》を上げて、一目散《いちもくさん》に逃げて行った。

「余計な手間を取りました。指揮に戻ります」

要人はくすりとも笑わずに言った。火事場において、先ほどの森のような武士は後を絶たない。源吾も間違いなく撥《は》ね退《の》ける。しかし火消の中には脅しに屈してしまう者、また袖《そで》の下を受けて先に火を消そうとする者も少なからずいた。要人には、そのようなところは微塵《みじん》も見られなかった。

　麴町定火消はかなり熟練しており、すでに数軒の家屋が引き倒されている。岩井宅から煽《あお》られた炎は、次の獲物を失って虚《むな》しく宙を焦がしていた。

「お前は何者だ」

　源吾は改めて問うた。要人は紅蓮《ぐれん》の業火《ごうか》を背景に振り返ると、そっと菅笠に手を添えて斜めに此方《こちら》を見た。

「日名塚要人。それが我が名でございます」

六

　麴町岩井宅より出火した火事は僅か二刻（約四時間）後、寅の下刻（午前五時）には鎮火《ちんか》した。麴町定火消の手並みが想像以上によかったためであった。新庄藩火消は初めの一刻で飛び火への対策を終え、壊し手を中心に合力《ごうりき》した。その時にはすでに稲垣《いながき》家、木村《きむら》家、細川《ほそかわ》家などの八丁《はっちょう》火消も駆け付けており、要人は先着の火消としてそれを上手く割り当て、源吾から見ても火消の見本といってもよい采配だった。

　鎮火後、火事場見廻《かじばみまわ》りが現れ、現場の検証に入る。この時に残っていなければならないのは、最も先に着いた火消組。つまりこの場合は麴町定火消となり、新庄藩火消はあちこちで喧《やかま》しく鶏が鳴く麴町を後にした。

この日の昼過ぎ、源吾は深雪に揺り起こされた。

「そろそろお見えになりますよ」

「うむ……」

源吾は目を擦《こす》りながら布団から這《は》い出ると、盥《たらい》の水で顔を洗った。

「今は何刻だ」

「午《うま》の刻（午後零時）を過ぎたところです」

ざぶんと顔に水を浴びせ、源吾は溜息をついた。

昨夜、もう今朝になっていたか。鎮火を見届けて荷を纏めると教練場に戻った。そして道具を片づけ、家に着いたのが辰《たつ》の刻（午前八時）の少し前。二刻は眠れたということになる。昔ならばこれで十分疲れも取れたが、齢三十四になった今はちと辛い。

身繕いをして四半刻、新之助を始め主だった頭たちが全員集合した。源吾が別れ際に集まるように命じていたのだ。

「お疲れのようですね」

星十郎が気遣いの言葉を掛ける。

「ああ、昔より無理が利《き》かなくなった」

すぐさま同意したのは寅次郎。この中で唯一源吾より年嵩である。

「儂《わし》も食う量が減りました」

「あれでか？」

今でも五合《ごう》程度の米ならば、一瞬で食べてしまう寅次郎なのだ。

「部屋にいた頃ならば一升《しよう》は軽く」

「そりゃ大きくなるはずだ」

源吾が苦笑していると、新之助が横から口を挟む。

「私だってそうですよ。もう身丈《みたけ》が伸びなくなりましたし」

「そりゃ、別だ」

源吾はすぐに切り返して封殺《ふうさつ》し、そろそろ話を本題に移した。

「昨夜の件だ。新之助」

「はいはい。朝から私が火事場見廻りに詳細を訊いてきました」

火事の後には、焼け跡を見分した火事場見廻りから調べの内容が報《しら》される。これによって失火か火付けかを判断出来る。もっとも出された情報が全てとは限らないが、得られるものから今後の対策を練るしかない。

「ええと、まず、出火は東側の土蔵。朱土竜が仕込まれていたようです」

「黒煙が多かった。朱土竜の兆候《ちようこう》だ」

星十郎が解説するには、煙の白さは水気が関係しているらしい。長時間燻って水気が飛ばされ、一気に燃え上がる朱土竜なら、黒煙が多くなるのだという。源吾ら火消はそのような仕組みは知らなかったが、どのような時に何色の煙が出るのかは経験で知っている。新之助はさらに続けた。

「土蔵を開けたのは、当主の岩井与左衛門《よざえもん》です。火をまともに浴び、間もなく死んだようです。その火が屋敷を飲み込み……」

「お待ちを」

「少し待ってくれ」

星十郎と武蔵、同時に手を挙げて話を止め、互いに譲り合う。まずは星十郎から話し始めた。

「何故、岩井殿はそのような夜更けに土蔵を開けたのです？」

「家の者は皆眠っていたらしく、解らないようです」

新之助の記憶力は尋常ではない。聞いていれば、間違いなく漏らさず報告する。

「何かありそうですね……」

星十郎が前髪を指で摘《つま》んだ。

「武蔵、お前は何だ？」

「俺は岩井与左衛門を知っています。御頭もご存知《ぞんじ》のはず」

「聞いたことねえぞ」

「歳のせいで物忘れがひどくなったんじゃないですか？」

源吾は首を捻りつつ、新之助の脇腹を肘《ひじ》で突いた。

「頭取並、その岩井与左衛門という奴。額に瘤《こぶ》があるんじゃねえですか？」

「はい。確かにあったようです」

「やっぱり……」

「どういうことだ」

武蔵はずいと身を乗り出して言った。

「堂島宝次郎《どうじまほうじろう》。奴が養子に入ったのが岩井家のはずです」

「徳利《とつくり》宝次郎か！」

「誰ですか。その徳利って人は」

新之助は眉《まゆ》を八の字にして訊いた。この中で宝次郎を知っているのは、源吾と武蔵だけだろう。

堂島宝次郎は、駿河台《するがだい》定火消の一員であった。いつも大徳利に酒を入れて町を闊歩《かっぽ》しており、火事場に酩酊《めいてい》したまま現れることもしばしばであった。酔えば酔うほど冴《さ》えると放言する京都常火消《きようとじようびけし》の野条弾馬《のじようだんま》とは異なり、火消の腕も並以下、酒で何度も失敗を重ね、悪名のほうで有名であった。

「あいつ弟に家督を譲り、子のいない親類の岩井家に養子に入ったんです」

「よく知っているな」

「万《まん》組の頭だった頃、配下が奴の儲《もう》け話に騙《だま》されて俺が出たことがあるんです。それ以降、何かと気を付けていましてね。御頭が戻る前ですから、知らなくても当然でさ」

気にも留めていなかったが、確かに火消に戻ってから宝次郎の話は聞いたことがない。これがまさか、岩井与左衛門と名を改めており、今回の火事での唯一の死者だとは思いもよらなかった。

「ところで、何で辞めたんだ？」

「下手を打ったんですよ。家にお咎《とが》めはなかったが、仲間内からの白い目に流石に堪えかねたか、岩井家の養子話に飛びつきやがったんです」

「何をした」

「隅田川《すみだがわ》の河川敷で……」

武蔵は話を途中で止める。その顔がみるみる青くなっていくのが解った。

「どうした」

「御頭……これは大変なことかもしれねえ」

武蔵の拳《こぶし》が小刻みに震えている。何か重大なことに気が付いたのだ。武蔵は下唇《くちびる》を嚙《か》みしめて続けた。

「宝次郎の失態。隅田川での花火の試し上げの事故なんです……娘が一人死にました。名はお糸……」

「まさか──」

「真秀《しんしゅう》。いや、秀助の娘です」

場が一瞬にして凍り付く。源吾は動悸《どうき》がしてきて胸に手を当てた。源吾の火消人生において、最も忘れがたい下手人だった。

秀助とは明和《めいわ》の大火の下手人である。天才的な花火師だったが、娘が無謀な花火の試し上げで命を落とし、妻は心を病んだのか井戸に身を投げた。秀助は制止しても止めようとしなかった鍵屋、失敗はなかろうと油断し、水を用意していなかった火消を憎み、復讐《ふくしゅう》の鬼となった。それに手を貸したのが一橋であったということも、田沼から聞き及んでいる。

その秀助と対峙《たいじ》し、無心で突っ込んで片手を切り落としたのが源吾であった。しかし源吾はそこで黒幕の藤五郎に捕まった。もはやこれまでという時、何を思ったか、秀助が残る片手を犠牲にして藤五郎に花火を浴びせ、救い出してくれた。両手を失った秀助は少しの猶予を願い、源吾は切腹を覚悟でそれを聞き届けた。

やがて秀助は娘の望んだ赤い花火を打ち上げ、火付盗賊改方長官であった先代平蔵に捕縛され、小塚原《こづかっぱら》で火炙りの刑となった。

その全ての原因となった隅田川の花火の試し上げに、昨夜焼け死んだ宝次郎が、万が一に備えての火消として立ち会っていた。花火の試し上げには定火消が立ち会わなければならない。駿河台定火消は祝儀目当てで、自らを鍵屋に売り込み、ほぼ独占して立ち会っていたらしい。

そして今回の朱土竜。秀助が最も得意とした遣り口である。

「秀助は……生きている」

源吾がぽつんと言ったが、誰も反応を示さない。そして自ら打ち消した。

「あり得ねえ。あいつは死んだ」

「でも御頭……一つ気掛かりなことが」

新之助の表情も真剣そのものである。この若者は秀助に父を奪われ、自らも殺されかけているのだ。新之助は溜息混じりに言った。

「我らは誰も小塚原に行っていません」

「そうだ……」

秀助の行いは到底《とうてい》許されることではない。だが娘を失った原因の一端《いったん》が火消にあったということで、心苦しくてとても見ていられないと思ったのだ。平志郎という子を得た源吾は、あの時よりもさらにその無念が痛いほど解る。

「本当に刑に処されたのが秀助なのか……と、いうことですね」

星十郎も顔色が悪い。秀助は風読みにも長け、星十郎をも唸らせる火の知識を有していた。

「これは探る必要がある」

源吾が低く言うと、皆が一斉に頷いた。

――秀助……。

秀助が生きていることなどあり得ないと思っているし、万が一まだこの世にいるのなら大変なことだと解っている。だがもう一度会って、何故あの時に己を助けたのか、直接確かめたい。そんな気持ちも僅かながらあるのだ。

源吾は衣紋掛《えもんか》けに掛かっている帯を見た。そこには赤銅《しやくどう》色の小さな鈴が付いている。秀助がお糸のために作ったもので、牢の中から、先代平蔵の計らいによって己に託された。それ以降、源吾は火事場装束《しようぞく》の中帯にずっとこれを括りつけていた。

第二章　多士済々《たしせいせい》

一

町火消《まちびけし》よ組の頭《かしら》　秋仁《しゅうじん》は、配下の者を引き連れて楓川《かえでがわ》沿いを歩いていた。明後日開かれる鳶市《とびいち》の打ち合わせを兼ね、配下と共に日本橋坂本町《にほんばしさかもとちょう》にある馴染《なじ》みの居酒屋で酒を酌《く》み交《か》わした。その帰り道である。

己も合わせて八人。今宵《こよい》の月は細筆で線を引いたように細く、配下の鳶に提灯《ちょうちん》を三つ持たせている。その灯《あか》りが茫《ぼう》と楓川の水面《みなも》に映っていた。

夜空には細月のほかに、幾つもの春の星が濡れたような柔らかな瞬《またた》きを見せている。

「火消稼業《かぎょう》は辛《つら》くとも、町のためには辞められぬ――ってか」

秋仁は上機嫌《じょうきげん》で鼻唄を口ずさんだ。

「頭、ご機嫌ですねえ」

配下の鳶がからからと笑う。

「明後日には、内記の歯噛《が》みする顔を見られるからな」

八重洲河岸定《じょう》火消の進藤内記には何度も口惜しい目に遭《あ》わされた。その内記は昨年から蟄居《ちっきょ》に処されていた。真相は公《おおやけ》にされていないが、新庄藩火消との諍《いさか》いの結果、何らかの汚点《おてん》が露見《ろけん》したと秋仁は見ている。

その内記の蟄居が、最近になって解けた。それは即《すなわ》ち内記も鳶市に出て来るということだ。八重洲河岸定火消は、騒動の後、多くの者が去っており、躍起《やっき》になって札《ふだ》を入れ、人材の確保に走るだろう。

「上手く重なればいいですがね」

別の配下が少し心配そうに言った。

「うちは『蝗《いなご》』だぜ。五十は札を入れる。半分は重なるさ」

よ組は府下《ふか》で最大の人数を誇る町火消である。その大人数を率《ひき》いていることから、己も「蝗」の秋仁と呼ばれている。

よ組は数が多い分、毎年人の入れ替わりも激しい。故に鳶市では、他の組に比べて多くの札を投じることになる。ここで内記が欲しがりそうな人材に目星を付けて札を入れるつもりであった。重複すれば籤《くじ》になるので、全てを奪うことは出来まいが、たとえ半数でも取れれば内記にとっては痛手に違いない。

「御頭、あっしらの長屋はこっちなんで。また明日」

「おう。いい夢見ろよ」

三人が新場橋《しんばばし》を渡って別れた。秋仁の家は越中橋《えっちゅうばし》を渡ったほうが近く、楓川沿いをさらに南へ下った。

「御頭、辰一《たついち》の野郎も来るんですかねえ。かち合うと後々おっかねえことになりそうだ」

配下の一人が身震いする真似《まね》をした。

「あの馬鹿《ばか》が来るかよ。宗助《そうすけ》あたりに任せるさ。思い出したらむしゃくしゃする……」

若い頃何度も辰一と喧嘩《けんか》をした。一度も勝てたことがなく、秋仁は辰一の話が出ると機嫌が悪くなる。頭を掻《か》きむしりながら、越中橋に差し掛かった。提灯を持った配下を両脇に、橋の真ん中を歩いていた秋仁は目を擦《こす》った。控柱《ひかえばしら》の所に人影があるのだ。

「おい。誰かいる」

「へい」

秋仁は配下に顎をしゃくって、歩みを進めた。酔いがすっと遠退いていった。人影は欄干《らんかん》に腰を掛けていたが、ふわりと立ち上がり、橋の中央に進み出た。

「何か用かい」

秋仁は歩みを止めずに呼びかけてみた。その間に相手の形《なり》を見定める。辻斬《つじぎ》りかと警戒していたが、腰に刀は無い。下は太めの股引《ももひき》、腹には晒《さらし》を巻き、その上から長半纏《ながばんてん》を引っかけている。渡世人《とせいにん》によく見られる格好だ。

「火消番付《ばんづけ》西の前頭《まえがしら》三枚目、蝗の秋仁だな」

男がそう言った時、秋仁はぴんと来るものがあった。

——番付狩り。

府下を騒がしている輩《やから》である。今年に入ってから、頻繁《ひんぱん》に火消が何者かに襲われていた。その男は刃物を用《もち》いる訳でもなく、決まって拳《こぶし》で勝負を挑んでくるという。

しかも、番付入りしている火消だけを狙っていることから、誰が言いだしたかそのように呼ぶようになった。秋仁の知る限り、な組の「梟《ふくろう》」彦三《ひこぞう》、加賀鳶の「灰蜘蛛《はいぐも》」義平《ぎへい》、あ組の「適《あつぱれ》」晴太郎《せいたろう》が襲われて怪我《けが》を負っていた。

「ああ、何か怨《うら》みでも買ったか?」

恐らく間違いなかろうと思ったが、そうかまをかけてみた。

「いいや。あんたに怨みはねえ」

「じゃあ何だってんだ」

二間（約三・六メートル）の距離となったところで、秋仁はついに足を止めた。

「火消ってもんの男を見極めてやろうとな」

「どうやって見極めるってんだ」

「火事と喧嘩は江戸の華《はな》って言うだろう？　拳《こぶし》で見極めてやる」

「ふ……」

配下の一人が噴き出し、他の者も堪《こら》え切れず一斉に笑い出した。皆酔っているからか、秋仁以外、眼前のこの男と「番付狩り」が繋がっていないようである。

「何だそりゃ。餓鬼《がき》の考えそうなことじゃねえか」

「あー、腹がいてえ。お前いくつだ。早く母ちゃんの所へ帰れ」

配下の者たちは腹を抱えて笑い、目尻の涙を拭《ぬぐ》う者もいる。秋仁だけはくすりとも笑わずに応じた。

「悪いな。こちとら酒を呑《の》んで機嫌よく帰る途中なんだ」

「何だその……見極めるってのはまたにしてくれよ……」

秋仁が話しているそばから、配下は笑いで声を引き攣《つ》らせながら言った。他の配下も男を指差して続く。

「御頭、こいつ絶対頭が悪いぜ。だって、拳で……駄目だ！　笑っちまー——」

鈍《にぶ》い音がした。男が一瞬で間を詰めて配下を殴《なぐ》り飛ばした。

「おい！　てめぇ——」

反撃に出た別の配下が殴り掛かる。しかし男はその腕を摑《つか》むと、素早く腰を回し、配下を担ぐように投げ飛ばした。配下は勢いよく宙を舞い、橋の下に真っ逆さまに落ち、大きな水音が立った。

「大丈夫か⁉」

秋仁は欄干に取りついて下を見た。火の消えた提灯が水面に浮かんでおり、乱れた波紋の中から配下がばっと顔を出す。幸いにも怪我は無いようだ。秋仁は鋭く振り返った。

「おい、何しやがる」

「配下に任せて、自分は高みの見物が番付火消のやり方かい？」

「俺が狙いなんだろう。番付狩り……」

秋仁がその名を出したことで、残る二人の配下は、えっと躰《からだ》を仰《の》け反《ぞ》らせて驚いている。

「てめえら下がってろ」

秋仁はばんと掌に拳を打ち付けた。

「御頭……」

「やられた二人を看《み》ろ」

秋仁は両の拳を握り締め、腰を落とした。府下最大七百二十の配下を率いているため、己のことを数がいなければ何も出来ない男と侮《あなど》っている者もいるだろう。そのような揶揄《やゆ》を耳にするたび、秋仁は、

――勝手に言ってろ。

と、腹の中で嘲笑《あざわら》っていた。七百二十もの、一癖《くせ》も二癖もある鳶たちを纏《まと》めるのは並大抵《なみたいてい》の苦労ではない。配下が困っている時には、いかに多忙であろうとも親身になって相談に乗ってやる。今日のように主《おも》だった組頭と酒を酌み交わすのも、それぞれの組下の者に何か異変はないかを汲《く》み取るためである。

時には力で黙らせねばならない。多くの配下がいれば、中には不逞《ふてい》の輩が混じっていることもある。喧嘩の仲裁に乗り出した秋仁に対し、激昂《げっこう》して後先考えず

に殴りかかるような者もいた。しかし秋仁は、そんな輩を拳で黙らせてきた。

「下から順に来ると思ったが、えらく上を狙ってきたじゃねえか」

秋仁は声を掛けた。何か隙が生まれれば、すかさず飛び掛かるつもりでいる。今まで前頭十枚目より下ばかりが狙われていた。前頭三枚目の己のところに来るならば、もう少し先だと思っていた。

「そのつもりだったんだがな。狙っていた獲物の逃げ足が速いのなんの。そのうちお縄になっちまって、まどろっこしくなってな」

「天蜂《てんほう》……鮎川転《うたた》か」

鮎川転が、吉原での連続火付けに関与したとかで、島流しになった一件は耳にしていた。この事件の解決にも、新庄藩火消が一枚嚙んでいたらしい。

「よく解《わか》ったじゃ――」

番付狩りが言うのを待たず、秋仁は橋板を蹴って躍《おど》りかかった。左脚を回すように高く振り上げて顔を横薙《な》ぎにはらう。鈍い音が響いた。番付狩りは右腕を上げ、蹴りを受け止めていた。

「やるじゃねえか」

番付狩りが呟《つぶや》くのが聞こえた。秋仁は左脚を折り畳みながら鋭く身を回し、剣の居合抜きのように、右手で脇腹目掛け、裏拳を放つ。だが、これも番付狩りの左掌で止められた。

「くそっ」

秋仁が左足を下ろしたのは、躰より随分《ずいぶん》後ろの位置。続いてそのまま反対に身を独楽《こま》のように一回転させ、顎《あご》を目掛けて左の裏拳を繰り出す。そう何度も同じ相手と喧嘩することなどない。この一連の流れは秋仁の謂《い》わば必殺の組み合わせであり、未《いま》だかつて止められたことは無い。回転の力を得た左の拳は、番付狩りの顔面を強《したた》かに打った。

「痛《いて》え……」

「なっ――」

確かに当たった。だが番付狩りは咄嗟《とっさ》に顎を引き、眉間《みけん》で受けていた。驚く間もなく、ぐわんと頭に衝撃を受け、秋仁は吹っ飛んだ。頭突きを見舞われたのだ。蹌踉《よろ》めいた秋仁だが、欄干に背が当たって止まる。ちらりと川面《かわも》を見た。このまま飛び込んで逃げるという手もある。

だが、秋仁は拳を構えて一歩踏み出した。相手の意図がはきとしない今、配下に危害を加えないとは言い切れない。配下が逃げるための時を稼《かせ》ぐ必要がある。

秋仁の振り抜いた拳が宙を切った。

「あんた、男だな」

番付狩りがそう零《こぼ》すのが聞こえた時、秋仁は顎に強い衝撃を受け、膝《ひざ》からふっと力が抜けていくのを感じた。

二

本日は「鳶市」である。場所は芝《しば》の増上寺《ぞうじょうじ》で行われる。幕府が直《じか》に取り仕切るということで、火事場見廻《かじばみまわ》りなど、火事に関係するお役目の武士も駆り出されていた。

源吾らが着いたのは、開始の巳《み》の刻（午前十時）より半刻（約一時間）ほど前だったが、すでに境内《けいだい》は火消たちでごった返している。

「かなり多いですね」

新之助は背伸びして周囲を見渡した。各家、各組二人までの参加と決められているが、府下全域の武家火消、町火消となると、その数は優《ゆう》に五百を超す。そこに鳶を志《こころざ》す者たちが三百十六人、幕府の役人も合わせれば、千にも届きそうなほどである。このようなお祭り騒ぎは庶民の好むところで、火消読売《よみうり》書き以外の立ち入りは禁じられているにもかかわらず、近くには漏《も》れる声だけでも聴こうと、野次馬が集まっている。

「喧《やかま》しいな」

これほどの人数が口々に話すものだから、会話も儘《まま》ならぬほどである。人より耳の優れた源吾にとってはやや苦痛だった。

「知り合い、いませんかね？」

新之助は物見遊山《ものみゆさん》に来たかのように、嬉々《きき》としていた。源吾も番付大関《おおぜき》とあって、皆顔を知っているらしく、先ほどから周囲の視線を感じている。

「ったく、混みすぎだ。どこか空《あ》きはねえか……」

源吾は人込みを分けながらぼやいた。これほどの人数である。床几《しょうぎ》を用意することもならず、敷《し》かれた茣蓙《ござ》に座ることになる。此度《こたび》は火消のことであるため、武家火消と町火消こそ分けられているが、家の格式は問わないと事前に言い渡されている。適当に座ればよいのだが、空きが見つからず右往左往《うおうさおう》していた。

「あ、知り合いがいますね。しかも隣に空きがありますよ」

一歩先を進む新之助が振り返った。

「よし。そこでいい」

人の多さに息苦しさを覚え、どこでもいいから早く座りたかった。

「……何故《なにゆえ》、わざわざ横に来る」

仏頂面《ぶっちょうづら》で言ったのは、加賀藩火消大頭、大音勘九郎であった。何とか辿《たど》り着いて周りも見ぬままに座り、ふと隣を見れば奴がいた。

「何でここなんだ」

源吾も顔を顰《しか》めつつ新之助の肩を小突《こづ》いた。

「折角《せっかく》見つけたのに、文句を言わないで下さい」

新之助は口を尖《とが》らせた。火消の王とも呼ばれる加賀鳶である。どの者も暗黙《あんもく》の裡《うち》に隣に座るのを憚《はばか》っていたようだ。

「よし、別の場所にしよう」

源吾は腰を浮かせようとするが、しかし新之助は袖《そで》を引っ張って座らせようとする。

「見る限り近くに空きはなかったので、我慢して下さい」

源吾は深い溜息をついて項《うなじ》を掻いた。

「一花《いっか》、他の場所を見つけよ」

「諦《あきら》めましょう」

　勘九郎が言い終わるより早く、横から被せるように言ったのは、加賀鳶三番組頭一花甚《じん》右衛《え》門《もん》であった。

「一花さん、ご無沙汰《ぶさた》しております」

「鳥越殿か。過日《かじつ》は火事場であったため、まともに挨拶《あいさつ》も出来ず申し訳ない」

　源吾と勘九郎を挟んで、会話が始まる。

「お前ら知り合いか？」

　源吾は首を捻《ひね》った。

「ええ。一花甚右衛門といえば、府下十傑《じっけつ》に数えられる宝蔵院流《ほうぞういんりゅう》の達人ですよ」

　新之助が幼い頃からすでに、甚右衛門は槍《やり》の名手として名を轟《とどろ》かせていたらしい。

　強い者がいると聞けば、見たくなるのが優れた武人の性《さが》である。新之助が新庄の麒麟《きりん》児《じ》と呼ばれるようになった頃、甚右衛門はどれほどのものかと道場を訪ねた。そこから相知る間柄になったという。

「お主も遂に十傑に入ったではないか。それにしてもまさか火消の家だったとは……初めて火事場で見た時は驚いたわ」

剣や槍について話すだけで、互いの家柄など気にもしてこなかったらしい。

「十傑より火消番付が上がって欲しいんですけどねえ……」

新之助は不満げに零した。それまで口を噤《つぐ》んで前だけを見ていた勘九郎が、ふいに話し始める。

「番付か。お主のところは何ともないか」

「なんのことだ？」

思い当たることがなく、源吾は眉《まゆ》を顰めた。

「どこにでも顔を突っ込むお主らが知らぬか」

勘九郎は片眉を上げて少し驚いた。何でも今年に入ってから、番付に名を連《つら》ねる火消が度々《たびたび》襲撃されているという。得物《えもの》を持っての奇襲という訳でなく、下手《げしゅ》人《にん》は決まって相手の番付、名を確認し、拳での喧嘩を吹っ掛けてくるらしい。何とも変わった通り魔である。

「番付狩り……か。初耳だな」

年明けから源吾は吉原の火付けの解明に奔走《ほんそう》し、残る新之助も不測に備えて不要な外出を避けた。故に耳に入って来なかったのだろう。加えて火消というものは誇り高く、自《みずか》らが敗れたことを吹聴《ふいちょう》するはずがない。徐々《じょじょ》に噂が広まりつつあるといった状態のようだ。

「俺が江戸を空けていたのは知っているな」

「ああ、確か浅間《あさま》……」

「言うな。他言無用《たごんむよう》だ」

勘九郎は鋭《するど》く制した。信濃《しなの》と上野《こうずけ》に跨《また》がる浅間山に、噴火の兆候《ちょうこう》が見られるということで、田沼は現地へ視察に赴《おもむ》いた。この時田沼は学者の他に、近隣の村へ危急の際の対処法を教えるため、火の玄人《くろうと》である火消も連れて行った。それがこの大音勘九郎であり、二番組頭の清水陣内《しみずじんない》、三番組頭の甚右衛門も同行していた。

「留守の間に、義平がやられた」

勘九郎は忌々《いまいま》しそうに舌打ちをした。源吾も見知っている。加賀鳶の六番組頭にして、火消番付、東の前頭十枚目に名を連ねる男だ。元は火事場見廻り配下の小者であったが、ある火事場の見分で主に楯突《たてつ》いて激しい折檻《せっかん》を受けていた。現場に居合わせた勘九郎が、義平の見立てのほうが正しいと看破《かんぱ》し、火事場見廻りを一喝《いっかつ》した上、自身がもらい受けると迫って、加賀鳶に加えた。

滅法《めっぽう》気の強い者が多い加賀鳶において、義平は温厚な性格であった。元々その能力は火事が起こっている現場より、鎮火後に役立つものであった。灰の色や粒の大小、燼灰《じんかい》から何が燃えたのかを判別し、焼け跡に浮かぶ紋様から、どのように火が回ったのかを読むのに長《た》けていた。地に這《は》いつくばって灰をじっと吟味《ぎんみ》する姿から、「灰蜘蛛」の二《ふた》つ名で呼ばれている。

その義平が番付狩りに目を付けられ、指の骨を三本折る重傷を負ったらしい。

甚右衛門が眉間に皺《しわ》を寄せて言う。

「義平の勝てる相手ではなかったようですが……加賀鳶の名を汚す訳にはいかぬと思ったのでしょう。何度も立ち上がって挑んだのです。相手は余程《よほど》打たれ強いらしく、殴り続けた義平の指のほうが先に折れた」

「火消の本分ではない。転がっておけばよいものを」

勘九郎が吐き捨てるように言うので、源吾が怒りを顕《あら》わにした。

「おい、てめえ……」

「だが、必ず見つけ出して仇《かたき》を討つ」

見れば勘九郎のこめかみに青筋が浮かんでいる。言葉とは裏腹に相当に怒っていることが見て取れ、源吾も気勢《きせい》を削《そ》がれて溜息をついた。

「気を付けろ。一昨夜、秋仁もやられたそうだ」

「おいおい……あいつは相当、喧嘩が強いぞ」

秋仁は若い頃は名の知れた無頼《ぶらい》の火消で、勝つことこそ無かったが、あの辰一とも何度も渡り合った過去を持っていた。それが拳で負けるとは番付狩りはかなりの強者ということになる。

「何が目的でしょう？」

新之助は下唇《くちびる》に指を添えて首を傾けた。

「義平は独りで気を失ったが、加賀藩邸の前まで運ばれていた」

「その番付狩りが運んだと？」

「そのようだ。担《かつ》がれている時の記憶が微《かす》かにあるらしい」

「訳解らねえな」

源吾は己の額《ひたい》を小突いた。いきなり喧嘩を吹っ掛け、叩きのめし、そして門前まで送り届ける。この奇妙な一連の行動は何なのか。

「義平は意識が薄れゆく中、番付狩りの言葉を聞いている。あんた、男だな……そう言ったらしい」

ますます解らない。ともかく珍妙《ちんみょう》な事件が起こっていることだけは確かである。おかしな事件と謂えば二日前の朱土竜の火付け。秀助の手口と酷似《こくじ》している。江戸の裏で、様々な思惑《おもわく》が蠢動《しゅんどう》しているのではないか、と嫌な予感がし、源吾は腕を組んで小さく唸《うな》った。

三

数百の火消たちが、相撲《すもう》興行を見物するように大きな車座になっている。そこの中央に火事場見廻りの柴田七九郎《しばたしちくろう》が進み出た。そこは幅二十五間（約四十五メートル）ほどの広さで空いており、ここで志願者が試技を行うのだろう。この催しは新たなものであり、取り仕切る役職も設けられていないため、この男が進行を務めるらしい。

「定刻になった故、鳶召し抱えの札入れを始める」

市井《しせい》では、この催しをとっくに鳶市と呼んでいるが、公儀は特に名付けておらず、長たらしく説明をした。

「札入れの前に、鳶を志《こころざ》す者には走り、梯子《はしご》上り、俵《たわら》投げの三種を行わせる。どの者を雇い入れるかの参考となされよ」

車座の一箇所が切れており、そこが道となっている。柴田の進行により鳶志願者が続々と並ぶ。まずは走力を見るようだ。一度に走るのは十人程、距離は二十間（約三十六メートル）と説明された。

「構《かま》え……始め！」

柴田の号令で一斉に走り出す。走力にはばらつきがあり、一番速い者と遅い者では二つ数えるほどの差が出た。境内はとにかく騒々《そうぞう》しい。祭り好きの火消である。本来の目的を忘れて、声援を送っている者もいる。

「新之助、柴田から数えて二人目だ」

「一花、奥から二人目」

源吾と勘九郎の声が重なり、互いにむっと唸る。甚右衛門は矢立を持ってきており、帳面に記録を取っている。その点、新之助は言うだけで覚えてくれるから重宝《ちょうほう》する。

「一番足の速かったのはあの手前の男ですが？」

新之助が怪訝《けげん》そうに尋ねる。

「最初の五間は今言った男が断然速い。鍛えればものになる」

勘九郎は小さく鼻を鳴らす。同じ点を見ていたということだろう。

「なるほど」

今度は新之助と甚右衛門が声を揃《そろ》えて感心している。その間にもどんどん鳶市は進行する。どの者も団栗《どんぐり》の背比べで、特筆すべき者はいなかったが、十五組目となったところで割れんばかりの歓声が上がった。今まで走った者の中で、圧倒的に速い者がいたのである。

「あいつは?」

勘九郎が短く言うと、甚右衛門は事前に配られた名簿を捲《めく》る。

「江戸には珍しいですな。和泉《いずみ》の産で、名は慎太郎《しんたろう》。元は馬借《ばしやく》とありますが……」

「ふむ。大方《おおかた》、博徒《ばくと》といったところか」

博徒や渡世人が堅気《かたぎ》になる時、前歴を馬借と偽《いつわ》ることが多い。慎太郎という男、どこか擦《す》れた雰囲気があるのを源吾も感じていた。

「どうします?」

新之助が念のためといったように訊いてくる。

「ありゃ人気になりそうだ。うちは飛ばす」

「あれならば小源太《こげんた》のほうが速い。当家には不要だ」

同じく勘九郎も見送るようであった。二十三組目からは三年以上鳶を務め、此度の市に出た者たちとなる。この者たちは被っても籤にはならず、俸給《ほうきゅう》を提示して入札した各火消組の中から、己が行きたいところを好きに選んでいいことになっている。

「あ！　貞介さん」

組の中に元八重洲河岸定火消の貞介の姿があった。内記の下《もと》を離れ、新天地を求めて参加しているのだ。貞介だけでなく、二十三組目以降はどの者も長年鍛えているだけあって健脚で、それまでの者たちとものが違っていた。

走りの試技が終わり、次に梯子上りに移る。これは特に素人《しろうと》と元鳶の差が顕著《けんちょ》だった。元鳶が六つ、七つ数えるまでに上るのに対し、素人は速い者でも十、平均すると十二、三を数えてようやく上に辿り着く。

「仙助《せんすけ》ならば『四』で上る」

甚右衛門が誇らしげに言うと、新之助も負けじと言い放つ。

「彦弥さんなら『一』です」

「そりゃ流石《さすが》に無理だ」

源吾は苦笑した。しかし実際、彦弥ならば三で上ることも可能だろう。

「慎太郎でしたっけ？　梯子上りも五くらいでしたね」

「確かに素質はある」

慎太郎が今回の鳶市で一番の注目の的《まと》になっているのは間違いない。

「それに比べさっきの若い人は……可哀《かわい》そうでしたね」

新之助が苦い表情になって頬を掻いた。

先ほどの組、十五、六歳ほどの若者が梯子の途中で止まってしまったのだ。足が竦《すく》んだのだろう、そこから上ることも降りることも出来ず、境内は嘲笑《ちょうしょう》の渦《うず》に包まれた。恐怖と恥辱《ちじょく》の両方だろう。梯子の真ん中にしがみついたまま、がたがたと震え、最後には他の志願者に救い出される始末であった。

新之助は帳面から名を探し当てた。

「えーと……藍助《あいすけ》。この人だ。確か走りもかなり遅かったですね……これじゃ誰も採ってくれないな」

「それならそれでいいんだよ。下手に火消になっても命を落とすだけだ」

そう言いながら源吾は、あることに気が付いた。大抵《たいてい》の者は訓練次第でそれなりの鳶になれるが、先ほどのように適性が無いと思わざるを得ない者もやはりいる。しかし、熱意があれば、火消側がほだされて採用することも多い。

そのような場合、結末は悲劇と決まっている。屋根から滑り落ちて命を落とす。あるいは炎に動顛《どうてん》して仲間を危険に晒す。似た話を源吾は幾度となく聞いてきた。

――田沼様はそれもお考えなのか。

鳶市ならば予《あらかじ》め適性が見られる。若者が命を落とす悲劇を繰り返させない意味もあるのかもしれない。

三つ目の俵投げ、これも元鳶が好成績を残した。新人の中ではやはりあの慎太郎。元鳶たちと比べても遜色《そんしょく》ない。即戦力としての活躍が期待出来る。

「見ていられないですね」

新之助は片目を瞑《つぶ》って顔を顰めた。先ほど梯子で固まっていた藍助という若者だ。何とか俵を持ち上げるも、よろよろと足が縺《もつ》れる。そして尻もちをついて俵の下敷きになってしまっている。

「よく志願したもんだ」

源吾も長年やってきて、これほど鳶に向いていない者を見るのは初めてだった。どこからも声が掛からないことは明白だろう。

全ての試技が終わり、次に札入れに移る。源吾は新之助と額を集めて相談した。

「この三人だな」

新庄藩火消は府下のどこにでも駆け付ける。故に最も必要なのが脚力と持久力だと考えている。当初予定していた者から二人。三人目は実際にはあまりにも鈍《どん》足《そく》だったため、他の者を選び直した。

「お前らはどうするんだ？」

甚右衛門が躊躇《ためら》ったが、勘九郎は見せてやれというように顎をしゃくる。

「ほう……なるほどな。身丈《みたけ》か」

源吾はその視点でも見ていたからすぐに判《わか》った。勘九郎が選んだのは元八重洲河岸定火消が二人、新人が六人、どの者も背が低い。

「当家は以前より、身丈の高い者ばかりを集めていた。だが矢柄《やがら》の姿を見て考えを改めた。隘路《あいろ》、狭所では小柄なほうが役に立つ」

「なるほどな。矢柄の下、水番《みずばん》に育てるか」

水番とは竜吐水《りゅうどすい》、玄蕃桶《げんばおけ》、手桶などを駆使《くし》して建物を濡らす、あるいは直《じか》に炎に浴びせて勢いを削ぐ者どもである。最低限の力は必要だが、大事なのはどこに浴びせれば火が退くかを見抜く目と経験、そして手先の器用さであろう。これは今日の試技からは判別出来ないし、どちらにせよ育てなければならない。故に躰の大きさを基準にしたということだ。

「入番《いりばん》にもなれるだろう。それこそ義平は良い入番でもある」

入番とはまだ建物の中に人が残されている時、水を被って突入する決死の役目である。炎上する家屋では梁《はり》が崩れ、柱が倒れ、救うべき者のところに辿り着くことは難しい。小柄な者ならば潜《もぐ》れるといった局面も出てくる。

柴田が順に札を入れるように促す。この時点で今回は雇い入れを見送る家や組もあるようだが、それでも三百人ほどの大行列が出来る。鳶の志願者は己が選ばれることを祈りながら待つ。

「お、松永の旦那《だんな》」

列の後ろから声を掛けて来たのは、仁正寺《にしょうじ》藩《はん》火消頭の柊《ひいらぎ》与市《よいち》であった。

「おう。先日はすまなかったな」

先日、吉原の火付けに対処するため、全ての配下を呼び寄せた。その時、代わりに管轄《かんかつ》を守って欲しいという要請を、与市は快《こころよ》く受けて全《まっと》うしてくれた。

「借りはまだまだ返しきれてねえさ」

与市は片笑みつつ言った。

「で、何人だ」

「十一人。上に必死に掛け合い、俺の禄《ろく》を削《けず》り、配下も協力してくれてもここが限界だ」

これだけで話は通じる。与市は元八重洲河岸を出来る限り雇い入れるつもりだろうと思っていた。

「勘九郎も入れてくれるようだ。他にも欲しい組があるはずさ」

「だといいんだがねえ」

与市は、己のことのように彼らを心配している。事件は一応の決着を見たが、まだ真の解決に至っていないことをよく解っている。己や勘九郎の下の世代では、この与市が筆頭の火消になるだろう。

「おい、源《げん》」

与市と話していると、今度は列の前から声が掛かる。この呼び方をする者は、ただ一人を除《のぞ》いていない。振り向くと列から身を乗り出し、軽く手を振っている男がいる。

「漣次《れんじ》。久しぶりだな。達者そうでなによりだ」

火消番付西の前頭二枚目、い組の漣次。歳は己と同じ三十四歳。火消になったのも同年という男だ。鞣革《なめしがわ》のような褐色《かつしょく》の肌、彫りが深く目鼻がはっきりとしている。星十郎をぐっと精悍《せいかん》にしたような顔付きである。

この男と謂えば縦縞《たてじま》。とにかくこの紋様を好み、普段着だけでなく、長半纏も縞模様のものを使っている。その伊達男《だておとこ》ぶりに市井での人気は高く、「縞天狗《しまてんぐ》」の異名で呼ばれていた。

「源も元気そうで安心した」

漣次の声は心地よい低さで、それが渋いと昔から女子にも人気があった。

「仮にも公儀の場だぞ。その呼び方は止めろ」

源吾は苦笑した。昔から漣次はそのように呼ぶ。もともと火消とは身分など屁《へ》とも思っていない者が多い。ましてや己と漣次は駆け出しの頃からの馴染みで、ずっとこの調子でやってきている。源吾も気にはしていないが、人の目というものがある。

「別にお上に食わしてもらっちゃいねえさ」

笑うと覗《のぞ》く歯は、褐色の肌と相まって純白に見えた。

「まあな」

源吾も頓着《とんちゃく》なく笑った。

「お前のところの纏師《まといし》、かなり活きがいいらしいな、確か名は……」

「ああ、彦弥だな」

「それだ。三大纏師の一人なんて呼ばれているらしいぞ」

「聞いた。その筆頭はお前だろうが」

この漣次の本職は纏師である。しかも源吾が知り得る限り最高の纏師であった。縞天狗の異名の「天狗」は、いかなる建物であろうが軽々と越えることから来ている。跳躍だけならば彦弥も負けていないが、漣次にはもう一つの誰にも真似出来ぬ特技があった。

「鮎川は何があった。お前も一枚嚙んだと聞いたぞ」

漣次は信用するに足る男であるが、この場で語るのは流石に人目を憚る。

「ちとここではな……ところで調子はどうだ？」

「人手は十分だが、組頭が育たねえ。爺《じじい》も逝《い》っちまったしな……」

漣次の顔から笑みが消えた。

「金五郎《きんごろう》か。最後の火事場に俺もいた」

「そうだったな」

明和の大火の前年、狐火こと秀助が仕掛けた火事に真っ先に駆け付けたのが、日本橋に本拠を置く「い組」であった。その炎は、水を掛けると消えるどころか、燃え盛るというもので、後に星十郎が瓦斯《がす》によるものと看破した。金五郎はその瓦斯が引き起こした爆発により大火傷《やけど》を負い、その日の夜半に息を引き取ったのだ。

漣次に火消のいろはを教え込んだのは、その金五郎だった。金五郎は、己は頭の柄《がら》ではないと、漣次を育て上げ、現役を退《しりぞ》くことなく補佐役として支えていた。

「爺はぶっきらぼうだが、火消を育てるのは上手かったからな。俺も見習わねえといけねえ」

「互いにな」

順番が来て札を入れた。ここから役人が総出で重複がないかを調べ、重なったならば籤で決める。

「一人だけ重なってしまいましたね……本組《ほん》か。どうします？」

新之助はひょいと首を捻る。

「お前が行け。俺は籤運がねえ」

前に出ていった新之助は、むっと気合いを入れて木箱に入った竹の籤を引く。先に朱の印がついている。当たりである。

「やりました！」

「悪いな。土門《どもん》」

本組の土門、これも見知った男で、目が合った源吾は片手で拝むようにした。こうして次々に札が重複した新人の行き先が決まっていく。

「四十五組って、多過ぎでしょう。あー、すぐに番付入りしちゃうんだろうな……」

新之助は勝手に妄想を膨らませて独り言を零している。三つの試技で飛びぬけた成績を収めた慎太郎には、やはり札が集中した。

「よし」

場に一斉に深い溜息が響き渡った。籤を引き当てたのは漣次である。

「い組の連中は昔から博打《ばくち》が強いからな」

源吾は昔、二人で賭場《とば》に行ったことを思い出した。い組は町火消の雄《ゆう》の一つ。これでまた強化されることだろう。ともあれ新庄藩としては目当ての新人を三人とも確保出来た。

「よかったですね」

二人にそう声を掛けてきたのは「に組」の宗助であった。

「宗助か。辰一は……来る訳ねえか」

訊《き》くまでもなく先が読め、源吾は薄く笑った。

「ええ。気乗りがしねえ、お前が行ってこいって」

「で、に組はどうだ？」

「御頭の要望に合う新人がいなかったので、誰にも札を入れませんでしたよ。俵を二十間投げる奴か、焼けても死なねえ頑強な奴がいたら採って来いって……そんなのいる訳ない」

宗助は苦く笑って首の後ろに手を回した。

「あいつ、物差しがぶっ壊れてやがる」

俵の重さは四貫（約十五キロ）。よく投げた者でも十間と少し。二十間など辰一を除けば、寅次郎くらいしか投げられる者が思い当たらない。

「他の家はだいたい数を揃えたようですね」

宗助は境内を見渡した。火消たちの大半が、まだあちこちで雑談しており、帰る気配はない。

仁正寺藩に希望された元八重洲河岸は、貞介を始め十一人全員が与市の下へ行くことを望んだ。

そしてその八重洲河岸定火消。内記が来ていることは遠目に見ていた。内記は何と九十枚もの札を入れて一同を驚かせた。よ組と重複することが多かったが、内記は籤運も滅法強く、新人、他所から流れた鳶、合わせて七十人を確保するに至った。一橋と繋がっている疑いがある以上、今後の動向に気を付けねばならない。

「さて、帰るとするか」

新之助が頷《うなず》き、源吾は寺を後にしようと一歩踏み出した。しかしそこで歩みを止めた。

「まさか……」

宗助は何故《なぜ》立ち止まったのか理解したようで、真剣な面持《おもも》ちになっている。

「御頭、どこですか」

「しっ……待て。遠くねえ」

瞑目《めいもく》して耳を欹《そばだ》てた。音がする。低く地を這うような陣太鼓《じんだいこ》の音であった。半鐘《はんしょう》もそれを追う。連打、火元近し。方角、大きさから察するに、

「番町《ばんちょう》……まずいぞ」

源吾は刮《かつ》と目を開く。旗本の屋敷が建ち並ぶ町で、すぐ東には御城がある。

「風は――」

新之助が空を見上げて風を読まんとする。

「西から。御城が燃える」

「ここにはこれだけ火消がいるんです。すぐに呼びかけ――」

「待て」

源吾は行こうとする新之助の腕を掴んだ。

「今、ここで火事を告げてみろ。我先にと駆け出して大騒動になる。江戸中の頭がここにいるんだ」

「つまりどの火消も頭が不在……状況は良くありませんね。どうしますか？」

「勘九郎はどこだ」

源吾は人込みの中から勘九郎を捜した。

「確かさっきあの辺りで見かけましたが……あそこです！」

新之助がいち早く見つけ、源吾は急ぎ勘九郎の元へと駆け寄った。

「どうした」

この喧騒《けんそう》である。勘九郎でさえも火事に気付いていていない。

「太鼓、半鐘が聞こえる」

「どこだ」

「番町」

「まずいな。誰かに話したか」

「新之助と宗助だけ。他はまだだ」

全く会話に無駄が無い。日常では互いに反目《はんもく》しあっていても、いざ火事となれば面白いほど心が通じる。

「よし。急ぎ本郷《ほんごう》へ帰り、北から攻める。お主は南から……」

「いやここから行く」

源吾が強く言い切ると、勘九郎は鼻を鳴らした。

「そういうことか」

「お前が大将だ。陣立てを頼む」

「相解った」

勘九郎は周囲をゆっくりと見渡すと、火事場で鍛えたよく通る声で皆に呼びかけた。

「加賀藩火消頭、大音勘九郎である！　各々方《おのおのがた》、暫《しば》し耳を貸して頂きたい！」

流石に実力と格、共に最高の火消である。皆は一斉に話すのを止《や》め、今までの騒がしさが嘘《うそ》のように境内が静まり返る。そうなるとそれまで喧騒に掻き消されていた陣太鼓、半鐘の音が皆にも聞こえ、さざめくように囁《ささや》き声があちこちで起こった。

「もうお気付きだろう。火事である。火元は恐らく番町、風は東向き。一刻の猶《ゆう》予《よ》も無い」

一部の集団が騒がしくなった。今回採用が決まったばかりの新人鳶たちだ。その他は皆が各家、各組を代表して来ている頭格。口を噤んで勘九郎の言葉の続きを待った。

「静まれ！」

勘九郎は新人たちを一喝し、声を元の調子に戻して火消たちに語る。

「皆駆け付けたい思いは同じだが、この大人数では却《かえ》って混乱を来《きた》す。選抜して向かおうと思うが如何《いかが》か」

数百の火消の頷きが見事に揃った。

「僭越《せんえつ》ながら拙者《せっしゃ》が選ばせて貰《もら》う。異存があれば申し出て頂きたい」

このような時、並の火消ならば遠慮して中々言い出し難い。だが勘九郎は己も一つの駒として見ている。その駒が最も適していると見れば迷いなく使う。そこに謙遜《けんそん》などはない。

「大音殿に従う」

源吾が真っ先に応じると、他の火消もまた一様《いちよう》に頷いた。

「現場に向かっている火消もおろう。我らは精鋭《せいえい》三十で急行する。副将に松永源吾、風読みに……」

風読みは火消の軍師。この場合は三将という位置になる。

「進藤内記」

それまで大人《おとな》しかった火消たちだったが、この時ばかりはざわついた。内記が何をしたのか定かでなくとも、不始末から蟄居を申し付けられたことは知れ渡っている。衆の後方にいた内記に視線が集まった。

源吾は、勘九郎が内記を選ぶだろうと解っており、皆より早く注視していた。内記は得意の菩薩《ぼさつ》顔だったが、皆の視線が集まるまでに、小さく舌打ちをしたのを見逃さなかった。

「承《うけたまわ》りました」

内記は穏やかな笑みを浮かべて応じる。勘九郎は一気に続ける。

「纏番はい組の漣次。団扇《うちわ》番はめ組の銀治《ぎんじ》。水番は畑山監物《はたけやまけんもつ》、柊与市、入番は沖也《おきや》、鳥越新之助。本組の土門。逃がし番に神尾悌三郎《かみおていさぶろう》、矢吉《やきち》……」

勘九郎は府下の火消の名を諳《そら》んじており、加えてその長短をよく把握している。一度たりとも言い澱《よど》むことなく名を告げていく。

「壊し手は一花甚右衛門、枦山権六《はぜやまごんろく》、晴太郎……」

あ組の鳶が手を挙げて勘九郎を遮る。

「すいやせん！　御頭はここに来る途中、肥汲《こえく》みとぶつかって肥塗《まみ》れに……湯屋に行くといってまだ来てません！」

「外《はず》れか」

勘九郎も同時期に火消になった晴太郎のことを熟知している。そう呟くのが聞こえ、源吾は苦笑した。

「安栖忠兵衛《やすちゆうべえ》、宗助……」

再び呼び始めて三十人の名を挙げると、最後にこう締めくくった。

「後詰《ごづめ》はけ組の燐丞……以上、火消連合にて番町に向かう」

源吾が勘九郎に進言したこと。それは、

——今一度、火消連合だ。

と、いうことであった。先代平蔵は、秀助が狐火《きつねび》と呼ばれていた頃、すでにその背後に、幕府の内情に通じている者がいると見抜いていた。そこで外様《とざま》火消からなる火消連合を結成して事件を追った。最近、秀助を思うことが多かったためか、自然とその発想が出て来たのだろう。

「応《おう》！」

急拵《ごしら》えの一組だが、どの者も府下に名を轟かせる火消たち。増上寺の境内から疾風《しっぷう》の如《ごと》く飛び出し、真っ直ぐに番町を目指した。

四

向かっている途中、遠くからでも番町から焔《ほむら》が上がっているのが見えた。しかも幾条もの焔が、あちらこちらから立ち上っている。この面子《めんつ》の中では源吾はかなり脚が遅く、列から脱落しないように懸命に駆けた。

「この僅《わず》かな間に飛び火したということか」

そう言った勘九郎に、源吾は息を弾《はず》ませて答えた。

「太鼓や半鐘の他に、何かが爆《は》ぜる音もあった。数軒同時の火付けだ」

「先日の朱土竜《あけもぐら》の奴か」

「解らねえが、俺の勘働きではそうだ……おい、危ねえぞ。離れてろ」

選抜した火消以外は、一度各家、各組に帰って自らの手勢を連れ、それぞれ番町を目指すことになっている。ただ一人、勘九郎に呼ばれてもいないのに付いて来る者がいる。火事読売書きの文五郎《ぶんごろう》だ。両手に帳面と筆を持って必死に並走する。

「火消連合なんて、滅多《めった》に見れやしねえ。死んでも書き記しますぜ」

「福助《ふくすけ》は置き去りか？」

増上寺には、今では文五郎の見習いをしている息子の福助も連れて来ていた。しかしその姿は無い。

「おっ父《とう》は皆様の後を。俺は摺《す》り師の確保に向かう……ってさ」

「親父に似てきやがった」

源吾は苦笑した。福助も、数年後には文五郎のようなやり手の読売書きになるだろう。

番町は混乱を極めていた。一見《いっけん》するだけで四箇所から炎が上がっているのだ。

それぞれが強風に煽《あお》られて東へ向かう。上から見たならば四匹の火龍が、御城に迫っているかのように見えるだろう。これに対するは南部《なんぶ》家、永井《ながい》家、水野《みずの》家などによる八丁《はっちょう》火消。御城の危難と見て駆け付けた方角《ほうがく》火消毛利《もうり》家。だがどの家も頭が不在ということもあり、動きが精細《せいさい》を欠いていた。

「各々方、助太刀《すけだち》致す！」

源吾が声を掛けると、水野の火消たちがそれに気付いた。

「火喰鳥……ぼろ鳶か！　いや……これは――」

火消は絶句している。この火消連合の大半は各家、各組の頭。一体どうなっているのだと目を白黒させていた。

「何があった⁉」

「それが我らもよく解らないのです。朱土竜が起こったと聞いて間もなく、別の場所では立ち木が突然燃え始めたとのこと。さらに今度は別の屋敷の土蔵が吹き飛び、真偽《しんぎ》は解りませんが、井戸から火柱が上がったとも……」

「どういうことだ……」

ここに来るまで朱土竜だけだと思っていた。どれも怪奇というほかない。何か見えない力が働いていることは確かである。まず消すことだけに思考を切り替え、源吾は火消に向けて言った。

「道具を貸して欲しい」

「それは構いませぬが……」

鳶市から急行したのだ。火消七つ道具はおろか、刺子《さしこ》半纏も着ていない。平装でこの火事に当たるほかない。

「お主らの頭も間もなく戻る。ここは我らが仕切る。従ってくれるか⁉」

「も、勿論《もちろん》でございます！」

このような現場との折衝《せっしょう》は、副将である頭取並の役目、今日は源吾がその役を担《にな》う。源吾は鳶口《とびぐち》を借りると、身を翻して勘九郎へ投げた。

「勘九郎、頼む！」

勘九郎は鳶口を受け止め、天に掲《かか》げて指揮棒の代わりとした。

「漣次は最も燃え方の速い焰を見定め、常にそこを纏で示せ」

先ほどの譬《たと》えで言うならば、四匹の火龍は抜きつ抜かれつ、御城に向かっている。その中で常に最も進攻の速い龍の鼻先に立てということである。そのためには休むことなく屋根から屋根へと飛び回らねばならない。

「骨が折れそうだ」

漣次は水野家の火消から予備の纏を受け取ると、それを肩に担いで近くの建物へと向かった。そしてそのまま助走もつけずに進み、いきなり壁を蹴って跳び上がると、軒に手を掛けた。

水野家の鳶から感嘆《かんたん》の声が上がった。凄まじい跳躍力は些《いささ》かも衰《おとろ》えていない。だが驚いた訳はそれではなかろう。

「あれが縞天狗……」

「げ、何ですかあれは」

新之助も屋根を見上げて吃驚《びっくり》している。漣次は片手で、しかも軒を指で摘《つま》むように摑み、そのままぐいと躰を屋根の上に引き上げた。

「相変わらず、馬鹿げた指の力だ」

「馬鹿は余計だ。摘むぞ」

漣次は指を二度、三度動かして笑った。

「南部家、毛利家は松永に、永井家、水野家の両家は進藤に従って頂きたい」

勘九郎は威厳《いげん》の籠《こも》った声で言い放つ。諸藩の火消が次々と応じた。中には憧れの勘九郎の下で消火に当たれることに興奮したか、拳を握りしめている者もいる。

「これより最も進みし炎の前方を狩る。掛かれ！」

勘九郎の号令で一気に駆け出した。漣次は屋根の上を飛び回りつつ、下に向けて叫んだ。

「あの炎が速い！」

「相解った。二軒先を濡らし、一軒先を潰す。逃がし番は民を誘導せよ！」

逃がし番はその名の通り、人々を逃がす役目を担う。これは米沢《よねざわ》藩火消頭、「黄獏《おうばく》」の神尾悌三郎、吉原火消「小唄《こうた》」の矢吉である。

「私が先導する。ついて来られよ」

悌三郎の特技は平装の今は使えない。とはいえ熟練の火消であることは確かで、勘九郎が任命したのも頷ける。

「慌てず、ゆっくり。こんな時ばかりは、大事な奥方の手をしっかりと握ってやって下せえ」

矢吉は、急《せ》かしては却って混乱を来《きた》すと、人々を落ち着かせていた。

「火勢を鈍らせる。与市、あの窓から水桶を投げ入れよ」

「あいよ」

投擲《とうてき》において与市の右に出る者はいない。投げた手桶は、水を一滴も零さずに燃え盛る屋敷の窓へ吸い込まれた。次の瞬間、外に伸びていた赤い触手が縮んだ。

「よし、打ち砕け！」

壊し手が一斉に取り掛かる。二手に分かれ、一方を源吾、もう一方を内記が指揮した。

「その梁を抜けば、柱が二本倒れますぞ。そちらの板壁に穴を空けておきなされ。退《ひ》き口を確保するのです」

進藤内記。憎むべき男であるが、その腕はやはり一級品であった。火消の全ての技に精通しており、炎へ迅速《じんそく》に対処するだけでなく退路の備えも忘れない。

「柊殿、あの炎を抑えて頂けますかな」

内記は微笑《ほほえ》みを浮かべ、臆面《おくめん》もなく呼びかけた。与市も唖然《あぜん》となって零した。

「正気かい？」

過日のことがある。常人ならば話しかけるどころか、共にいることすら憚られるだろう。だが内記に動じる素振《そぶ》りはない。

「火事場において、火消とは心を一つにするものでしょう」

内記は首を傾け、ただでさえ細い目を松の葉の如く細めた。

「この野郎……」

与市は舌打ちして支度《したく》に入る。源吾は己の持ち場で督戦《とくせん》しながら、そのやり取りを横目で見ていた。

――何を考えている。

この男はやはり油断がならない。ただ今、この時においては味方であるらしい。

「どなたか――助けて下され！」

武士が一人、顔面を蒼白《そうはく》にして勘九郎の元へ駆け寄ってきた。

「いかがされた」

「当家の主人たちが、隣の屋敷に……」

武士は慌てて説明する。齢《よわい》六十になる老武士が隣に住んでいる。これが主人の囲碁《いご》仲間であるらしい。酷《ひど》い脚気《かっけ》を病《や》み、最近では歩くことも儘ならないという。主人は、中間《ちゅうげん》一人を連れて救出に向かったまま帰らないというのだ。

「あの屋敷か……御当主は家の者が連れ出したのではないのか」

「家督を譲らず、ご嫡男《ちゃくなん》と反目しておられ……」

他家のことではあるが、この切迫した事態に武士は儘よと話す。

「見殺しにすると申すか」

勘九郎は炎に包まれる屋敷を見た。焔に先んじて濃い黒煙が襲ったはず。それに巻かれて身動きが取れないものと思われた。

「勘九郎」

「頼む。入り番、松永に続け！　毛利家から四、五人合力して頂きたい！」

源吾は火焔渦巻く屋敷に向けて走り出す。続いて新之助、毛利家の鳶が駆け付け、あっという間に決死の突入組が結成された。手桶の水を頭から被りながら新之助が言う。

「御頭、中は煙で地獄のように。急ぐ必要があります」

「ああ、救い出すのは三人。油断していたら命を落とすぞ」

「もう一人の入り番は……」

「春雷《しゅんらい》……沖也」

源吾が呟いた時、新之助とは反対側から声が掛かる。

「松永様、お久しぶりです」

沖也であった。太く逞《たくま》しい眉、大きめの鼻孔が野性味を感じさせる。いつの間にというように、毛利家の鳶から小さく驚きの声が上がる。

「毛利家の方々は入口の確保に努めて下され。沖也、先頭を頼めるか」

「ようございます」

「突っ込むぞ！」

源吾が叫ぶと同時、沖也が先頭に躍り出る。そしてそのまま、ぐんぐんと突き放していった。その尋常ならざる速度に新之助は舌を巻いた。

「速い――」

「春雷の名は伊達《だて》じゃねえ。漣次が空で最速なら、沖也は地で最速の火消さ」

走法からして並とは違う。一般的には手足を固定して走るのが良いと言われているのに対し、沖也の走りは自然体、右脚が出れば左手が前に振れる。全身が躍動し、獲物を狙う獣《けもの》を彷彿《ほうふつ》とさせる。

源吾、新之助が飛び込んだ時、すでに沖也の姿は無い。単騎駆けで屋敷の奥に進んだと見える。炎は中にまで侵入し始めており、黒白の煙が蔓延《まんえん》してまともに息が出来ない。どんと畳を踏み鳴らす音が聴こえた。源吾の耳が良いことを知っている沖也が音で報《しら》せたのだ。

すぐに駆け付けると部屋の隅に蹲《うずくま》っている三人がいた。沖也は口を真一文字に結んだまま、手を素早く動かす。指三本、額、指二本、老人を指差す、拳を作り自身の胸を叩く。

――三人の内、二人の意識が無い。老人は特に危うい。

熟練の火消は手で会話が出来る。共通の動作があり、それが連綿《れんめん》と受け継がれている。新庄藩ではそれをさらに発展させ、より細かいやり取りが出来るようにしていた。

沖也が矮軀《わいく》の老人を担ぐ。もう一人の意識の無い者は、躰も大きく二人掛かりでないと運べない。

「ここでゆっくり息を」

源吾はまだ意識のある若者に囁き、隅を指差した。新鮮な空気が最後まで残るのはこの位置なのだ。若者が微かに頷くのを見届けると、皆で脱出を図った。入口で今か今かと待ち構えていた毛利家の鳶に二人を託す。

外に出て勢いよく息を吐き、今度はゆっくり吸った。燃え盛る屋敷の中にいた間、一切呼吸を止めていたのである。

「よし。残りは一人だ」

源吾が言ったその時、屋敷が不気味に呻《うめ》いて中から大音《だいおん》が聞こえた。梁が焼け落ちたのだ。

「沖也——」

沖也が踵《きびす》を返して屋敷に戻る。新之助、源吾も取って返した。顔を袖で覆う。大きな梁が崩れ落ち、火の粉が嘲笑《あざわら》うように踊っている。早くも到達した沖也が、残る若者に肩を貸しつつ奥から姿を見せた。源吾は親指を立てて手を振った。先に出ろという意である。

「あっ——」

思わず声が出そうになった。屋根が焼け落ちようとし、無数の板きれが降り注ぐ。何が何でも命を守る。咄嗟に源吾と沖也が取った行動は同じだった。二人で若者に覆いかぶさった。

頭上で乾いた破裂音がした。板は降って来ない。新之助が鳶口を刀のように振り抜き、宙の板を粉砕したのだ。

「どうだ⁉」

沖也とともに若者を担ぎ出した源吾は、毛利家の鳶に訊く。

「二人は火傷だけで命に別状はありません！　しかしこちらの方は……息をしていません‼」

「どけ！」

源吾は老当主に駆け寄る。火傷の状態は他の二人とそう変わらない。歳を重ねている分だけ心ノ臓が弱いのだろう。

「駄目だ……」

「医者を呼びましょう！」

新之助の額から滝のように汗が流れ、真っ黒な煤《すす》が斑《まだら》になっている。

「燐丞を呼べ！」

「任せろ！」

応じたのは沖也、二つ名に恥じず、まさしく雷の如き神速。煙の中から燐丞を連れて戻るのに、そう時は掛からなかった。

「燐丞、息をしてねえ！」

「はい。代わります」

燐丞は老武士の横に屈《かが》み、顎を引き上げる。

「これは……」

「息の道を作っているのです。鞴《ふいご》があればよいのですが……これしかないか」

燐丞は独り言を呟くと、唐突に口を重ねる。いわゆる接吻《せっぷん》である。

「何をしているんですか……」

新之助は眉を顰めながら問うた。

「七年ほど前、南蛮《なんばん》で効果が認められた手法です。駄目か……」

燐丞は拳で老武士の胸を叩き始めた。これにも何か意味があるのだろう。もはや信じるほかなく、皆が固唾《かたず》を呑《の》んで見守った。燐丞は玉のような汗を額に浮かべ、一定の律動で胸を叩き、また口を重ねて息を入れた。

「帰って来い！」

燐丞が拳を握って胸を叩いた。誰もがやりすぎだと思った時、何と老武士が激しく咳《せ》き込んだ。息を吹き返したのだ。身を起こした老人の肩をそっと摩《さす》る燐丞に、未だ朦朧《もうろう》としている老武士が言い放ったのは意外な一言だった。

「何故……死なせてくれればよかったものを……火事も天命だ……」

燐丞の白い肌に赤みが差す。

「火事が天命……そんなことは断じてない。ふざけないで頂きたい！　家族に囲まれて天寿《てんじゅ》を全うなさい」

「だが儂《わし》は一人で……」

「どこが一人ですか。血の繋がりだけが家族ではありますまい」

老武士を助けようとした囲碁仲間が、よかったと咽《むせ》び泣いていた。

「そうか……すまない。あなたは医者なのか……」

「いいえ、火消です」

燐丞は優しい笑みを浮かべた。幕府の御典医《ごてんい》すらお忍びで意見を求めにくる、高名な町医者がいる。燐丞はその嫡男であった。父に火消になると宣言し、勘当《かんどう》同然で家を出た。

しかしながら、己の医学は火事場において役立つことを実感し、今も暇さえあれば、漢方、蘭方かかわらず医者を訪ねて新たな医学を学んでいると聞いている。

異名の「白毫」は燐丞の肌の白さとは別に、もう一つ由来がある。仏の眉間にある、右巻きの白い毛をそのように呼び、そこから光を放つと言われる。燐丞はまさしく、火事場という地獄における一筋の光明《こうみょう》であった。

「御頭！」

「おう」

武蔵が配下を率いて駆け付けた。他家は二人のうち一人が帰って報せているため出動出来るが、新庄、加賀、米沢の三藩は、鳶市に参加した二人がどちらも現場に急行したため、事態を知らないはずだった。それなのに一番に駆け付けたことになる。

「勝手に出ることを決めました。出掛けに駆け付けられた御連枝《ごれんし》様も行けと」

「でかした。それでこそ魁武蔵だ」

武蔵は極蜃舞《きょくしんぶ》を手に、憎らしげに炎を睨《にら》んだ。

「どっから黙らせましょうか」

「大将は勘九郎が務めている。指揮に従え」

「はい」

武蔵が配下を率いて勘九郎の元に向かった直後、二番乗りの火消が現れた。

「加賀鳶だ！」

鳶の誰かが叫ぶと、それは瞬《またた》く間に伝播《でんぱ》して、明らかに士気が上がったのが見て取れた。馬に跨って率いているのは、加賀藩火消頭取並一番組頭、「隻鷹《せきおう》」の詠兵馬《ながめひょうま》である。百余のぼろ鳶と異なり、三百を優に超える加賀鳶は動員にも時を要すはずだが、かなり早い到着であった。

「兵馬！　早いな」

「加賀鳶は万が一を侮らぬ」

兵馬は端的に言った。鳶市に勘九郎が出ている以上、兵馬が即応出来るように残る。このような配慮こそ、加賀鳶が火消の王と呼ばれる所以《ゆえん》だろう。

「勘九郎は――」

「指示を仰《あお》ぐまでもない。最も過酷な地を目指せと仰《おつしや》るだけよ」

兵馬は言って、最前線へと配下を繰り出していった。入れ代わりに三番手の火消が参着する。日名塚要人率いる麴町定火消だった。麴町からは比較的近いが、それを考えても迅速である。

「松永様、推参《すいさん》致しました」

「唐笠《からかさ》……」

要人は事態を呑み込んだようで、笠に手を触れつつ言った。

「大音様に従えばよろしいのですね」

「ああ」

「明日、貴家に伺《うかが》います。よろしいか」

訳は薄《う》っすら分かる気がした。

「明日までに消えればな」

大火事では日を跨ぐことも珍しくはない。明和の大火などその最たる例だろう。

「番付火消の七割がたが結集しているのです。消せなければ火消の名折れでしょう」

要人はそう言い残して、その場を後にする。言葉の端々《はしばし》から源吾は己の直感を確信に近付け、配下に檄《げき》を飛ばす要人の背を見つめた。

五

火消たちは四匹の火龍を相手取って奮戦した。漣次は常に最も荒れ狂う火龍を示し、老獪《ろうかい》な畑山監物率いる水番がそれを宥めるように水を撒く。壊し手は最も層が厚い。互いの意地もあり、競い合うように屋敷を潰していく。新庄藩火消、加賀鳶、麴町定火消に続き、各家、各組の火消も続々と駆け付け、最後の一匹を仕留めたのは火事が起こってから四刻（約八時間）後の亥《い》の刻（午後十時）のことであった。

火消たちが歓喜に沸く中、源吾と新之助の元に沖也がやってきた。

「鳥越様、ありがとうございました」

新之助が板を打ち砕き、沖也たちを守ったことの礼を述べた。沖也は「前職」

に似合わず、真面目《まじめ》な気質であった。

「あれを叩き壊すとは、流石府下十傑……御見逸《おみそ》れ致しました」

沖也が頭を下げると、新之助は慌てて止めさせようとした。

「当然のことですよ。それにしても沖也さんの速さに驚きました。今日の鳶市の走りが子どものように思えましたよ」

「こいつは昔……」

「松永様——それはご勘弁を……」

「もう罪は償《つぐな》って、真《ま》っ当《とう》になってんだからいいだろう。雷小僧《かみなりこぞう》さんよ」

「あ……私が子どもの時に世間を賑《にぎ》わした」

沖也は盗賊の子だった。その昔、今より江戸に盗賊が跋扈《ばっこ》していた頃、大所帯の盗賊一味が三つあり、何でも三大だの五大だの数えたがる庶民は、それらを江戸三大盗賊などと呼んでいた。一つは鯎《かいらぎ》党、次に鬼灯《ほおずき》組、そして今でも唯一残る千羽一家《せんばいっか》である。

その鬼灯組、あることがきっかけで多くの者が抜けた。沖也の父もその時に鬼灯組を去ったが、盗み以外に一人息子の沖也を食わせる術《すべ》を知らず、一人で盗みを続けた。いつしか父は病に臥《ふ》せ、反対に沖也が父を食わせるために盗みを行うようになった。

その手口は、白昼堂々富商《ふしょう》の巾着《きんちゃく》を引《ひ》っ手繰《たく》って逃げ去るというもので、顔を見る余裕すらない速さから「雷小僧」と呼ばれるようになったのだ。

「面目《めんもく》ございません」

沖也は顔を赤く染めて俯く。

「そんな沖也さんが何故火消に？」

「先代の頭が拾《ひろ》って下さったんです」

雷小僧にも遂に捕まる時が訪れた。父が死んだことで気落ちしていた矢先のことだった。まだ若かったこと、父を食わせるためにやっていた孝心など、沖也の境遇を考慮して江戸払いで済んだのだが、何でも当時の米沢藩の火消頭が、沖也の引っ手繰り現場に居合わせたらしい。その時に、

――これは百年に一度の逸材。

と、見定めたというのだ。頭は奉行所に乗り込み、必ずや己が更生《こうせい》させる、また盗みを働いた時には腹を切ると懸命に訴え掛け、身元を引き請けたという流れであった。

「こうしてみると、元から火消って人は少ないんですね」

沖也が去った後、撤収に向けて手勢を集めながら新之助が言った。

「ああ、俺たちのような侍《さむらい》は別にして、鳶の大半は何かから身を転じている」

寅次郎は相撲取り、武蔵も元は下駄《げた》職人になろうとしていたし、彦弥は今も現役の軽業師《かるわざし》である。火消一本の加賀鳶の牙八《きばはち》などは珍しいほうだろう。

引き上げようとした新庄藩の元に、また近付いて来た者がいた。日名塚要人である。要人の菅笠は煙に燻《いぶ》されて灰色に変じていた。

「松永様……」

「何だ」

「明日の話、お忘れなく」

「解った。午《うま》の刻（午後零時）に」

短いやり取りを交わし、要人は踵《きびす》を返して自身の配下の元へ向かう。それをちらりと横目に見て、源吾も引き上げを命じた。もう一度見る。すると丁度、要人もこちらを向き、菅笠に手を当てて会釈《えしゃく》しているところであった。

第三章　番付《ばんづけ》狩り

一

一仕事《ひとしごと》を終え、宵《よい》の口の町をゆっくりと歩く。仕事を終えた職人たちが連れ立って、居酒屋の暖簾《のれん》を潜《くぐ》る。彼らが一日中汗みずくになって働いて得る銭の数十倍、数百倍を己は僅《わず》か四半刻（約三十分）で稼《かせ》ぐ。そのようなことを考えて、かつてない優越感に浸《ひた》っていた。

——運が回って来た。

もう二度と使う機会は無いだろうと思っていた技が、まさか役立つことになろうとは。

これで銭が貰《もら》えるのだ。未《いま》だ手にしたことが無いほどの額の銭を。すでに今までに得た銭で借金は綺麗《きれい》に清算した。また大好きな博打《ばくち》を打つことも出来る。しかも別に衣食住の面倒は見てくれるというのだから、願ったり叶ったりであろう。

思い起こせばあの日が始まりだった。居酒屋で安酒を呷《あお》っていたところ、無言で男が対面に座った。まるで長年の知己《ちき》のように自然な振る舞いだったので、店の者は勿論《もちろん》、己さえも一瞬知人かと目を凝《こ》らした。だが知らない男である。頰《ほお》に何か埋まっているのではないかというほど骨が突き出し、それでいて顎《あご》は独楽《こま》のように尖《とが》っている。

「酒を奢《おご》らせてくれ」

男の第一声はそのようなものだった。懐《ふところ》は寂しい。断る理由は何も無かった。店の者が持って来た追加の酒を注ぎながら、男はさらに言った。

「銭を稼ぐつもりはないか」

幾らほど。そう言いかけた時、男はすっと身を乗り出して囁《ささや》くように付け加えた。

「月に二十両は固い」

大金である。しかもそれを一月《ひとつき》で稼げるなど、眉唾《まゆつば》話だと思った。しかし、くすりともしない男の顔を見ていると、それが真のように思えてくる。だが危ない橋を渡るようなことだろう。銭は欲しいがお縄になるのは御免だ。それをぶつけた時、男は初めて口元を僅かに綻《ほころ》ばせた。

「心配は無用だ。心強い後ろ盾《だて》がある」

それが誰かと問うても一切答えてくれない。引き受けたならば会おうと言ってくれている。その一点張りであった。己を見限った父に目にもの見せてやりたい。最も簡単にそれを示せるのが銭。だからこそ一攫千金《いっかくせんきん》を得ようと博打にのめり込んだ。それも上手《うま》くはいかなかった。己に捨てるものなど何一つ無い。

「よし。やってやろう」

半《なか》ばやけになって男の誘いを受けた。

暫《しばら》くして男が「後ろ盾」という者に引き合わすと言ってきた。まずは小綺麗《こぎれい》な衣服に着替えさせられ、髷《まげ》も中間風《ちゆうげん》に整えられる。己はどこに連れて行かれるのか、そわそわしながら男の後を付いていく。進むにつれ、まさかまさかと心で繰り返した。男は何と御城に入って行くのだ。

そしてその御方に引き合わされた。これほどの大物だとは思わなかった。確かに後ろ盾としては十分過ぎるだろう。

「お主の力が役立つ」

恐れ多いことに、そのような言葉を掛けてくれた。誰かに必要とされたのは初めてで、身の芯から震えが起こるのが分かった。こうして己はその御方の手足になることを決めたのである。

今度は飛脚であろうか。また居酒屋に入って行く。

——せいぜい安い銭で働いていろ。

蔑《さげす》みながら横目で見て歩を進めた。今の己とは奴らとは違う。そう思うと不思議と躰《からだ》に力が漲《みなぎ》って、自然と脚が速くなる。家路に就く人々の流れを避けようとする気も起きなくなった。今の己の顔は自信に満ち溢《あふ》れているだろう。そのようなことを考えながら、夜が迫る空を見上げてほくそ笑んだ。

二

番町の怪火の翌日、源吾は教練場に隣接する講堂で日名塚要人を待った。他に新之助、星十郎の二人。配下の茂兵衛《もへえ》が到着を報《しら》せ、暫《しばら》くして要人が姿を現す。

「昨日は大変なことでした」

今日の要人は流石《さすが》に菅笠《すげがさ》を外し、手に持っている。

「ああ」

「本日、松永様を訪ねたのは……」

「その前に訊《き》きたいことがある」

要人の言葉を遮《さえぎ》り、源吾は厳然と言った。

――この男の前身は……。

大半の火消《ひけし》が元は別の職に就《つ》いていた。そんな話を新之助としたのを昨日、布《ふ》団《とん》の中で思い出した。そして要人という男の前身に思いを巡らせたのだ。

日名塚要人という火消は旅の途中、病で死んだ。この男は要人の人生を乗っ取った別人である。田沼の命《めい》で、公儀隠密《こうぎおんみつ》として麴町定《じょう》火消の頭に成り済ましている。

定火消とは役目の一つに過ぎない。三千から五千石の旗本《はたもと》が任命され、御役目料を与えられて五年ほど務める。旗本本人は火消の素人《しろうと》なのだから、その配下に玄人《くろうと》を抱えて一切合切《いっさいがっさい》を任せるほかないのだ。麴町定火消も最近旗本が替わり、その配下は引き継がれることなく一新された。眼前の「日名塚要人」もその時に召し抱えられたのだ。そしてあの手並みは決して素人ではなかった。つまりそこから導かれる答えは、

「お前は元々火消なんだろう」

源吾は着座した要人に向けて言った。

「さて……」

「惚《とぼ》けても無駄さ。場数を踏んでいると解る。それに定火消頭を演じるならば、火消が最もいい」

要人は暫《しば》し間を空《あ》けてじっとこちらを見つめ、小さな溜息を付いた。

「お好きに考えて下さって結構です」

要人は怜悧《れいり》な目を細めた。

「答える気はねえか」

要人は薄い唇《くちびる》の端を上げる。無理やり笑みを作ったという様子であった。

「本題に入ってもよろしいか」

答えずにいると、要人は畳みかけるように続けた。

「お力を貸して頂きたい」

「断る。田沼様の命とはいえ、人を殺すような男を信用出来ねえ」

吉原の一件、何者かが鮎川転を唆《そそのか》し、さらに鮎川は遊女の時里《ときさと》を操り、吉原に怨《うら》みを持っている複数の火付け人を生んだ。源吾らが探っている最中、実行役が次々と消されていった。

その真相は、田沼には何としても吉原の火付けを早期に収束させねばならぬ訳があり、要人はその意を受けて斬っていたのだ。

「火付けの下手人です」

普段から人形のように無表情な要人だが、一瞬だけ目に感情が宿ったように見えた。

「それでもだ。たとえ下手人とはいえお白洲《しらす》で裁《さば》かれるべきだろう」

源吾もその一点は譲《ゆず》るつもりはない。それは亡き先代平蔵の信念でもあった。その思いは、すでに田沼にも正面から伝えている。

「悪人が必ず裁かれる訳ではありますまい。例えば秀助の娘、お糸を見殺しにした火消」

ここのところ秀助のことをよく思い出していた。その名が唐突《とうとつ》に出たので源吾はどきりとした。要人は能面《のうめん》のような顔のまま言葉を継ぐ。

「立ち会う火消がしっかりと支度《したく》をしておけば、お糸は死ぬことはなかった」

ぐうの音も出ない。油断して支度を怠《おこた》った火消に対し、己も怒りを抱いていた。お糸が死ななければ、秀助の妻も自ら命を絶つことはなく、秀助も狐火《きつねび》にはならなかった。そうなれば明和の大火も起こり得ず、多くの命が助かったことになる。

「本題……聞こうじゃねえか」

源吾は奥歯をぐっと嚙《か》みしめて訊いた。

「秀助は生きているかもしれない」

「なっ――」

この男も同じ結論に辿《たど》り着いていたことに驚いた。

「私はそう考えています」

「秀助はもう……」

まさか、有り得ない。だが己も気に掛かっていたことであった。新之助と星十郎も顔を見合わせている。

「そう。秀助は小塚原で処刑されました」

要人は前言を瞬《また》く間に翻《ひるがえ》す。愚弄《ぐろう》しているのかと源吾が気色《けしき》ばんだ時、要人はすっと手を挙げて気勢《きせい》を削《そ》いだ。

「だが今になって、あれが真に秀助だったのかという疑惑《ぎわく》が持ち上がりました」

「先代の長谷川様が捕らえたのだ。万が一にも誤りはない」

秀助は両手を失っていた。その上で最後の願いとして、娘のために薄紅の花火を上げたいと懇願《こんがん》し、源吾も切腹《せっぷく》を覚悟で許した。

　秀助は言葉の通り、二月《ふたつき》後の明和九年卯月晦日《うづきみそか》（四月三十日）戌《いぬ》の刻（午後八時）、隅田川で赤みを帯びた花火を打ち上げ、先代の平蔵が急行。両手を失い、口で点火を続ける秀助を捕縛した。これが顚末《てんまつ》である。

「その後、秀助は水無月（六月）二十一日、市中引き回しの上、小塚原で火刑に処されました」

「そう聞いている」

「秀助の引き回しの様子はご存知《ぞんじ》か」

「いいや」

　源吾は行かなかった。明確な理由こそなかったが、ただ見たくない、見るに堪《た》えないという思いだった。

「秀助は猿轡《さるぐつわ》を嚙まされ、頭からすっぽりと布の袋を被せられておりました」

「何のために」

「人々からの怨嗟《えんさ》の声凄《すさ》まじく、顔を見せれば収拾《しゅうしゅう》が付かなくなることを恐れてのこと。表向きは……ですが」

　要人は鼻で小さく嗤《わら》って言葉を濁《にご》した。

「裏があるのか」

「当日の朝、降って湧いたようにそのような命が出ました。田沼様はこれを一橋卿が手を回したものと見ておられます」

「なるほど……風聞《ふうぶん》ですか」

星十郎がぽつんと呟《つぶや》く。秀助を操っていた黒幕は一橋である。市中引き回しの途中、秀助が全て暴露するかもしれない。それでも一橋は知らぬ存ぜぬを決め込むだろうが、聞こえが悪いことには違いなく、それを恐れたようである。

「此度《こたび》の火付けで、疑義が生じたのです。処刑されたのは本当に秀助だったのか……と」

顔を布袋で覆《おお》われたまま刑は執行された。火炙りであるため骸《むくろ》は原形を届めていない。

「秀助が生きているとすれば……」

新之助も顔色が悪い。府下十傑《ふかじっけつ》に数えられるが、秀助の火術には命を奪われかけている。

「昨夜の火事、お糸が死んだ時に立ち会った火消がやられたのか」

源吾が訊くと、要人は意外そうに目を見開いた。

「流石《さすが》、修羅場《しゅらば》を潜《くぐ》ってきただけはある。すでにお気付きでしたか」

　要人は昨日の火事の狙いが何であったか、鎮火《ちんか》後即座に調査したらしい。その結果、ほぼ同時に出火した四軒のうち一軒が、火刑に立ち会った三百石の役人のものであった。軒先に座っていると、土蔵が突然吹き飛んだという。

「その役人は？」

「瓦礫《がれき》が直撃して死にました。他にも小者が一人。それで起こった火事により女中が二人。生き残った者によると、土蔵のあった場所には、何故《なぜ》か米粉が散乱していたと……」

「粉塵《ふんじん》爆発……」

　源吾が言うと、星十郎が頷く。

「間違いありませぬ」

　木が突然燃えたのは、虫に食われて洞《うろ》が出来た樹木に、京で火車こと嘉兵衛《かへえ》も使った、自然と火を生じることもある亜麻仁油《あまにあぶら》を仕込んだのではないかと星十郎は見立てた。

　井戸から火柱が上がったのも、越後などで産する燃える水、臭水《くそうず》を大量に流し込んだ上、線香などで時を計って小さな火を落としたと考えれば説明がつくと言う。

木が内側から燃える。水が燃える。どちらも明和の大火の折に起こった現象である。

「秀助の手口だ……」

源吾は呟いた。要人が言うように、秀助が生きているというのも荒唐無稽《こうとうむけい》ではないように思えて来た。

「秀助の生死を確かめ、もし生きているならば止めねばなりません。秀助と二度も対峙《たいじ》したのは松永殿のみ。故にお力添えを頂きたく思い罷《まか》り越した次第」

「それは……」

源吾もこの件は探ろうと考えていた。要人と目的は同じである。しかし悪とはいえ、何の躊躇《ためら》いも無く人を斬る要人を信用しかねている。

「私のやり方を蔑《さげす》むのは結構。しかしながら、下手人《げしゅにん》を見つけねばまた死人が出る。それは松永殿の望むところではありますまい」

源吾はきゅっと唇を巻き込み思案《しあん》した。そして意を決して声を絞り出す。

「一つだけ条件がある」

「何でしょう」

「秀助……いや、下手人は生かして捕まえる。それを誓えないというなら、俺たちは別に下手人を追う」

源吾が言い切ると、要人は暫しの間、何も答えずに黙考《もつこう》しているようだった。

「分かりました」

ようやく答えた要人の表情は無機質なものであった。

明日から行動を共にすることを約束して、要人は帰っていった。

「星十郎、あいつ嘘《うそ》を吐《つ》いていた気配はないか」

西洋には心を読む学問があるらしく、星十郎はそれにも精通《せいつう》している。人は嘘を吐く時に、躰《からだ》に些細《ささい》な動きが出るものらしい。星十郎は首を横に振った。

「あれほど読めぬ者も珍しい。まるで感情を失っているかのようです。しかし一度だけ……」

「ああ。俺も感じた」

殺したことを源吾が咎《とが》めた時、要人は、

――火付けの下手人です。

と、反発するように言った。その時だけ僅《わず》かに目に怒りが浮かんでいた。

「あれに似た目を見たことがある」

娘を奪われ、妻を失い、復讐に身を焦《こ》がした、この事件の発端《ほったん》となった男、秀助その人である。あの日見た秀助の目には憤怒《ふんぬ》、悲哀《ひあい》、困惑、覚悟、全てが複雑に入り混じっているように思えた。源吾は最後に対峙した時のことを思い出し、細く息を吐いて天井を見上げた。

三

「火消がその名を口にするな‼」

秀助は叫び、唾《つば》が飛散した。火消はどこまでも追ってきて、遂に袋小路《ふくろこうじ》に追い詰められた。そして、眼前の火消が己の過去を知っていることを悟った。今、愛娘の名が飛び出し、感情の歯止めが利かなかった。

「お前の花火を見たことがある。薄く緑がかった花火だ。あれほどまでに切なく、美しい花火を見たことはない。あんな花火を作れる者が根っからの悪人であるはずがない！」

懸命に訴える火消の言葉に、心が激しく揺れ動く。それでも心に宿った怨みは、己を捉えて離そうとしない。

「仇《かたき》を討たねばならない。鍵屋にも、役者のように気取った全ての火消にも思い知らせてやらねばならぬ。その為に全てを焼く！　いくらとて殺す!!」

怨嗟の言葉とは裏腹に、秀助の脳裏《のうり》に浮かんでいるのは娘のお糸、妻のお香の姿だった。二人とも泣き顔で手を伸ばし、己を止めようとしている。

――お前たちのいない世は地獄だ。

心で呼びかけて褌《みごろ》を鷲摑《わしづか》みにして開く。中帯に括《くく》られた赤い鈴が揺れた。それがまた幸せだった頃の日々を、お糸の最期を、思い出させる。

「この鈴を焦土《しょうど》となった江戸に埋めてやるさ。それが二人の供養《くよう》になる……」

掠《かす》れた声で言うと、火消は宥《なだ》めるように言った。

「これが本当にお香や、お糸の願いなのか……」

「黙れ火消!!」

「黙って堪《たま》るか！　お糸はなぜその鈴をお前に託した……これからも人を笑顔にして欲しいと願ったのではないのか！　それが何故分からねえ！」

――何故、お前じゃなかった。

口から思わず零《こぼ》れそうになった。あの日、隅田川で試作の花火が上がろうとした時にも、多くの火消がいた。その中に一人でもこのような火消がいてくれれば、お糸は死なずに済んだかもしれない。

「分かっているさ……でももう戻れねえ……何もかも戻らねえ！」

この男は己の知っている火消ではなかった。思えば格好ばかり気にかけている火消にしてはみすぼらしいほど、襤褸《ぼろ》の羽織を着ている。額に汗を浮かべ、真っ直ぐにこちらを見つめて来る。

秀助は腰の鉄壺を毟《むし》り取った。この中には己が生み出し、「九尾《きゅうび》」と名付けた粉が入っている。

――いくぞ、火消。

この男ならば、己の火消への怨みを全て受け止めてくれる。そんな気さえしてくる。秀助は鉄壺の中身を全てぶちまけた。宙で水面《みなも》に砂を撒《ま》いたような音が立ち、赤い魔物が出現した。それは己の心に巣食う闇を象《かたど》ったように、歪《いびつ》な形を描いて火消を包み込むように襲った。

――お糸、お香……俺は何になっちまったのか。

己の鼻先をも焦がす禍々《まがまが》しい焔《ほのお》を見て、茫《ぼう》と考えた。

「秀助!!」

呼ばれてはっと我に返る。赤と橙《だいだい》の壁を突き抜ける火消の姿が見えた。妙にゆっくりと景色が流れる。振り下ろされた刀が右手に近付いて来るのも、はきと見て取れるほどに。手を引けば避けられる。だが秀助は恐怖に耐えて動かなかった。

右手に熱いものを感じた。かつて花火師だった己は幾度となく火傷《やけど》をしたが、これほどまでに熱い感触に見舞われたのは初めてのことだった。

右手が地に落ちたことよりも、衝撃で鈴が取れて転がったことに意識が奪われる。口で袖を引き裂き、すかさず右手の止血を施す。血を失いすぎては鈴を拾《ひろ》い上げる前に卒倒《そっとう》するかもしれない。

「秀助……もう終わりだ。それではもう復讐は出来まい」

火消は慄《おのの》いているように見えた。まだこちらが争う気でいるかのように見えたのだろう。無理もない。遅れて襲って来た激痛を必死に堪《こら》え、今の己の顔は苦悶《くもん》に歪んでいるはずである。

火消が転がっていった鈴を拾い上げた。

「返せ……」

歯を食い縛《しば》りながら秀助は言った。

「分かった。返す故、大人《おとな》しく……」

火消が手渡そうとこちらに近付いた時、突如辻《とつじょつじ》から人影が現れた。己を引き込んだ張本人、藤五郎である。藤五郎は火消の首に手を回し、脇差《わきざし》をひたと当てている。

「秀助。こやつを盾《たて》に逃げるぞ」

「何故戻って来た。藤五郎」

藤五郎は返答の内容が意外だったのか、呆《あき》れ顔になって溜息《ためいき》をつく。

「お主の才は貴重だ。こんなところで失うわけにはいかぬ。城が灰燼《かいじん》と化すまではな」

「もういい。俺は鍵屋を焼いて終わりにし……あと一つ、為《な》すべきことをして死ぬ」

火消への怨みは不思議と氷解《ひょうかい》するように消えていた。ただ同時に、お糸を奪った鍵屋だけはまだ許せずにいる己にも気が付く。そして全てが終わった後、為そうと思っていたこと。それはお糸が望んでいて見せてやれなかった、赤い花火を天に贈ってやることであった。

「馬鹿を言うな。お前の復讐に力を貸してきただろう。最後まで成し遂《と》げろ」

「俺の仕掛けに犬を押し込めて手を加えたのは誰だ。昼に爆《は》ぜるはずの小諸屋《こもろや》の仕掛けを、勝手に夜に変えたのは誰だ。細工そのものを真似《まね》て方々《ほうぼう》に火を付けたのは誰だ！　それはお互い様だ」

そうは言ったものの、己が持つ火の知識を利用して藤五郎が、いやその背後にいる誰かが江戸を火の海にしたいと考えているのは秀助も解《わか》っていた。解っていながら手を貸した己も同罪であることは確かで、言い逃れなどする気はない。ただこの火消には真実を知って貰いたい。そんな衝動《しょうどう》に駆られ、思わず口走った。

その火消が呼子《よぶこ》を吹こうとするのを、藤五郎は目敏《めざと》く見つける。

「おい!!　何をしている。刀を捨てろ。左手に握り込んだ寸鉄《すんてつ》もな」

――寸鉄ではない。

秀助はそれがお糸の赤い鈴であることを知っている。火消は両手を開き、刀と鈴が同時に落ちた。二つの金属音が交《まじ》わる。鉄と銅、厳密には違うとはいえ、同じ金属であるに違いない。加工の仕方によって人を傷つけるものにもなり得るし、可愛らしい音色を奏《かな》でるものにもなり得る。今、己の中で鬩《せめ》ぎ合う二つの感情を見事に表しているように思えた。

「こんな汚らしい鈴で何をしようと……秀助、裏道を行くぞ」

藤五郎が鈴を踏みにじる。怒りが全身を駆け巡らんとした時、火消の顔が目に飛び込んできた。

——何故そのような顔を……。

火消はこめかみに青筋を立て、その表情は憤怒の色に染まっていた。己の命が危ういというのに、そんなことお構《かま》いなしで鈴を踏む藤五郎の足を睨《にら》みつけている。

（火消……屈《かが》め）

秀助は蚊《か》の鳴くような小声で囁《ささや》いた。この火消が常人《じようじん》離れした聴覚の持ち主であることを知っている。これで十分聞こえるはずであった。秀助は懐《ふところ》に、残る左手を突っ込むと、携帯の火入れを出して指で捩《ね》じるように蓋を弾く。火縄を取り出し、これも懐に入れていた花火玉の導火線に火を移す。ここまで全て左手で流れるようにこなす。己の手先の器用さは、花火師の中でも群《ぐん》を抜いていると自覚している。

「辺《あた》りに捕方《とりかた》がおらねば盾も必要ない。そうなれば殺して——」

藤五郎の言葉が止まった。口に花火玉を捻《ね》じ込んだのだ。そのまま口を押さえつける。藤五郎の表情がさっと恐怖に染まる。両眼から涙が溢《あふ》れ、躰も小刻みに震えていた。

己は花火作りしか能の無い男だ。誰も見たことのないものを作る。それだけが生き甲斐《がい》だった。昔ならば何があろうと、手を犠牲になどしなかっただろう。

——ありがとうな。

己の夢であり、大切な人と結び付けてくれた、躰の一部に別れを告げると、不敵に笑った。

「黙りやがれ」

破裂音と共に紅蓮《ぐれん》の炎が噴き出す。痛みは感じなかった。煙が晴れた時、藤五郎は人ならざる者と化しており、火消が愕然《がくぜん》としてこちらを見ていた。炎で肉が焦げ爛《ただ》れたことで、傷口から血も流れない。

「鈴を拾ってくれないか」

そう言うと、火消は急いで拾って駆け寄る。こんな様《ざま》では受け取ることも出来やしない。腰帯に括ってくれるように頼んだ。

「何故助けた」

——そりゃあ、お前が怒ってくれたからさ。

秀助は内心苦笑したが、言葉では精一杯の強がりをみせた。

「野郎が鈴を踏みにじったから殺したまでだ……命の恩人と思うなら一つ頼みが

ある。少しの間でいい。俺を見逃せ」

「それは……お前は多くの命を奪った。償《つぐな》わなければならねえ」

「償うさ。こんな手だ。もう誰も殺せねえ……それでもやらねばならないことがある」

秀助は、微《かす》かに震える声で呟いた。

「お糸に花火を見せてやりてえ。赤い花火を使っちまった……」

「用意していたものを俺が使わせてしまったというわけか……しかしその手では」

確かにこの手では花火作りは覚束《おぼつか》ない。普通のものならば口で仕上げる自信はある。だがお糸のために完成させた薄紅色の花火、これは繊細《せんさい》な作業が求められる。実は九尾の制作過程で生まれたのだ。復讐のために編《あ》み出したものが、亡き娘の願いを叶えたのだから皮肉なものである。鉄がそうであるように、火もまた使う者次第で明暗が分かれるものなのだろう。

「二月《ふたつき》くれ。必ずお縄について地獄へ行く。頼む」

この火消に頼むほかなく、懸命に哀願《あいがん》した。弱音を吐いていても仕方ない。何とか口で仕込む。二月あればと見定めている。

火消は何も答えず、ただ頷いてくれた。秀助は頰《ほお》を緩《ゆる》めると、腕組みするような格好で歩み出した。己を行かせてくれたこの火消のためにも、必ずや宿願を達しなければならない。秀助は躰を駆け巡りだした痛みを、ぐっと押し込めるように歯を嚙み締めた。

四

翌日の訓練を終えると、源吾は星十郎と武蔵を伴って芝は増上寺近くにある甘味処に向かった。要人と一連の事件のあらましをもう一度整理するためである。

「頭取並《とうどりなみ》は何かあるんですかい？」

武蔵が怪訝《けげん》そうに尋ねる。このような時、新之助が留守番を申し出ることは少ない。

「秋代《あきよ》さんとの約束をすっぽかそうとしやがったからな」

秋代とは新之助の母の名で、夫である元新庄藩火消頭取並の鳥越蔵之介《くらのすけ》が殉職《じゅんしょく》した後、下男や下女も雇わずに母子二人で暮らしている。やることが多いほうが、余計なことを考えずに済む。新之助にもそう言っていると聞いた。

その秋代が新之助に大事な話があると、数日前から言っていた。源吾はそれを深雪伝《づ》てに耳にしていたのだ。新之助はお役目だからと、日を改めようとしたが、すぐに事態が動く訳でもない。後で話を聞かせるからと説得して、秋代との約束を優先するように申し付けたのだ。故に今日は、新庄藩の中で圧倒的な智囊《ちのう》を持つ星十郎、最も経験が豊かな武蔵を連れて来たという訳だ。

「御母堂《ごぼどう》が改まった話とは何でしょうね」

武蔵は首を捻る。言われてみれば、確かに源吾も想像がつかなかった。

「あれでも……いや、失礼。仮にも本家の長ですからね。色々とあるのでしょう」

「本家の長？」

「ご存知ありませんでしたか。国元には鳥越という在所があり、その名を冠した社《やしろ》まであります。その宗家《そうけ》の当主こそ鳥越新之助様となります。元は武で鳴らした豪族の家で、親類縁者も多いと聞き及んでいます」

鳥越家についても調べたのか、源吾より星十郎のほうが相当詳しい。

「へえ……しかし、あいつが宗家の主《あるじ》とは、鳥越家の方々もさぞかし大変だろうな」

「違いないですね」

武蔵はくくと笑いを堪《こら》えた。

「寅次郎さんは？」

今度は星十郎が尋ねる。こちらには源吾が頼みごとをしていた。

「今日中には戻ると文《ふみ》に書いてあったからな。迎えが誰もいねえんじゃ、俺はもう必要なくなっちまったか……なんて、ぶつくさ五月蠅《うるさ》そうだからよ」

「あ……彦弥さんは今日お戻りでしたね」

彦弥が、花魁花菊《おいらんはなぎく》の両親を探し求めて越後に発《た》ったのは、一月《ひとつき》ほど前のことである。文には仔細《しさい》は書かれていなかったが、上首尾《じょうしゅび》であった旨《むね》と、今日江戸に戻るということが記されていた。

「明日は深雪が手料理で迎えてくれることになっているが、今日は久しぶりに寅が一杯付き合ってやってくれってな」

「確かに帰っても独りじゃ、寂しがりのあいつは拗《す》ねそうだ」

武蔵は大笑いして額をぴしりと叩《たた》く。皆より加入は遅かったが、今では組の者の性格を熟知している。

そのような他愛《たあい》もない会話をしている内に、目的の甘味処に辿り着いた。いつまでも楽しい会話ばかりしていられれば幸せだが、そういう訳にもいかない。皆の顔から笑みが消えている。

すでに奥の小上がりに要人の姿があり、三人も上がって近くに腰を下ろした。

「このようなところで話とは、不用心ですな」

要人の第一声はそれだった。

「いいんだよ。ここは新之助の馴染《なじ》みだ。今日は貸し切りにしてもらっている」

今までこのような時は大抵《たいてい》自宅で話をしてきた。だが何となくこの男だけは、深雪や平志郎に、

——近付けたくねえ。

と、思っている。感情というものが殆《ほとん》ど見えず、得体《えたい》の知れない恐怖を感じるのだ。公儀隠密とはそうでなければ務まらないのかもしれない。そして僅《わず》かに感情の片鱗《へんりん》、怒りが見えるのも気に掛かっていた。

「ならば始めます。一連の詳細をここにまとめておりますので、まずご覧頂きたい」

要人は数枚の紙を懐から出した。一枚に一つの事件という形で、火付けの場所、時刻、当日の風向き、現時点で疑われる方法、などが無駄なく簡潔にまとめ

られている。

一月二十五日　駿河台定火消、伊奈忠二郎《いなちゆうじろう》宅にて土蔵燃える
二月十六日　駿河台定火消、生田有助《いくたあいすけ》宅にて朱土竜
三月十日　駿河台定火消、岡井市太郎《おかいいちたろう》宅にて不審火、火元不明
三月二十八日　麹町、岩井与左衛門宅にて朱土竜
三月三十日　番町、尾板《おいた》家、稲田《いなだ》家、桐島《きりしま》家、多田《ただ》家よりほぼ同時刻に出火

「これを見ていると確かに駿河台定火消が狙われているな」

源吾は顎《あご》に手を添えて唸《うな》った。

「駿河台定火消が、鍵屋清吉の花火の試し上げに立ち会ったのです」

「少し間が空いているようだが……」

源吾はその点も訝《いぶか》しんだ。星十郎に考える時の、前髪を弄《いじ》るという癖が出ている。

「朱土竜を仕込むとなれば、相当の支度がいるので、それが原因ではないでしょうか」

しかも狙った当人に開けさせねばならないのだ。では何故下手人はそこまで手間のかかる朱土竜に拘《こだわ》る必要があるのか。確かに秀助の手口に似ている。

「岩井与左衛門も、元は駿河台定火消の堂島宝次郎……一昨日の四家も全て元駿河台か？」

「この桐島家、当時は駿河台定火消配下の同心ですが、ほかの三家はどうも何の繋がりも見えてこない」

要人は尾板、稲田、多田と順に指差した。

「復讐じゃねえのか……武蔵、何か知らねえか」

要人は麹町定火消になってまだ三年。源吾も一時火消の道から遠ざかっていた。この中で最も火消のことに精通《せいつう》しているのは武蔵ということになる。

「うーん……聞いたことはありませんね。万《まん》組の連中にも訊いてみますが……」

新庄藩は、まだ火消になって数年の者ばかり。武蔵の古巣である万組のほうが詳しくて当たり前だ。

「元駿河台定火消だけを狙っているのを、隠そうとしているんじゃねえか？」

源吾が言うと、星十郎がすかさず答える。

「下手人がよほど愚かでない限りそれはないかと。公儀の探索は甘くはありません。二件続けば、これが元駿河台定火消を狙ったものと解ります」

　要人も小さく頷いて口を開く。

「現に火盗改《かとうあらため》の島田政弥《しまだまさひさ》殿もその線で探っておられる模様」

「島田に露見《ろけん》するようじゃ、誰でも気付くわな」

　源吾は項を上下に掻きむしった。

「手頃な地を選んで四箇所に火を放ち、江戸を火の海にしようとしたということも……」

「ねえな」

　要人の推理を、源吾は言下《げんか》に否定した。

「何故そう思われます」

「それは……勘働きってやつさ」

　そもそも秀助は本当に生きているのか。仮に生きているとしよう。ならば猶《なお》更《さら》、このような所業《しょぎょう》に手を染めるとは思えない。いや信じたいのかもしれない。

「火消得意の勘働きですか」

　仮にも己も火消であるのに、要人の言葉にはどこか嘲《あざけ》りが含まれているような気がした。

「ともかく此度に初めて、元駿河台定火消以外の屋敷にも火を付けたということは事実。秀助の手口を真似ている別人の線も考えねばなりません」

「ごもっとも」

星十郎が冷静に分析したことで、要人も口に指を添えて考え込んだ。

「秀助の手口を真似ることが出来る者となれば、かなり絞られるでしょう」

「鍵屋の連中くらいか」

源吾は記憶を手繰《たぐ》りながら言った。鍵屋はかつて秀助が奉公していた江戸随一の花火問屋である。

「その線も探る必要はありますが、考えにくいのではないでしょうか。むしろ鍵屋は終わったはずの事件が再び起きて、夜も眠れぬといった心持ちかと」

「最も疑われることになるしな……」

源吾は胡坐《あぐら》を掻いた己の膝《ひざ》をこつこつと叩く。

「日名塚殿に目星は？」

星十郎は要人に尋ねる。

「それが無く、貴殿らを頼った次第」

「何かこの間……そう初めと思われる一月二十五日前後より、些細《ささい》でも何か変わったことは……」

「一月……二十五日てえと……」

　何か思い当たる節《ふし》があったか、武蔵は視線を上にやって探り探り言う。

「どうした？」

「いやね、例の番付狩りが現れた時期と重なるんじゃやねえですか？」

「加賀鳶の義平がやられたあれか」

　どうやら武蔵も、その一件は耳にしていたようである。要人も知っているらしいが、星十郎だけが初耳らしく、掻い摘《つま》んで話をし、

「関わりねえようにも思えるがな」

　と、最後に結んだ。火付けの下手人は元駿河台定火消を狙っている。一方の番付狩りは、番付に載っている者を無差別に狙っているのではないか。そうでなければ加賀鳶に突っかかる意味が解らない。

「しかし火消に纏《まつ》わる不自然なことが、同時に二つも起こるのは訝しい。探ってみる必要がありそうです。誰が狙われたのかは解りますか？」

「どうだろうな……火消ってのは面子《めんつ》を重んじるからな。喧嘩《けんか》に負けた話を自ら表沙汰《おもてざた》にはしねえ。俺が聞いたのもあくまで噂《うわさ》。だから御頭の耳にも中々入ら

なかったんだろうよ」

番付火消全員に訊いて回るとなると相当骨が折れる。誰か物知りはいないかと考えを巡らした源吾は、ぱっとある顔が思い浮かんだ。

「あいつが知らねえなら、誰も知らねえって奴がいる」

源吾は不敵《ふてき》に笑うと、早くも腰を浮かせ始めている。

源吾ら四人が不忍池《しのばずのいけ》に辿り着いたのは、日も随分傾いた申《さる》の刻（午後四時）のことであった。近頃住んでいる長屋が燃えたため、そこから目と鼻の先の長屋に引っ越したと聞いていた。

「おーい」

源吾は気軽に呼びかけながら借店《かりだな》の戸を叩く。暫く待っていると中で人の気配がして、恐る恐るといったように戸が開いた。

「松永様⁉」

目を丸くして出迎えたのは福助である。

「おう、親父はいるか」

「うん……いや、はい」

福助は言い直してこくりと頷く。福助の向こうに大の字になって寝ている文五郎の姿が見えた。

「夜を徹して一昨日の読売を作っていたから、昼から……」

苦笑を浮かべつつ福助は言った。

「なるほどな」

「今、起こします。お入り下さい」

福助は大人びた口調で中に招き入れる。

「父ちゃん、お客さんだよ」

「んー……誰だ……こんな時に……」

「悪い、文五郎。力を貸してくれ」

「ん……松永様⁉」

文五郎は勢いよく身を起こすと、先ほどの福助と同じように驚いた。

「昼寝の邪魔をしたな」

「は、はい……夢じゃねえな」

寝起きの文五郎は夢との区別が付かないようで、己の頰を叩いた。

「ちと、訊きたいことがある。大事なことなんだ」

「例の火付けの件ですか」

寝惚《ねぼ》け眼《まなこ》だった文五郎の目が光る。

「ああ、それに関することだ」

「むさ苦しいところですが、他の皆様も中へ」

文五郎はそう言うと、自身は急いで井戸で顔を洗ってきた。源吾は火付けを追っていること、ほぼ同時期に現れた番付狩りが、事件に何かしら関係しているのではないかと疑っていること。そして誰がその番付狩りの被害に遭《あ》っているのかを詳細に知りたい旨を告げた。

「なるほど、そういうことですか。ちょいと待って下さいよ」

隅に大小幾つかの葛籠《つづら》がある。ただでさえ狭いのに、それがより部屋を窮屈《きゅうくつ》にしていた。その葛籠の一つから紙束を取り出して、源吾に手渡す。

「読売にするつもりで、噂を元に聴き取りをしています」

「こんなにか……間違いはないのか」

源吾が思っていたよりも多く、十人近くの名が記されている。

「あっしの仕事ですぜ。しっかり裏もとっています」

源吾は紙に記された名を上から順に目で追って読み上げた。

「一人目はな組の東の前頭十五枚目『梟』彦三、二人目があ組の『天晴』晴太郎、三人目が……本荘藩『天蜂』鮎川転。あいつが捕まる前に狙われていたってことか……」

「ぼろ鳶が深く関わっているともっぱらの噂ですね。是非、真相をお聞かせ願いたいもんです」

文五郎は読売書き根性を丸出しにして、慌てて帳面と筆を取る。

「おいおい。少し待て。最後まで読ませてくれよ」

「そうやってすぐ誤魔化す。よろしいですよ」

文五郎は渋々といった様子で帳面をぱたんと閉じた。

「どれ、四人目が晴太郎、五人目が加賀鳶の義平、六人目が晴太郎、七人目が晴太郎……あの馬鹿、何回やられてんだ！」

源吾が悲鳴に似た声を上げると、武蔵は苦笑し、文五郎も思わず噴き出す。

「間違って二回やられたらしいですぜ。そこから反対に晴太郎が汚名返上のために番付狩りを追い回し……」

「毎度、返り討ちにされてるって訳か」

大きな溜息を零す。い組の漣次と同様、同じ三十四歳。火消の道へ入ったのも同年。所謂《いわゆる》同期の火消というやつである。

――源吾、お前には負けねえ！

と、事あるごとに張り合ってきた。

この晴太郎、実力は並であるが、それ以上にとにかく運が無い。先日も出動の時に牡蠣《かき》にあたって腹を下していたのは記憶に新しい。

それでも配下には滅法《めっぽう》好かれており、あ組は一枚岩の結束を誇っている。あ組の鳶たちは、

――俺たちが付いていなきゃ、御頭は危なっかしいから。

などと、皆が口を揃《そろ》えて言う。そういう意味では不思議な魅力があるのだろう。そしてごく稀《まれ》に、勘九郎でも成し遂げられないほどの大金星《だいきんぼし》を上げることがある。番付入りを果たせるのは、そのような訳があるのだ。

「追ってぶち当たってしまうあたり、不運な晴太郎さんらしい。往来《おうらい》に立たせといたら、向こうからやってくるんじゃねえのかい」

武蔵は舌を少し出して戯《おど》けてみせた。

「そりゃいい考えだ」

源吾は片笑むと、残り一人の名を読み上げた。

「八人目が……『蝗』の秋仁。随分丸くなったとはいえ、あの素手喧嘩《すてごろ》秋仁をや

っちまうとは、番付狩りは相当強いらしいな」

「すてごろ？」

それまで黙っていた星十郎が首を捻る。

「秋仁の野郎、昔はかなり名の通ったごろつきだったんだよ」

若い頃の秋仁は飲む、打つ、買うの三拍子が揃った無頼漢《ぶらいかん》だった。同じようなごろつきと喧嘩を繰り返す毎日で、いつの間にか多くの子分が出来ていた。唯一喧嘩で勝てなかった辰一が火消になると、自らも辰一の「に組」と境を接する「よ組」に志願。火消では負けねえと対抗するうちに、府下最大の町火消の頭になったという経緯がある。故に素手での喧嘩はかなり強いはずだ。

「明日、当たってみるか」

源吾が呟くと、星十郎が尋ねる。

「晴太郎さんにですか？」

「いや、秋仁だ」

「晴太郎さんのほうが、番付狩りと何度もぶつかっているのでは……」

「あいつ馬鹿だから。多分、番付狩りとも解ってねえような気がする」

源吾は、唾を飛ばしながら、己の名を連呼する一本眉を思い浮かべた。

「松永様、ちょっといいですか」

長屋を辞する段になって、文五郎は己だけを引き止めた。恐らく吉原の一件について、何か訊き出したいのだろうと思っていたが、三人が出て行くのを見届けてから口を開いた文五郎の一言は、意外なものだった。

「何故、日名塚様と一緒におられるのです」

文五郎の声は低く、飯の支度にちょこまかと動き回っている福助の耳には届いていない。

「何故……というと」

「実はあの御方は日名塚要人様ではないのです」

「知っている」

「何と――」

文五郎は意外だったらしく、声を詰まらせた。

「本物は常陸に向かう途中で死んだのだろう」

「そこまでご存知でしたか……」

「それよりも解《げ》せねえのは、お前が別人と知りながら番付に載せたことさ」

「実は日名塚要人様、いや、ややこしいですが……これは死んだほうの日名塚要人様が常陸に発つ前日、私を訪ねてきたのです」

　本来の要人は目立った活躍をする火消ではなく、酷い痘痕《あばた》を隠すために大振りの菅笠を被っていた。顔を見せるのを嫌がったようで、それこそ晴太郎などの僅かな知人を除いて、他の組との交流も持たなかった。明和の大火で妻子を亡くしたことから火消を引退し、妻子の菩提《ぼだい》を弔《とむら》うために常陸の郷士《ごうし》である弟の元に身を寄せる途中、腹痛を訴えて死んだ。これはどうやら真に病だったらしい。その本来の要人の話である。

「その本来の要人……元《もと》要人と呼ぶか。元要人は何と」

　源吾が尋ねると、文五郎は声を潜めたまま続けた。

「間もなく日名塚要人を名乗るもうひとりの火消が現れる。俺と違って滅法腕のいい火消で、きっと活躍するだろう。これを自分と同じ唐笠童子として、番付に載せてほしいと」

「ほう……元要人は己の人生が乗っ取られると知っていたということか」

　文五郎は二度頷いて見せた。

「初め、私は渋りました。どこか騙《かた》りに加担しているようだと……しかしこう言われたのです。同姓同名というだけで、その者は火消になってはいけないのか。

ならば世の松永源吾は、誰も火消になれない。火消読売書きの文五郎が見るべきは、良い火消か、そうでない火消か。それだけのはずではないか……と」

文五郎はその日を思い起こしているようで、時に早く、時にゆったりと、一度に話し切った。

「お前は何と?」

「納得せざるを得ませんでした。それに新たに現れた日名塚要人は、確かに優れた火消……松永様は今の要人の正体をご存知なのですか。ならば私にも……」

「文五郎、あいつの過去は探るな」

源吾はその正体を、田沼意次がどこかから連れて来た公儀隠密と知っている。これに関しては文五郎にも言う訳にはいかない。田沼を慮《おもんばか》った訳ではない。要人を探れば、文五郎にも危険が迫る。そうなれば、一人残されることになる福助はどうすればよいのだ。

「松永様がそう仰《おつしや》るなら……信用してよろしいのですね」

一瞬、詰まりかけたが、源吾は急いで首肯した。

「ああ、火消としてはかなり秀《ひい》でている。それは間違いねえ」

文五郎は生半可《なまはんか》な者が火消になり、庶民に迷惑を掛けることを心配しているのだ。己のお墨付きを得て文五郎も納得したらしく、ようやく頬を緩めた。

「ところで、頭取並は近頃どうです？」

「新之助か」

「番付にお怒りになっていませんでしたか？」

文五郎は火消番付の決定に大きな力を持っている。今年、新之助の番付は変わらず東の前頭十三枚目のままであった。そのことを言っている。

「最初は喚《わめ》いてやがったが、お前の文を呼んでけろっとして、頑張りますってよ」

「それはよかった」

文五郎は嬉しそうに笑う。

「お前のお蔭で、やる気を失わず助かった」

「文に書いたのは全て真のこと。未熟なれども大器。それは松永様が最もよくご存知のはずです」

「まあ、その素質は十分にある。それに俺に無いものも持っているからな」

文五郎は歯の隙間から息を漏らして首を捻る。

「どうでしょう。私から見れば、昔の松永様に似たところもあると思いますが」

「勘弁してくれ。俺はあんなにお調子者じゃねえさ」

源吾は片目を瞑《つぶ》って顔の前で手を横に振った。文五郎の頰が急に引き締まり、遠くを見つめるような目になった。

「大学《だいがく》火事からもう十八年ですか……時の流れというのは早いものですね」

宝暦《ほうれき》六年（一七五六）、源吾が十六歳の頃、林《はやし》大学邸から出火した火事である。勘九郎も十七、辰一も十八、内記は十九、今の番付上位四人は皆が皆、火消になりたての雛《ひな》であった。そしてこの火事が、源吾の火消としての生き方を決定付けた。

――あれから十八年か……。

源吾が思い浮かべたのは、穏やかな笑みを浮かべ、呑気《のんき》に剃《そ》り残しの髭《ひげ》を抜く父の姿であった。一癖も二癖もあり、それが顔にも表れる火消の中にあって、父は見るからに善人面《づら》であった。

火消としてもその人の好《よ》さが前面に出ており、他家に消口を奪われても、

――源吾、よいのだ。あやつらのほうが腕がいい。

などと、苦く笑う。当時十六歳だった源吾は、何とも歯痒《がゆ》く、何度も父に食ってかかった。それから月日が経《た》ち、今では己が父になっている。

「俺たちも随分《ずいぶん》踏ん張った。若い奴らに早く育って貰わねえとな」

「まだまだ。百年に一度の火消の豊作、そう呼ばれた方々には頑張って頂かないと。私も最後まで見届けさせて頂きますよ」

文五郎は素手で宙に書く真似をして笑った。人が火を扱う限り、炎との戦いも続く。果ての無い戦いにおいて、己たちの活躍する時期など、分厚い書物の一頁に過ぎないだろう。己たちも先の火消たちから受け取ったように、火消の魂を次の世代に手渡さねばならない。

才もあり、成長もしている。それでもへらへらと笑う頭取並の顔が頭を過《よぎ》り、源吾は己が身を引くのはまだ先の話だと心で呟いた。

五

寅次郎は、久しぶりに隣りを歩く男の変わり映えしない様子に、自然と片笑みを浮かべた。

彦弥が新庄藩上屋敷に戻って来たのは、御頭たちが出て行ってから半刻後のことであった。越後からだと、三国街道《みくにかいどう》の長岡宿《ながおかしゆく》から高崎《たかさき》宿の三十宿を進み、高崎宿から中山道《なかせんどう》に入ってさらに十二宿で江戸に着く。約七日の行程であった。最後は浦和《うらわ》宿、近くても蕨《わらび》宿に泊まると思っていたから、彦弥の足でも昼頃になるのではと見ていたが、随分到着が早い。

「板橋《いたばし》宿に泊まったのか？」

寅次郎は連れ立って歩きつつ訊いた。江戸四宿の板橋宿に泊まっていたとすれば辻褄《つじつま》が合う。

「いや、夜に戻ってちょいとな」

彦弥は小指を立てて見せた。女を表しているともいえるし、約束のげんまんの意味にも取れる。あるいはその両方かもしれない。つまり吉原まで越後でのことを花菊に伝えに行ったのだ。

「ったく、お前という奴は。昨日から帰っていたのか。よくそんな金があったな」

妓楼醒ヶ井《ぎろうさめがい》は吉原の中でも一番格の高い大見世《おおみせ》であるし、中でも昼三《ちゅうさん》の花菊の元に揚がろうとすれば随分と金が掛かる。

「ある訳ねえだろう。屋根に上って、窓からな」

「なるほど。で、どこに泊まった」

「矢吉のところに転がりこんでやろうと思ったが……昼間の火事、鳶市からの流れで矢吉も出ていたんだろう？」

「ああ。そうだ」

「流石に悪いと思って幸助《こうすけ》のところにな」

吉原火消の中で特に彦弥を慕《した》い、彦弥の兄貴と呼んでいる鳶である。

「合点《がてん》がいった。越後はどうだった？」

花菊の両親を捜しにいくというのが、今回の彦弥の旅の目的だったのだ。

「まあ、それは呑みながらゆっくりやろうや。それにしても、折角《せっかく》戻って来たのによ」

彦弥は拗《す》ねるように路傍《ろぼう》の石を蹴とばした。

「仕方ねえだろう。お前がいない間、厄介《やっかい》な火付けが現れて大変なのだ。明日は奥方様が手料理でもてなして下さるそうだぞ」

「銭取られそうだけどな」

「うむ。確かに」

二人で笑い合いながら道を行く。思ったより彦弥の戻りが早かったこともあり、今日は遠くの両国《りょうごく》まで足を延ばそうということになった。両国橋の東詰にある回向院《えこういん》は、大相撲《おおずもう》の興行場所だった。その界隈《かいわい》に寅次郎が力士時代によく行った、「鳥近《とりちか》」と謂《い》う店があるのだ。この店の名物は軍鶏《しゃも》である。というと軍鶏鍋を考えるだろうが、ここは珍しく網で炙《あぶ》ったものを、山椒《さんしょう》をたっぷり入れた醬油《しょうゆ》に付けて食べさせる。以前、彦弥が興味を持ったので、いつか機会があれば共に行こうと話していたのだ。

昼を過ぎた頃には鳥近に辿り着き、二人で軍鶏に舌鼓《したつづみ》を打って酒を酌《く》み交《か》わした。

「人の一生とはつくづく解らないもんだな」

寅次郎は杯を干して店内を見回した。ここに来ていた頃、己は大関を夢見る力士であった。それが火消になって訪れることになるとは、思ってもみなかった。

「妙に湿っぽいじゃねえか。最近、達ケ関《だてがせき》はどうなんだ？」

「なかなか大変なようだ。今は西前頭筆頭《まえがしら》だ」

「ん？　大関になったんじゃなかったのか。負けてるってことか……」

彦弥は手酌《てじゃく》で酒を注ぎつつ訊いた。

「いや、今年の春場所も六勝無敗、二《ふた》取組を休み。ま、優勝だわな」

「じゃあ、何で落ちるんだ」

「番付に功労が加味されることになったらしく、組み替えられたんだ。達ヶ関は強すぎるからな……妬《ねた》む先達《せんだつ》は未《いま》だ多いのだよ」

炙られた軍鶏が皿に盛られている。彦弥はそれを箸《はし》で摘み上げると、ちょいと醤油に付けて口へ入れた。

「美味《うま》いな……で、達ヶ関、相当怒っているんじゃねえか？」

「いや、誰にも文句を言わせない大関になるって勇んでいるよ」

「強《つえ》えな。心がよ。うちの十三枚目にも見習って欲しいもんだぜ」

「確かにな」

寅次郎も大きく笑いながら軍鶏を口に入れた。

「随分、立派にはなったけどよ」

彦弥はにやりと笑い、杯を傾ける。十三枚目などと呼んで揶揄《からか》うのも、彦弥なりに奮起させようとしているのだ。

鳥近を出てからも、久しぶりだからと彦弥が二軒目に誘い、寅次郎が面白い店があると三軒目に足を向け、二人が家路に就いたのは戌《いぬ》の刻（午後八時）をとうに過ぎた時であった。

「まずいぞ。亥《い》の刻になると門が閉まる」

寅次郎は少し速足になるが、彦弥は気にもせず陽気に口笛を吹きつつ歩く。

「心配ねえさ。輪番から言うと、今日の門番は八兵衛《はちべえ》さんだ。土産《みやげ》で開けてくれる」

彦弥は手に持った徳利《とつくり》を宙に掲げた。

「お前という奴は……そういう訳か」

三軒目で徳利に酒を入れてくれるように言っていた。まだ呑み足りないのかと思ったが、その訳がようやく理解出来た。

二人は芝の増上寺近くまで帰って来た。すでに亥の刻は回っているだろう。新庄藩上屋敷はもう目と鼻の先である。天徳寺《てんとくじ》の門前町のはずれを歩いていた時、彦弥の口笛がふいに止まった。

「ありゃあ、何だ」

辻から人影が現れたかと思うと、往来の真ん中で足を止めて仁王立ちしている。

「もしや……番付狩りか」

「番付狩り?」

彦弥は聞き覚えがなくて当然である。

「最近現れた野郎だ」

会話を交わしながらも二人とも足を緩めない。男は月明かりに照らされている。身丈《みたけ》は五尺七寸（約一七二センチメートル）といったところで、御頭よりも少し低い。寅次郎に比べれば小さいのは間違いないが、かなり大柄の部類に入る。距離はまだ十間以上あり、顔まではまだはきと見えなかった。

「その番付狩りは何をするんだい？」

「火消番付に載っている者を狙い、喧嘩を吹っ掛けてくる」

「やべえな」

彦弥は寅次郎を指差し、次に自分の鼻にちょこんと指を置いた。二人とも火消番付に載っているのだ。

「まだ解らんがな」

「そいつ強いのか？」

「そう聞いている」

「ふうん……」

彦弥は臆《おく》することなく軽い返事をする。男までの距離が十間を切った。そこで身形《みなり》も明らかとなった。袋のような股引《ももひき》に、晒《さらし》、長半纏《ながばんてん》、若い渡世人《とせいにん》の間で近頃流行《はや》っている傾《かぶ》いた格好であることを寅次郎は知っていた。

「若いな」

「ああ、二十二、三ってとこか」

目がやや吊り上がっており、それに持ち上げられるかのように眉もくいと斜めに向いている。太く通った鼻筋、水も弾《はじ》きそうな締まった頰、精悍《せいかん》というよりは野性味のある顔をしている。堂々と顔を晒しているのはどういうことか。五間に迫った時、男はようやく声を発した。

「東の前頭七枚目、『谺《やまびこ》』彦……」

「人違いです」

彦弥が小馬鹿にした口調で脇を抜けようとすると、男はばっと手を横に出して遮《さえぎ》った。

「俺は男の追っかけは無視するって決めてるんだよ」

彦弥は足を止めてからりと笑った。

「彦弥で間違いないようだ。そっちは西の前頭七枚目『荒神山《こうじんやま》』寅次郎だろう」

「そうだが……何用ですかな」

寅次郎は手の骨を鳴らしつつ答えた。

「火消ってもんの男を見せてくれよ」

「喧嘩を売っているってことでよいのですかな」

「話が早くて助かる」

男は不敵に笑い、ゆっくりと手を下げた。

「その前に一つ訊く。何のために番付火消を狙う」

顔を隠していないのだ。寅次郎は、その動機も隠さないのではないかと考えた。

「親孝行……ってとこか」

「どこの世に喧嘩して喜ぶ親がいるんだよ」

彦弥が吐き捨てるように言うが、男は眉一つ動かさず真顔のままである。

「生きてた頃は大嫌いな親父だったが……死んで馬鹿にされているのを聞くと、こう胸の辺りがな」

男は胸に手を当てて、俯《うつむ》き加減になって続けた。

「お前らは親父を馬鹿に出来るほどの男なのかと、苛立《いらだ》って夜も眠れやしねえ」

「親父さんは誰だ」

「さあて……」

「言う気はないか」

顔を上げた男の眼が鋭《するど》く光る。それは比喩《ひゆ》ではなく、月明かりの加減か狼《おおかみ》の如く確かに爛々《らんらん》として見えた。

「そうだ……俺に勝ったらってのはどうだい？」

「じゃあ決まりだ」

男が言い終わるや否《いな》や、彦弥は顔面目掛けて鋭い蹴りを放った。奇襲にもかかわらず、男は難なく受け止め、そのまま足を脇に抱えて持ち上げる。彦弥は左足一本で立つような格好になってしまっている。

「いきなりたあ、脚癖が――」

今度は言い終わる前。手放した徳利が地に落ちて割れた。酒の芳醇《ほうじゅん》な匂いが夜に放たれる。

その時、彦弥は身を捻って両手を地についている。抱えられた右脚を軸に回転し、逆立ちのような体勢から、左脚を鞭《むち》のようにしならせ、男の顔面を蹴り飛ばした。男の腕が足から解け、彦弥は躰を翻えらせて着地する。

「どうだ！」

「まだまだ！」

「げ……」

確かに直撃したが男は怯《ひる》まず彦弥に襲い掛かる。彦弥は咄嗟に顔を守ろうと両腕を上げた。

「彦弥！　受けるな」

寅次郎の叫びに弾かれたかのように、彦弥は後ろ向きに宙返りする。男は唸るような速さで拳を繰り出していく。二発、三発と巧《たく》みな足捌《さば》きで躱《かわ》し、四発目の正拳も彦弥は紙一重で躱した。壁際にまで誘い込んでおり、男の拳が塗壁に直撃する。彦弥は腕力こそ並以下だが、己の身軽さを生かした喧嘩に慣れている。

「これで拳は使い物に……」

「壁如きで潰れるやわな拳かよ」

「ぐわっ――」

脇腹目掛けて放たれた男の五発目。彦弥は何とか肘《ひじ》を下げて受けたものの、拳の勢いに蹌踉《よろ》めいて後ろに下がった。男は容赦《ようしゃ》なく踏み出し、腕を振りかぶる。

「止《とど》めだ」

「おい」

寅次郎は詰め寄って背後から低く声を掛けた。男が振り返った時、張り手が肩に炸裂《さくれつ》した。羽虫を叩いたかのように、男は壁にびたんと張り付く。

「いつの間に……」

男は顔を歪《ゆが》めて呻いた。

「躰が大きいから鈍《のろ》いと思ったか」

立ち合いの稽古《けいこ》を何度したことか。これでも己は遅い方であった。

「上等だ！」

男は怯むことなく躍りかかって来た。鉄拳が頬を打つ。確かに豪腕ではあったが、

——達ヶ関の張り手のほうが重い。

寅次郎は一発でそうと解った。身丈の差があることで、拳に重さが乗らないこともあるだろう。寅次郎は男を抱き寄せるようにして帯を摑む。

「離せ！」

男は水から掬《すく》われた魚の如くもがく。素人とは思えぬほど力が強く上手《うわて》を切られた。

「小僧、暴れるな」

寅次郎はすぐにその手を首に絡《から》みつかせた。今度はもう逃しはしない。男の躰

を引き付け、両足を払いながら鋭く己の腰を回し、首を摑んだ二丁《にちょう》投げを繰り出した。男の躰は宙で旋回《せんかい》して激しく地に叩きつけられる。

「やったか⁉」

痺《しび》れるのか、手を宙で振りながら彦弥が言った。

「……まだのようだ」

男はむくりと身を起こし、顔を歪めながら立ち上がる。

「あんたら、強えな……」

「あんたら、強えな……じゃねえ！　てめえ、酒どうしてくれんだ。入れなかったら、御頭に叱《しか》られるだろうが」

彦弥は男を指差しながら唾《つば》を飛ばす。気勢を削がれたか男はきょとんとした後、肩を上下に揺らして低く笑った。

「面白《おもしれ》え」

「面白くねえ！　寅、こいつの一騎打ちに付き合う義理はねえ。二人掛かりでいくぞ」

「そうだな。怪我《けが》を負えば、御役目にも差し障《さわ》る」

寅次郎は一歩踏み出し、彦弥も身構えた。

「二人掛かりはきつい。それにあんたらは面白え……後に取っとくぜ」

男はそう言って後ずさりする。どうやらもう闘うつもりはなく、逃げる頃合を見計らっているようだ。

「何勝手に決めてんだ。酒よこせ、馬鹿野郎」

彦弥が叫ぶが、男は愉快げに笑みを浮かべていた。

「ぼろ鳶は一癖も二癖もある。町の奴らが言っていた通りだな」

「退《ひ》くのは構わんが、ならば今日は儂《わし》らの勝ちだろう。親父さんの名を教えると言ったはずだ。約束を違《たが》えぬのも男……そう思うが？」

寅次郎は鼻を鳴らした。この男、

——火消ってもんの男を見せてくれよ。

と、仕掛けて来た。「男」という語彙《ごい》に強烈な拘《こだわ》りがあるらしく、こう切り返せば乗ってくると踏んだ。予想通り、男に動揺が走るのが見て取れた。

「きんごろう……」

男はくぐもった声で言うと、身を翻して駆け出した。

「おい、待て！　酒えぇ——！」

彦弥は悲痛な声で呼びかける。その呼びかけに応じることなく、男は長半纏の裾をなびかせながら夜の町へと消えていった。

　彦弥は大きな溜息をつき、徳利の破片を寄せ集めた。子どもが怪我でもしないようにといったところか。彦弥はそのような優しさのある男と知っている。

「きんごろう……どっかで聞いた名ではないか？」

　寅次郎は屈んでいる彦弥に尋ねた。

「よくある名だろう。あーあ……どうやって八兵衛さんを口説くかな」

　ぶつくさ言いながら、腰に挟んだ手拭いを抜いて欠片《かけら》を包む。

「確かにそうだが……」

「寅、手拭いあるか？　足りねえ」

「うむ」

　寅次郎も腰から手拭いを取りつつ、彦弥の近くに屈んだ。大の大人が二人、こんな時間に喧嘩をして、その後片づけをしているのだから情けなくなる。

「きんごろう……」

　寅次郎は欠片を一つ手に取り呟いた。やはりどこかで耳にした名である気がする。彦弥はどうやって屋敷に入れて貰うかで頭が一杯らしく、また深い溜息を零した。

第四章　要人《かなめ》

一

本日は非番だが源吾にはやらねばならぬことがある。今年から始まった鳶市《とびいち》だが、その目的は単に新人を各家、各組に平等に配するためだけではない。

――全ての新米を合同で一月《ひとつき》鍛え上げる。

というのである。今までは各家、各組で育てていたが、その遣り方はまちまちで、手取り足取り教える頭《かしら》もいれば、勝手に見て学べと突き放す頭もいる。そのせいで、この時期に起こった火事が最も多くの死傷者を出すことになる。田沼は有益な人材が育つ前に命を散らすことに心を痛め、せめて基本的なことだけでも統一して教えるべきだと考えた。ともに新米を育てることで、諍《いさか》いの絶えない火《ひ》消《けし》どうしに、仲間意識を持たせることも出来るだろうというのだ。

その指導役の一人に己が抜擢《ばってき》されたのである。他に大音勘九郎、詠《ながめ》兵馬、清水陣内、漣次、畑山監物、柊与市など八名が二人一組となり、日替わりで指南《しなん》することになっている。一橋に通じているであろう内記、とても人を教えられそうにない辰一などを外しているあたり、田沼がかなり火消事情に精通していることが窺《うかが》えた。

場所は小川町《おがわまち》定火消屋敷。江戸は北から南に風が吹くことが多く、この場所は実戦を想定した教練に向いているからだった。

「さてやるか」

源吾は新人の鳶たちを見渡して呟《つぶや》いた。どの顔も締まりが無く、まだどこか遊び気分でいる。初めて新庄藩火消の面々《めんめん》に会った日を思い出した。まさしくあの頃の配下と同じ、青瓢簞《あおびょうたん》のような面《つら》をしている。

「本日は暑過ぎず、寒過ぎぬ花曇《はなぐも》り。教練にはもってこいの日。だが蛙《かわず》の目借《か》り時《どき》ともいうからな、眠気《ねむけ》を催《もよお》さぬうちに早々に始めるか」

今日、源吾が共に指導するのは加賀鳶二番組頭「煙戒《えんかい》」の清水陣内。詩吟《しぎん》のような言い回しが一層酷《ひど》くなり、教養の無い己にはぴんと来ない。新米鳶たちも一様にぽかんと口を開けている。源吾は咳《せき》払いをして言う。

「いい天気だから、眠くなる前に始めようってことだよな?」

「うむ、相違ない」

やりとりが可笑しかったか、鳶の中に噴き出す者もいた。源吾は威厳を込めて話し始める。

「よし。俺たちが担当するのは、煙の読み方、有効な対処法、取り残された者を助ける方法だ」

まずは座学を行う。煙の色で炎の状態を摑《つか》む。危険な煙の動きは何か。朱土竜《あけもぐら》や赤獏《せきばく》と呼ばれる猛威が起こる前兆《ぜんちょう》を教えた。

それを一刻（約二時間）ほどして、次は救助の練習である。予《あらかじ》め地に炎に見立てた丸を描き、源吾が風向きを告げる。それにより避難する経路を考えさせ、砂を一杯に詰めた俵《たわら》を持たせて駆けさせる。半刻も続ければ皆、青息吐息《あおいきといき》になって、中には嘔吐《おうと》する者も出た。

「火消はまずは体力だ。火事場じゃ待ってくれねえぞ」

「松永殿、精神一到何事《せいしんいっとうなにごと》か成《な》らざらんと申しますが……やはり一朝一夕《いっちょういっせき》には無理。角《つの》を矯《た》めて牛を殺すことにもなりかねませんぞ」

「…………」

「少し休ませましょう」

陣内はくいっと首を捻《ひね》り顔を向けた。

「四半刻の休みを挟む」

源吾は溜息をつきながら皆に告げた。

小川町定火消屋敷には井戸があり、世話役から好きに使ってくれと言われている。井戸に駆け出して釣瓶《つるべ》を引き上げ、喉《のど》を潤《うるお》す者、その場にへたりこむ者、様々であった。それから思い思いに集まって歓談している。田沼の狙いであろう横の繋がりも、これで出来るだろう。己たちもこのような機会があれば、無用な軋轢《あつれき》を生むことなく、心を通わせられたのではないか。そう考えると若い彼らが、昔の勘九郎、辰一、漣次、そして内記のように見えてきた。

「俺よりも勘九郎のほうが厳しいぞ。ああ見えて漣次もな」

源吾は笑いながら新米たちの輪に近付く。

「本当ですか⁉　怖いなあ……」

「でもお前はい組なんだから、やってのけねえと馘《くび》になるぜ」

などと、話している様が初々《ういうい》しかった。輪から少し外れて膝《ひざ》を抱える者がいる。

「あ、お前は確か……藍助」

梯子《はしご》の途中で下りられなくなった若者である。その印象が強く名まで記憶していた。藍助はまさかこちらが覚えているとは思ってもみなかったようで、びくんと肩を動かし、恐る恐るこちらを見た。

「何も取って食おうなんてつもりはねえよ」

源吾がくすっと笑うと、藍助の表情も和《やわ》らぐ。

「何故《なぜ》私の名を……?」

「まあ……そりゃな。ちと心配だったからよ」

苦笑して答えた。元々歯に衣《きぬ》着せぬ言い方しか出来ない性質である。

「ですよね……」

藍助は口辺《こうへん》を引き攣《つ》らせて無理やり笑った。

「でもここにいるってことは、どこかに入れて貰えた訳だろう?」

「はい。め組に」

「銀治か。あいつはいい火消だぜ」

め組の頭の銀治は「銀蛍《ぎんぼたる》」の二《ふた》つ名を持つ番付《ばんづけ》火消である。源吾よりも五年ほど後に火消になったはずで、世代で言えば与市と同じになる。与市のような派手さはないものの手堅い指揮を執り、防火意識も極めて高い。毎日欠かすことなく、腰に提灯《ちょうちん》を付け、拍子木《ひょうしぎ》を打って夜回りをする。

――銀治は季節外れの蛍みたいだ。

と、誰かが言ったことがそのまま異名になった。夜回りは頭となった今も続けており、初心を忘れぬ姿には源吾も頭が下がる思いだった。

また め組は芝口界隈《しばぐちかいわい》を守っており、方角火消《ほうがく》桜田《さくらだ》組であった昨年までは、管轄《かんかつ》が重なっていたこともあり、度々《たびたび》助けられている。

「ありがたいことです……」

藍助は伏し目がちに言った。童顔なこともあって、こうして見るとまだ子どもにしか見えない。

「あいつは決して何かが突出《とっしゅつ》した火消じゃなかった。それが努力を重ねて、遂に頭にまでなったんだ。お前に昔の自分を見たんだろうよ。励んで助けてやりな」

藍助ははっと顔を上げ、嬉しそうに頷いた。誠実な性質のように見える。案外このような若者のほうが、多くを吸収してよい火消になるかもしれない。

「ところで、何で火消になろうとした」

新之助との話題にも上っていた。藍助の身体能力は良く見積もっても下の中といったところなのだ。

「ある方に火消になれと言われて」

「へえ、どこの火消だい？」

「いえそれが……」

「松永様！」

呼ばれたので源吾は振り返る。井戸端から駆けて来る男。こちらは鳶市で抜群《ばつぐん》の成績を残した男。確か名は慎太郎と言ったか。

「悪いな。どうかしたか？」

源吾は藍助に断りを入れて、慎太郎に応じる。

「一つ教えて頂きたいのです。どのようにすれば番付火消になれますか」

「番付に載りたいのか？」

「はい。来年にも」

慎太郎の宣言に他の新米からどよめきが起こる。源吾もこれには苦笑せざるを得ない。生意気だなどと一蹴《いっしゅう》することも出来る。だが昔の己や勘九郎はこんな程度ではなかった。

――あんたら全員抜いて大関になってやる。

　源吾はそう歴戦の火消に向かって嘯《うそぶ》いたこともあるし、勘九郎などは、

——皆々様、残念でございますな。拙者《せつしや》が後を継ぐ以上、加賀鳶が盤石《ばんじやく》たることあと数十年は変わりますまい。

などと澄まし顔で言い放って、周囲を激昂《げつこう》させたこともある。それに比べれば慎太郎などまだまだましであろう。

「そうだな……死なねえことだ」

「御冗談を」

「大真面目《おおまじめ》さ。この季節、毎年一人は新人が死んでいるんだぜ。逸《はや》る気持ちを抑え、先達《せんだつ》からよく学べ」

「はい……」

　親身になって答えたつもりだが、無駄だろう。口元に力のない慎太郎は、耳に入っても頭に入っていないというのがよく解《わか》る。火事の真の恐ろしさを経験せねば、誰しも一皮むけないことをよく知っている。

「よし、やるか」

　源吾は手を叩《たた》きながら横を見た。

「まずは教練。これに尽きますな」

陣内は下唇を指で弄《いじ》りながら、苦い顔になっている。この男も何度も死地を潜《くぐ》り抜けてきた火消、同じことを思っているのだろう。

全員がわらわらと集まってきて教練は再開した。そこからもう一刻、小川町定火消屋敷に源吾と陣内の叱咤《しった》する声が響き続けた。

二

新人の教練を終え、源吾は自宅に帰ってくつろいでいた。夕刻からは彦弥の帰参を祝う宴《うたげ》が催《もよお》されることになっている。間もなく予定の申《さる》の刻（午後四時）になろうかという時、正面から声が聞こえて来た。

「お邪魔致します」

「星十郎さん、武蔵さん、いらっしゃいませ」

どうやら新庄藩火消の良心ともいえる二人のようである。

「深雪様、来る途中に二人で買って来やした。今日は酒も呑《の》むだろうから」

源吾の耳は微《かす》かな音も捉える。武蔵が話した後、聞こえたのは籠《こも》った水音。酒問屋で酒甕《さかがめ》を買って来てくれたらしい。

「まあ、お気遣いありがとうございます」

「これはほんの手土産《みやげ》。御代はきちんと払いますからお気遣いなく」

星十郎が朗《ほが》らかに言った。公のことで私宅を使い、料理も出すならばしっかり銭を取る。それは夫である己も例外ではない。そうすることで公私のけじめがつくというのが深雪の考え方で、主《おも》だった頭にはすっかり定着している。

「今日は彦弥さんのお戻りのお祝いですから。それにすでに彦弥さんから頂いた分がありますす」

彦弥は旅立つ前日、迷惑を掛けた皆に振る舞ってくれと、銭を寅次郎に託した。そのことを言っているのだ。

「御頭、ご苦労様です」

「おう」

中に通された星十郎、武蔵が交互に言う。挨拶《あいさつ》という意味ではない。実は今日の朝の内から、源吾は一人で秋仁を訪ねていたのだ。秋仁にも面子《めんつ》というものがある。それを慮《おもんばか》って一人で訪ねると決めた。

「どうでした？」

武蔵は腰を下ろすと胡坐《あぐら》を掻《か》いた。

「えらく怒っていた」

源吾は、秋仁の真っ赤《か》な顔を思い出して、苦く笑った。

「秋仁さんに、お怪我《けが》は？」

星十郎は丁寧に脚を折り畳んで座る。

「頑丈《がんじょう》な野郎だ。心配することねえよ。顔を腫《は》らしていたがな……だからみっともなくて鳶市にも来なかったらしい」

言われてみれば、勘九郎が選んだ面子の中に秋仁はいなかった。選ばなかったのではなく、選べなかったということらしい。

「番付狩りはどんな野郎で？」

武蔵は膝《ひざ》を揺すりつつ話を進めた。

「顔を隠していた訳ではないらしい。やはり夜盗《やとう》の類《たぐい》ではなさそうだ。何でも、火消ってもんの男を見極めてやろう……そう言ったそうだ」

「ふむ。皆目《かいもく》解りませんね」

星十郎は眉を垂らして首を捻る。それが動機だとすれば、理知的《りち》な星十郎には特に理解出来ないだろう。

「火消の男を……あれ？　誰かそんなことを……」

武蔵が顎《あご》に指を添えて、視線を上にやる。

「俺も同じだ。聞き覚えあるよな」

源吾も全く同じところで引っ掛かった。さらに秋仁も同じことを言って、額《ひたい》をぴしゃりと叩いていた。一方の星十郎は全く思い当たる節《ふし》が無いという。つまり火消となって長い者だけが、何か気に掛かる言葉ということになる。

「お邪魔しまーす」

その時、間延《まの》びした声が勝手口から聞こえる。新之助である。

「そっちかよ」

「だって正面は平志郎の寝間に近いから。もし寝ていたら起こしちゃうなって」

確かに今日の平志郎は昼寝をしなかったらしく、ついさっきぐずり出して奥で深雪が寝かしつけている。

「どうでした？　火付け」

「お前はそこから話さなければなんねえのか……面倒臭《くせ》え」

昨日より大きく事態が動いているが、新之助は参加していないため要領を得ない。

「説明して下さいよ。私も行くと言ったのに、御頭が残れって命じたのでしょう」

新之助はすとんと源吾の横に座った。

「ああ、解ったよ。その前に秋代さんの話はもういいのか？」

「ええ。お見合いでした。で、火付けは？」

「待て、待て、待て」

新之助は意に介さず話を進めようとしたが、源吾は両手を突き出して止めた。星十郎も驚いて口に手を添え、武蔵も目を見開いている。

「どうしました？」

「どうもこうもあるか。お前、見合いをするのか？　誰と？　何時《いつ》？」

きょとんとしている新之助に、源吾は矢継ぎ早に問いを重ねた。

「ずっと先方から話は来ていたようで……何でもご本人がどこかで私のことを見て、気に入って下さったのだということです。日本橋にある橘屋《たちばなや》という商家の娘さんです」

「へえ、橘屋ねえ」

源吾に聞き覚えはなかったが、星十郎がこほんと咳を一つして横から言った。

「御頭……橘屋はかなりの身代《しんだい》ですよ」

「そうなのですか？」

新之助も知らなかったようで素《す》っ頓狂《とんきょう》な声を上げる。

「ええ。越後屋《えちごや》、白木屋《しろきや》、そして私たちがお世話になっている大丸《だいまる》。これらがこの国を席巻《せっけん》している三つの商家。橘屋は紀伊《きい》国より興《おこ》り、今では大丸傘下の有力な七家のうちの一つに数えられます」

「かなりでけえな。新之助、いい話じゃねえか。受けちまえ」

「まだ逢ってもいないのに、決められませんよ。それに私はまだ妻を娶《めと》る気もないし」

新之助はかねがねそう言っており、母の秋代も焦らずともよいと言っていると聞いていた。そうだったのだが、秋代はこの縁談に乗り気であるらしい。

「どうした訳だ？　身代に惹《ひ》かれるって御方でもないしな」

「うーん。何度か私にその気がないからとお断りしたらしいのですが……今回で三度目らしく、余程一途《よほどいちず》に好いて下さっているのだから、一度会ってみてはどうかと」

新之助の父、蔵之介は秋代に一目惚《ぼ》れして縁談を申し入れたと聞いた。秋代はその時のことに重ねているのかもしれない。

「何時会うんだ？」

「十四日なんですよ。気が重いなあ……」

新之助は泣きそうな顔になる。本当にまだ妻を娶る気がないらしい。

「悪い話じゃねえ。まあ、会ってみて決めることだな」

「はい……あれ？　ところで彦弥さんと寅次郎さんは？」

約束の刻限になっているのに二人がいないことに、新之助はようやく気が付いた。

「もうすぐ来る。左門のお説教さ」

昨日、二人は酒を呑みに行って門限を過ぎて戻った。非番の日なら泊まりの申請を出せば咎めないと、前から言っているのに困ったことだ。源吾が叱ろうと思っていたところ、左門が、

——たまには私から叱っておこう。そのほうが気が引き締まるだろう。

と、嫌な役どころを買って出てくれ、それで遅くなっているという訳だ。噂《うわさ》をすれば影が差すとはよくいったもので、彦弥と寅次郎の声が聞こえた。

「折下様のお説教はどうでしたか？」

深雪が尋ねながら中に招き入れる。彦弥は肩をすっかり落として言った。

「いや話が長いのなんの……三刻（約六時間）ですぜ」

「もう懲《こ》り懲《ご》りです」

そう言う寅次郎も、幾分頬がこけたようにすら見える。

「自業自得《じごうじとく》だ。だが……彦弥、よく戻ったな」

源吾が笑いかけると、彦弥の顔もようやく光が差すように明るくなった。

「御頭、不在の間ご迷惑をお掛けしやした。今戻りやした」

「信太もお前の留守を守ったことが自信になったらしく、これを機会にきちんと妹に話したそうだぜ」

彦弥の下で副纏師《まといし》をしている信太の妹は、駿河の米問屋に嫁《とつ》ぐことが決まっている。しかし、うっかり信太が心配だと先方に漏らしたところ、夫となる若旦那は、

――気兼ねなく祝言《しゅうげん》を挙げたいので、幾らでも待つ。

と言い、快《こころよ》く応じてくれたらしいのだ。これを伝え聞いた信太は奮起《ふんき》して、今年の番付で西の十六枚目に入るようになった。そして改めて妹に心配ないと伝えたらしく、今年の秋には駿河で祝言を挙げることになっている。

「そりゃあよかった」

信太のことを可愛《かわい》がっているから、彦弥は自分のことのように喜ぶ。やりとりを好ましく見ていた深雪は、頃合いと見たか食事の支度《したく》に台所へ向かった。

「御頭、昨日は儂《わし》が付いていながら申し訳ありません」

寅次郎は腰を下ろすと改めて詫《わ》びた。

「左門の説教で応《こた》えただろう？　だが、確かにお前がいたのに珍しいな」

「それが……折下様には申し上げませんでしたが、ちと厄介事《やっかいごと》に巻き込まれて」

「厄介事？」

源吾が鸚鵡《おうむ》返しに問うと、寅次郎は大きな頭を縦《たて》に振った。

「番付狩りに襲われました」

「何⁉」

源吾が大声を上げたので、隣の部屋の平志郎が目を覚まして泣き始めた。深雪が向かおうとするのを新之助が止める。

「大丈夫です。私があやします」

新之助はぱっと腰を浮かせて平志郎の元へ行くと、抱きかかえながら戻って来た。その時にはすでに平志郎は泣き止《や》んでおり、むしろきゃっきゃと笑い声を立てている。

「悪いな。俺より上手い」

「御頭は揺すりすぎなんですよ」

新之助は平志郎の頭を撫《な》でながら、同意を求めるように言った。

「で、番付狩りに襲われたってのは？」

「昨日、両国からの帰りに……」

寅次郎は事の顚末《てんまつ》を一から説明すると、最後に、

「父の名をきんごろうと申しました」

と、話を結んだ。

「きんごろうってえと……あの金五郎か？」

武蔵が訊くが、寅次郎と彦弥には思い浮かばないらしい。

「儂もどこかで聞いた名だとは思ったのですが、思い出せず……」

「あの白髪のお爺《じい》さん、金五郎という名でしたよね？」

一度見たものを忘れないという特技を持つ新之助は、一度会っただけでも忘れていないようだ。

「ああ、い組先代の頭。白狼《はくろう》の金五郎だ」

明和の大火の前年、日本橋で火事が起こり、近くにいた源吾と新之助もその場

に駆け付けた。二人が辿《たど》り着いた時、土蔵が破裂して無数の火の玉が飛び交い、辺《あた》りは阿鼻叫喚《あびきょうかん》の様となっていた。土蔵に空《あ》いた穴から噴き出した炎は、漆喰《しっくい》壁に纏《まと》わりつくように伸びていた。後に星十郎に聞いて知ったが、これが源吾の初めて見た「瓦斯《がす》」による火事であった。

そこに駆け付けたのが、い組の金五郎。源吾が生まれるより前、町火消の黎明《れいめい》期から活躍する火消で、歳は六十に迫っていたはずである。昔は別の異名で呼ばれていたが、その頃は髪が真っ白になっていたことから「白狼」の二つ名で呼ばれていた。

金五郎はどんどん水を浴びせるように指示を出したが、炎は消えるどころか勢いを増すばかり。瓦斯にも様々な種類があるらしいが、中には水を得てさらに燃え上がるようなものもある。

金五郎は即時の消火を諦《あきら》め、まだ類焼を免れている隣の土蔵から壊す方針に切り替えた。これが悲劇を生む結果となった。そちらの土蔵にも瓦斯が充満しており、開け放った瞬間に引火して、大爆発を起こしたのである。

最も近くにいた金五郎は爆風に吹き飛ばされて火達磨《だるま》となった。他のい組の鳶も飛ばされて意識を失う者、炎に巻かれて逃げ惑う者、目を覆《おお》いたくなるほどの光景であった。

　金五郎は水を掛けられて何とか火は消えたものの、髪は縮れて、肌は焼け爛《ただ》れていた。戸板に乗せられて後方に運ばれていく金五郎に、源吾は呼びかけた。

「爺さん、しっかりしろ」

「すまねえ……しくじった。必ず消してくれ……」

　本当は泣き喚《わめ》きたいほどの痛さであろうに、金五郎は笑みを浮かべて返した。運ばれた金五郎は、意識が混濁《こんだく》し、その日の夜半に帰らぬ人となった。そしてこの火付けもまた秀助の仕業《しわざ》であった。秀助の手法に似た火付け、それに殺された火消の息子、同時期に現れたのか、偶然にしては出来過ぎている。

「番付狩りが言うきんごろうは、本当にあの白狼なのかい？」

　思案していた源吾に、武蔵が根本的な問いを投げかける。

「解らねえが、火消を狙っていることから無関係とも言い切れねえな」

「爺さんにかみさんはいなかったはず……子もいるとは思えねえが」

「漣次に訊くしかないな」

　現在のい組の頭は漣次で、その前が金五郎であった。金五郎が死んだから頭になったのではない。その数年前から漣次が頭の座についていた。

「漣次さんが頭の座を奪ったということですか？」

未だ立ったまま平志郎をあやす新之助が尋ねてきた。

「いや……漣次という火消を作ったのが金五郎。師匠と弟子ってことだ」

金五郎は漣次が一人前になったと見るや、頭の座を惜しげもなく譲って、自身は補佐役に回った。いつまでも老境《ろうきょう》に差し掛かった自分が率《ひき》いていては、次世代が育たないと考えたのだろう。今の源吾ならばよく解る。

「明日、漣次さんを訪ねてみましょう」

「その漣次っていうのは……三大纏師の一人ですかい？」

黙って話を聞いていた彦弥が声を上げる。吉原火消の幸助が言っていた。本荘藩の鮎川転、新庄藩の彦弥、そしてい組の漣次を指して、庶民は江戸三大纏師などと持て囃《はや》しているらしい。もっとも鮎川は先日の事件により、島流しに処されていて、今江戸にいるのは二人だけである。

「ああ、会ってみるか？」

「是非《ぜひ》」

彦弥は不敵《ふてき》に笑う。何だかんだで意識しているということなのだろう。

「もう始めてもよろしいですか？」

台所から深雪が声を掛ける。話が一段落《いちだんらく》するのを待っていたのだろう。

「ああ、頼む」

「今日は何ですか？」

今日は彦弥の帰参祝いということで、銭を取られないことになっている。故に新之助は、楽しみが倍増している様子だ。

「薩摩の方に教えて頂いたのですが……」

深雪は両手で鍋を持って部屋に入って来た。

「あ、解りました！　薩摩汁でしょう？　鶏肉《とり》、里芋などを味噌《みそ》で仕立てた。甘《かん》藷《しょ》も入っているかな……」

新之助は食べ歩くのが好きで、この中では料理にも通じているほうだ。

「残念。違います」

「甘藷が入ってないということですか。それはそれで……」

「別の鍋ということです」

「へえ。薩摩にはまだ他の鍋があるのですね。何て名ですか？」

「えるてんすうぷ」

深雪がにやりと笑う。

「怖っ！　何ですか、その食べ物らしくない名は」

深雪は鍋を鉤《かぎ》にかけると、蓋《ふた》を取って見せた。第一印象としては汁が少ない。色味は茶掛かった緑。野菜は細かく切られ、形が無くなるまで、くたくたに煮込まれており、そこにごろごろと大きな鶏肉が沢山入っている。

皆口には出さないが、この得体《えたい》のしれない鍋に絶句している。

「これが……えるてん？」

「エルテンスープ。えんどう豆ですか」

ただ一人、星十郎だけが理解していた。

「星十郎さんはもうどこの料理かお気付きのようですね」

「はい。名から察するに、阿蘭陀《おらんだ》」

「蘭国ですか⁉」

新之助は吃驚《びっくり》するが、源吾はもうこれくらいのことでは驚かない。誰に教えて貰ったか大凡《おおよそ》の見当《けんとう》は付いた。

「あの蘭癖《らんぺき》の御方か？」

「当たりです。島津又三郎様」

深雪は満面の笑みを浮かべ、皆の椀に取り分けていく。そこであることに気付く。

「その御方は御旗本ではないのか？」

己はその島津　某《なにがし》を旗本だと思い込んでいた。徳川家は江戸に幕府を開く前に信濃を治めており、その時に家臣に加わった諸家の中に嶋津家というものが多く、未だ数家旗本として残っている。源吾は防火の対策を練るためによく切絵図《きりえ》を眺めており、それで知っていたのだ。

「はい。薩摩藩の方です」

なるほど。薩摩の藩主は島津姓であるが、鎌倉時代から続く名門。きっと家臣の中にも同じ姓を持つ者は多かろう。

「御頭……」

星十郎がそっと袖《そで》を引く。この流れ、前にも覚えがある。深雪が知り合いだという曙山と謂う絵師が、秋田藩主ではないかと言われた時だ。

「おいおい……またか」

「又三郎は確か、薩摩藩の現藩主、島津左近衛権　中　将《さこんえごんのちゅうじょう》様の通称……しかも世間では蘭癖大名と呼ばれております」

星十郎はごくりと喉《のど》を鳴らす。

「もう考えるのは止《よ》そう。怖くなる」

源吾は苦く笑いながら首を横に振った。横で恐る恐る箸《はし》を動かす新之助だったが、一口食べて顔を上げた。

「美味《おい》しい」

「ようございました。伝聞《でんぶん》で、しかも少々材料を変えて作ったものだったので、今日は些《いささ》か心配だったのです」

島津又三郎いわく、このエルテンスープなるものは阿蘭陀では、我が国における味噌汁くらい馴染《なじ》み深いものらしい。擂《す》りつぶしたえんどう豆を使うという点は変えていないが、日の本では食べない食材や容易《たやす》く得られない食材を多く使うため、深雪なりに代用品を用《もち》いて作ったという。

「見た目はあれだが……確かに美味《うま》いな」

源吾もそのような感想を持った。

「奥方様は学者ですね。好奇心がお強い」

星十郎は自身の祖母の血が影響している訳ではなかろうが、特に口に合うとのことでいつもより箸が進んでいる。

「未《いま》だ作ったことのないものを知れば、作ってみたくなるのです」

深雪は口元を綻《ほころ》ばせた。

――未だ作ったことのないものか……。

近頃、ふとしたことで頭を過《よぎ》る。秀助のことである。秀助も誰も見たことのない色、象形《かたち》の花火を追い求めていたと聞く。そしてそれを実現させる技術と熱意を持っていた。それが負《ふ》の方向に向いた時、数々の凶悪な火付けの手法を生み出した。

――秀助……生きているならば俺の前に出てこい。

源吾は心のうちで呼びかけながら、椀を傾けてとろりとした汁を啜《すす》った。

三

翌日、源吾は新之助と彦弥を連れて、日本橋に向かった。宇田川町《うだがわちょう》まで東に進み、そこから柴井町《しばいちょう》、露月町《ろうげつちょう》、源助町《げんすけちょう》、芝口町と北上して、芝口橋に差し掛かったところで、脇道からふらりと姿を見せた者がいる。日名塚要人である。今日も相変わらず大振りの菅笠《すげがさ》を深く被り、顔の下半分しか晒《さら》してはいない。

「松永殿、これは奇遇です」

「よく言う。ずっと尾《つ》けていたか」

源吾は吐き捨てるように言う。

「気付きませんでしたが……」

新之助はこめかみを指で掻く。剣の達人である新之助が、気配を感じないのは奇異である。

「剣では鳥越様に及びませんが、こちらのほうは私の得手《えて》。そう容易く気付かれることがあれば、御役目にも差し障《さわ》りがあります」

要人の口元が緩んだのが見えた。この男、公儀隠密《こうぎおんみつ》というだけあって、探索尾行に関しては一枚上手《うわて》と見える。

「で、何の用だ」

「此度の事件、共に追うと約束したはず。私もお連れ頂けますかな」

源吾の屋敷の近くに見張りを置いているのではないか。それで外出したと報告を受け、こうして先回りしたのだろう。

「別に疚《やま》しいことはないさ。勝手にしろ」

「そうさせて頂きます」

要人は菅笠をちょいと摘んで会釈《えしやく》すると、源吾らの後に続く。こうして、い組の漣次を訪ねた時には一行は四人となっていた。

「源《げん》、お前が訪ねて来るなんて珍しいじゃねえか」

迎えた漣次は純白の歯を見せた。

「ちと、訊《き》きたいことがあってな」

「むさ苦しいところだが、上がれ」

漣次は親指で家の中を指差す。町人とはいえ四百九十人以上のい組を率いる頭、百石取りに勝《まさ》るとも劣《おと》らない家に住んでいる。

「今は俺一人だから、何も構《かま》えねえが……」

漣次はそう言いながら座敷に皆を誘《いざな》った。

「お千《せん》は達者《たつしゃ》か？」

お千とは漣次の六つ年下の妻であり、源吾も面識があった。

「ああ、今も変わらず綺麗さ」

「相変わらず仲がいいことだ。坊主は？」

漣次とお千は火消の中でも仲睦《むつ》まじい夫婦として知られている。そして二人の間には男の子がいる。歳は確か五つくらいだったはずである。

「最近やんちゃで困っている。今も組の連中の子たちと遊びにいっているさ。お前も子が生まれたらしいな」

　源吾は松平《まつだいら》家定火消を辞めてから深雪と一緒になった。漣次と親交があったのはその定火消時代であったから、噂などは聞いていようが、平志郎は当然のこと、深雪とも会ったことはない。

「ああ、近くに来たら寄ってくれ」

　一頻《ひとしき》りそのような世間話をした後、唐突《とうとつ》に漣次の顔から笑みが消えた。

「で……ぼろ鳶と麴町定火消の両頭が、雁首《がんくび》並べて世間話をしにきたって訳じゃねえんだろう？」

　要人はどうぞというように、手を宙に滑らせた。

「漣次、番付狩りを知っているか」

「聞いている。番付火消に片《かた》っ端《ぱし》から喧嘩《けんか》を吹っ掛けているって奴だろう」

　源吾は親指で彦弥を指して言った。

「こいつが番付狩りに襲われた」

「ぼろ鳶の番付火消でその風体《ふうてい》……彁彦弥か」

「ご存知《ぞんじ》とは光栄でさ」

　彦弥は口ではそう言うが、目は笑っていない。吉原の一件の後、彦弥は漣次について詳しく訊いてきた。ここ十年、江戸一の纏師といえばまずこの漣次の名が挙がる。負けず嫌いの彦弥としては、いつか超えてやりたいと思っているのだろう。

漣次はふっと息を漏らして褐色《かっしょく》の頰を緩める。

「そんな怖い目するな。俺はもういい歳、お前のほうが上だろうよ」

「いやいや……まだまだ負けるかって目をなさっていますぜ」

「悪い。顔に出やすい性質《たち》なんだ」

漣次がからり笑うと、彦弥もつられて小さく噴き出す。

「そう遠くなく、江戸一と呼ばせてみせますぜ」

「いきがいいねえ」

稀《まれ》に初対面から合わぬと解ってしまう相手がいるが、反対に初めからぴたりと馬が合う相手もいる。この二人はすでに互いの目が笑い合っていることから、どうやら後者であったらしい。

「纏師談義はまたにしてもらって、話を戻してもいいかい？」

源吾は話を戻して続きを聞かせた。

「で、寅次郎が聞いたのさ。番付狩りの父は金五郎という名だと」

「何……金五郎って、爺さんのことか」

「よくある名だからはきとは言えねえがな」

「慶司《けいじ》か……」

漣次の口から一つの名が零《こぼ》れ落ちる
「知っているんだな。でも爺さんにかみさんがいたって話は聞いたことねえぞ?」

金五郎が生涯《しょうがい》独り身であったのは、火消の中でも知られた話である。

――こんな危ない商売してりゃ、かみさんもおちおち眠れねえだろう。

などと、金五郎が話していたのを源吾も聞いたことがある。

「確かにあの人はずっと独り身だった。だが子はいる……」

「それがその慶司」

漣次は首をゆっくりと縦に振った。

「俺も何度か会ったことがある」

金五郎の愛弟子《まなでし》だけあって、漣次は詳しく知っているらしく、戸惑いを見せながらも訥々《とつとつ》と話し始めた。

妻を持たなかった金五郎だが、女がいなかった訳ではない。三十路《みそじ》も暮れに差

し掛かった頃、料理茶屋の女中との間に子が出来た。しかし金五郎は、

「火消は独りがいいのさ」

と、毎月銭を届けさせはしたものの、最後まで一緒になろうとはしなかったらしい。漣次がい組に入り、金五郎の薫陶《くんとう》を受け始める数年前のことだった。

やがて、一人の男の子が金五郎はいるかと、い組の教練場を訪ねて来た。それが十歳に成長した金五郎の子、慶司であった。

「爺さんは初めから気付いていたようだ。大きな溜息をついて名乗り出たよ」

金五郎が姿を現すと、慶司はきっと睨み上げて次々に罵声《ばせい》を浴びせた。母子《おやこ》を捨てた、それでも男か、母がどんな気持ちでいると思っているのか、そのような内容だったという。金五郎は腕組みしながら無言で罵詈《ばり》雑言《ぞうごん》の全てを受け止めた。

「恨《うら》んでくれていい」

と、謝罪ともつかぬ台詞《せりふ》を残してその場を去ったらしい。そんなことが毎年一度はあった。年の暮れに近付いても現れなければ、

「今年は遅《おせ》えな……」

などと、金五郎が心配するように呟いていたのを、漣次は耳にしたことがあっ

たという。

「師匠、いいんですか……？」

慶司が何度目かに訪ねて来た時、漣次は金五郎に尋ねた。金五郎は四十を過ぎて徐々に白髪が増え、その頃にはすっぽり雪を被ったかのような頭になっていた。

「男ってもんを履《は》き違えたんだろうな」

金五郎は自嘲《じちょう》気味に笑った後、妙に真剣な面持《おもも》ちになって付け加えた。

「漣次、お前はこんなふうになるな。町だけでなく、女房も子も守れる火消になんな」

慶司が最後に訪ねてきたのは、今から四年前の明和七年の皐月《さつき》（五月）、源吾が丁度《ちょうど》新庄藩に仕官《しかん》する少し前の頃の話である。金五郎は五十六歳、慶司は十八歳。丁度二人で呑みに出ようとした時であったから、漣次もその場に立ち会うことになった。

「去年、俺がここに来てすぐ、御袋が死んだ」

慶司はそれまでで最も厳しい目で睨んだ。

「そうか」

金五郎が嗄《しわが》れた声で言った次の瞬間、慶司は父親を思い切り殴《なぐ》り飛ばした。漣次は間に割って入ろうとしたが、金五郎はすぐに手で制す。慶司は堰《せき》を切ったように捲《まく》し立てる。

「お前、御袋にこう言ったらしいな。この子はきっと立派な男になると……てめえら火消はどうなんだ！　火事が起こっても、かみさんや子を放り出して他人を助けるんだろう⁉」

「それが火消ってもんだ」

金五郎は眉一つ動かさずに答えた。

「てめえに至っては、火消に邪魔だからって御袋を捨てやがって……それが男だってのか！」

慶司は肩を震わせて痛罵《つうば》した。十年近くの間、金五郎は言葉を返すことはあっても、一度たりとも激昂することはなかったが、この時は違った。息子の襟《えり》を摑《つか》むと、顔が触れるほど引き寄せて低く返す。

「お前に言われたかねえよ。まともな仕事にも就《つ》いていないそうじゃねえか」

慶司は二年ほど前から賭場《とば》に出入りし、幸か不幸か博才《ばくさい》があり、賽子《さいころ》で飯が食えていることを金五郎は知っていた。

「くそ爺《じじい》！　てめえに何が――」

慶司は腕を振り払い、もう一発拳を見舞おうとしたが、金五郎は肩の根をむんずと鷲《わし》摑みにして止めた。

「解らねえし、親父面するつもりもねえ。だが、お栄《えい》は大層心配していたって話を聞くぜ」

「御袋を気安く呼ぶな！」

慶司が残る拳を放った。先ほどまでと違って金五郎は避けずに顔で受け、ぺっと血を土間に吐いた。

「お前の言う通り。俺はお前らを捨てた……」

「碌《ろく》な死に方しねえな」

「ああ……きっと罰《ばち》があたるだろうよ」

金五郎がぽつんと言うと、慶司は忌々《いまいま》しそうに唾《つば》を地に吐き捨て、二度と姿を現さなかった。

「その唾を吐く様が爺さんに瓜《うり》二つでよ。ああ、親子なんだなって思ったよ……」

漣次は遠くを見つめ、吐息混じりに言った。

「その慶司さんは今どこに？」

漣次の話を、一言一句《いちごんいっく》漏らさず記憶しようと努めていた新之助が問う。

「その日が慶司を見た最後だ。江戸を出たって聞いた」

博打が強すぎるからか、慶司を敬遠《けいえん》する賭場が増えた。母が死んで生活がさらに荒《すさ》んだのだろう。方々《ほうぼう》で喧嘩を繰り返し、いかさまを疑われたことがきっかけで、賭場にいる全ての者を叩きのめしたこともあったらしい。そのような訳で江戸に身を置き辛くなり、江戸を出て放浪すると近しい者に言っていたという。

所謂《いわゆる》、流れ者の博徒《ばくと》になったという訳だ。

「失礼」

要人が断りを入れると、俯《うつむ》いていた漣次が顔を上げる。

「慶司のその後のことにも詳しいのは、どういう訳で」

要人の目が底光りしたように見えた。

——漣次を疑ってやがるのか。

源吾は内心で舌打ちしたが、すぐに思い直した。この公儀隠密は漣次だけを信じていないのではない。世の人という人全てを疑っているような冷たさを感じる。それに漣次と親しい源吾は、疑いを持たなかったが、その日が最後という割には確かに詳しすぎるだろう。

「慶司が訪ねて来た翌年、爺さんは死んだ」

金五郎は年々躰《からだ》が言うことを聞かなくなってきたと嘆《なげ》いていた。頭を譲られた時、漣次は隠居を勧めたが、どうせやることとなんてない。それでも俺には火消しかない。そう言って歳を食っても現役であり続けた。思えば慶司に向けて、

――罰があたるだろうよ。

と言ったのも、そう遠くなく炎に敗れる日が来ることを予期していたのかもしれない。

漣次は、日焼けした額に手を置いて続けた。

「俺は非番で、お千と菊太郎《きくたろう》と浅草の縁日に……」

非番の日でも心のどこかで火事が起きないかと気にしている。火消とはそのようなものである。しかし、金五郎は漣次に対し、どうせ非番でも事が起これば駆け付けねばならないのが火消、それまでは全てを忘れて家族と過ごせばいいと常々《つねづね》言っていたという。

漣次が日本橋での火事を知って戻った時、丁度大火傷を負った金五郎が戸板に乗せられて運び込まれて来たところであった。

「爺さんは朦朧《もうろう》としながらも火事場のことを。お前や勘九郎が駆け付けたので、十中八九《じっちゅうはっく》心配ない。い組は万が一に備えて後詰《ごづめ》に回れと……」

「その夜半だったな……」

「ああ、爺さんは死んだ。その時、譫言《うわごと》で慶司にずっと詫《わ》びていたらしい……だから俺は真相を話すために慶司を捜した。だから詳しいんだよ。日名塚様だったか。納得してくれたかい？」

「結構です。その真相とは」

要人はすでに次のところに意識が向いている。

「爺さんは初めからお栄さんと一緒になるつもりだった。断ったのはお栄さんのほうなんだ」

それだけで何があったか源吾には朧気《おぼろげ》ながら解った。漣次は溜息をついて言葉を継ぐ。

「日本橋は火事も多い。月に一度は必ずある。その度《たび》に、命を落とすかもしれねえと心配し、待つのがお栄さんはとても耐えられないとな……」

人の密集する日本橋では、その分火事も多い。年に二十回も火事が起こることとて珍しくない。火消が出動する時、その妻はいつも夫の無事を祈って待っていなければならない。その心労に耐えられない者も多いのだ。

「一緒にならずとも半鐘《はんしょう》の音を聴けば、やはり胸が苦しくなる。そう言ったお栄さんのため、師匠は巣鴨《すがも》に小さな家を買ってやっていた」

「そうか……それを慶司に教えようと？」

「爺さんは俺だけに語ってくれた。きっと教えることなんて望んじゃいなかった……」

漣次は天井を見上げて、天に贈るかのようにふわりと続けた。

「でもあまりに哀《かな》しすぎるだろう」

妻子を持つ火消ならば皆が理解出来るだろう。江戸に幕府が出来て戦《いくさ》は絶えた。世は泰平《たいへい》となったが、それは炎との戦いの幕開けであった。人口は増加の一途《いっと》を辿り、江戸では小火《ぼや》も含めれば年に三百以上の火事が起こる。常に死と隣り合わせという意味では戦と何ら変わりがない。徳川家康《いえやす》を支えて四天王の一人に数えられた本多忠勝《ほんだただかつ》でさえ、生涯で五十度の戦に参加し、それは武将としては多い部類に入るのだという。だが源吾も漣次もすでにその五倍の「戦」に出ていることになるのだ。妻子の心労は計り知れない。

ふと横を見れば、新之助も何か思い耽《ふけ》っている。間もなく見合いをすることになっているのだ。もしかすると新之助が妻を娶ることを躊躇《ちゅうちょ》しているのも、その火消の業《ごう》に気付いているからかもしれない。

そして要人。無感情を装っているが、源吾の耳朶《じだ》は確かに捉えていた。金五郎の妻の話をしていた時、要人が発した蚊《か》が鳴くほどの微かな唸《うな》り声を。それはまるで溢《あふ》れ出る感情を抑え込むかのようであった。

「だが慶司は何のために火消を襲う」

源吾がようやく口を開くと、漣次は視線を落として苦々しく言った。

「もしかすると慶司は、事の真相を知っていたのかもしれねえ」

母のお栄から一緒になることを断ったのだとしても、その理由は金五郎が火消だったからだ。その時点で火消を辞めることも出来たが、金五郎はそうはしなかった。

寅次郎から聞き取った慶司の言動を元に推測すれば、金五郎が一生を燃やし続けた火消がいかほどのものか。慶司はそれを己の目と拳で確かめようとしているのではないか。漣次はそう語った。

「ありがとよ。助かった」

源吾は言い残してその場を後にした。漣次も、何か解ればすぐに報せると約束してくれた。

――いよいよ、解らねえ。

源吾は往来《おうらい》に出ると空を見上げた。秀助の手口に似た火付け、そして恐らく慶司であろう番付狩り。図ったように同時期に現れており、全くの無関係とはどうも思えないのだ。

「御頭、こっちを歩いて下さい」

新之助が袖を引くので、源吾は意味が解らず首を捻った。

「ご心配なく」

何故か菅笠の紐を結ぶ要人が答えた。

「念のためです」

新之助はにこりと要人に笑いかける。やはり源吾には何のやり取りか解しかねた。

「鳥越殿は、私から松永殿を守っておられるのです」

要人はくすりともせず、刀の柄《つか》を軽く叩いた。なるほど。新之助は抜き打ちを警戒し、要人の左を歩かせようとしたのだ。

――面倒なことだ。

事件も勿論《もちろん》であるが、要人という得体の知れない男と真相を追わねばならぬということである。源吾は己の両頬を挟むように叩き、気合いを入れ直した。

四

帰路、主だった頭を自宅に集めるように彦弥に命じた。彦弥は三人に先んじて駆け出していく。この後、家でここまでの流れを整理し、今後何を調べればよいのか方策《ほうさく》を立てるつもりでいる。

「私も独自に調べてみます。松永殿は三日後は非番のはず。例の甘味処で落ち合いましょう」

要人は新庄藩火消の非番の日もしっかり頭に叩き込んでいる。とはいうものの、麴町に帰る素振《そぶ》りはなく、ぴったりと足並を揃えて付いて来る。

「家に帰るまでは見届けるってか？」

「そのような。この事件はどうもきな臭い。私は護衛のつもりでおりますが」

要人は真面目な口調で言うが、やはり信用しきれない。新之助は常に警戒しているようで、己と要人の間に割って入るようにして歩いた。

自宅まで帰ると、垣根《かきね》越しに平志郎をおぶった深雪が、洗濯物を取り入れているのが見え、深雪もこちらに気が付いた。

「おかえりなさいませ」

新之助の他に見知らぬ者がいる。深雪は客だと思ったようで表まで出てこようとする。流石に要人の前で来なくていいとは言えず、源吾はやきもきした。

要人はこちらを見張っているとみるべきである。深雪や平志郎の顔もどうせ知っていようが、それでも直接会わせたくはなかった。

「私はこれで」

「ああ」

要人は都合よく辞そうとする。源吾は当然ながら引き留めるつもりもない。要人が会釈をして身を翻《ひるがえ》した時、深雪が表に出て来た。

「旦那様、あの御方は」

「近頃起こっている火付けを共に追っている。定火消だ」

実際に定火消なのだから嘘《うそ》ではない。その実は公儀隠密だといえば無用な心配をさせるだけである。

「何故、お引き留めしないのです」

深雪は少し訝しむ顔になってこちらを見上げる。

「何故って……」

「この後、お集まりになられるのでしょう？　何故ご一緒に相談なさらないのです」

彦弥に皆を呼びに行く前に、自宅に一声掛けておいてくれと頼んでおいた。

「当家、麴町定火消、それぞれで追っているのだ」

「聞かれてはまずいことでも？」

「いや……それはないが」

「ならばお誘いすればいいのに」

深雪は不満げに言う。

「そうかもしれぬが……」

戸惑う源吾をよそに、深雪は去り行く要人の背に呼びかけた。

「もし」

要人が足をぴたりと止めて振り返った。

「この後、皆様がお集まりになられます。大したおもてなしも出来ませぬが、是非お立ち寄り下さいませ」

要人は踵《きびす》を返してこちらに向かってくると、深雪の前に立つ。

「奥方、ご厚意ありがたく存じます。しかしながら新庄藩の方々のみで話し合われることもあるかと思いますので……」

「今訊きましたが、無いそうです。是非上がっていって下さい」

深雪は穏やかな笑みを浮かべて要人を誘う。源吾は新之助と顔を見合わせ、互いに苦い顔になる。

「お気遣いなく」

それでも辞そうとする要人に、深雪は続けざまに尋ねた。

「この後、御用が？」

「いえ……」

「あ、お帰りにならないと、お家の方がご心配なさるかもしれませんね……」

「いえ、私は独り身ですので」

「なら夕餉《ゆうげ》も召し上がっていって下さい。ね？」

深雪の屈託《くつたく》のなさに、要人もたじたじとなっている。深雪は腰を屈《かが》めて菅笠の下から顔を覗《うかが》う。平志郎は景色が低くなったのが可笑《おか》しかったか、きゃっと笑い声を上げた。

要人が平志郎に顔を近付けたので、源吾の躰に力が入る。横の新之助など顔が強張《こわば》り、柄に手を掛けてさえいた。

「可愛い御子ですね」

「平志郎と謂います。名乗り遅れました。私は松永源吾の妻、深雪と申します」

「麴町定火消の日名塚要人と申します。こんにちは、平志郎殿」

要人は菅笠をくいと上げた。顔を覆った手をぱっと広げると、大抵《たいてい》の赤子は喜ぶ。平志郎もそれが大好きで、源吾も度々やっている。笠から顔が出たのが同じように見えたたか、平志郎は高い声で笑った。

「日名塚様、是非。平志郎も喜びます」

深雪はにこりと微笑《ほほえ》んだ。

半刻後、新庄藩火消の主だった者たちが集まった。どの者も何故か要人がいるので、ぎょっとして席に着く。

「急でしたので、買い出しに行けていないのです」

話し合いの前に深雪が切り出した。この後、いつものように鍋を囲むことを見越しているのだ。

「深雪様、お気遣いなく」

源吾に代わって武蔵が答える。

「昨日の材料がありますので、同じものならば出来ますが」

「あ、いいですね。えんどう豆の鍋美味しかったですもの」

「ならば支度をしますね」

新之助に遠慮という二字は無い。皆が苦笑する中、深雪は台所へと引っ込んでいった。それを見届けると、寅次郎は一つ咳払いをし、声低く話し始めた。

「まずお訊きしますが……」

ここにいる皆は要人が公儀隠密であり、吉原事件の下手人《げしゅにん》を斬った男だということを知っている。寅次郎は、要人を前にして豪胆に言い切った。

「何故、この御方がここに」

「深雪が誘ったんだよ。正体を隠している」

「ふむ……なるほど。お断りにならなかったのですね」

寅次郎は要人を睨みつけた。

「やはり場違いのようだ。お暇《いとま》しよう」

要人が席を立とうとした矢先、深雪が皆の分の茶を盆にのせて運んで来た。

「日名塚様、手水《ちょうず》でしたら……」

「いや、用を思い出したのでお暇しようと……」

要人は脇に置いていた菅笠を手に取った。深雪は衆をゆっくりと見渡した。

「なるほど。皆さんに意地悪されたのですね」

「奥方様、そういう訳じゃ――」

「武蔵さんまで」

武蔵が慌てて言うのを、深雪はぴしゃりと遮《さえぎ》る。

「先ほどから旦那様も嫌な顔をなさっていると思ったのです。珍しく新之助さんまで険《けわ》しいお顔をなさっていましたし……手柄争いという訳ですか」

「違いますよ。本当に両家それぞれで事件を追っているだけです」

新之助が言い訳をするが、深雪は得心《とくしん》しない。

「例の火付けですね。旦那様は常々《つねづね》、人の命を守るのが火消の一義だと仰《おっしゃ》っているではありませんか。そのために力を合わせるべきでしょう」

深雪に一本取られた形となった。確かにその通りである。流石に公儀隠密というだけあって、要人の探索力は相当のものだ。一刻も早く事件を解決に導くつもりならば、協力するのが得策というものだろう。

「解った。要人、座ってくれ」

源吾が言うと、要人は少し迷ったようだがゆっくりと元の場所に座った。

「仲良くして下さい」

まるで子ども扱いである。深雪は満足したようにまた台所へ戻っていった。

「俺はお前の仕業を赦《ゆる》してはいねえ」

「知っています」

今回は前のようなことは絶対にしないという条件で、新庄藩火消は力を貸すことを決めた。だがやはりまた同じことをするのではないかと疑っていた。それは他の者も同じだろう。

「深雪に言われて気が付いた。まずは火付けを止めなくちゃならねえ。そのために力を合わせる」

「私も約定《やくじょう》を守りましょう」

今回はという意味かもしれない。それでも今の要人の言葉には誠を感じた。

「驚いたか」

深雪のことである。源吾は眉を開いて要人を見た。

「なんというか……」

要人が適当な言葉を選ぼうとしているようだったので、源吾は片笑みながら先んじて言った。

「変わった女だろう」

やはり深雪は不思議な女である。心に鍵を掛けているかのように感情を表に出さない要人相手でさえ、臆《おく》することなく向かっていく。

「いや、よい奥方だ」

要人がぽつんと零し、皆の顔が若干解《ほぐ》れたように見えた。源吾は頃合いと見て本題に入る。

「よし始めようか。まず漣次に会って判《わか》ったことだが……」

漣次から聞き取った一切を皆に話した。

「なるほど……」

全てを聞き終えると、星十郎は前髪を弄《いじ》りながら話し始めた。

「焦点はやはり、秀助の生死……」

秀助が生きていた場合、手口も酷似《こくじ》していることから、一連の火付けもその仕業と見るのが自然である。そうなれば秀助を追わねばならない。

「しかし……私はやはり秀助は死んでいると見ています」

「お前もそう思うか」

源吾は一連の火事が秀助の仕業とはどうしても思えなかった。最後に見た秀助の目には憎悪《ぞうお》は感じられず、ただ亡くなった妻と子への慈愛《じあい》が溢れていたように思う。仮に生きていても、あのような所業をするであろうか。

「仮にも公儀が下した裁き。一橋といえどもすり替えるのは難しい……となると、秀助の手口を真似《まね》た何者か」

「今、最も疑わしいのは、同時期に現れた番付狩りか……そしてその正体は恐らく金五郎の息子である慶司」

源吾が引き取って話を続ける。

「でも……何のために？」

新之助が疑問を投げかけ、星十郎はこれに頷いて同意した。

「そうなのです。慶司さんには火付けをする訳が無い。金五郎さんへの怨《うら》みが、火消全体に飛躍したとしても、そこまでするとは思えません」

「火付けと、喧嘩を売るのと、同時にやる意味もねえしな」

武蔵が顎に手を添えて唸った。

「つまり下手人は別にいる。しかし狙っているのは元駿河台の、花火の試し上げに立ち会った火消と秀助の刑に立ち会った役人のみ。手口もしっかりと真似ている。明らかに秀助が生きているかのように見せかけています」

　下手人には真の目的がある。例えば狙いはたった一人で、それを隠すために秀助が生きているように見せかける大掛かりな仕掛けをしているとも考えられる。だが星十郎は解《げ》せないと言う。

　それをすれば秀助の手口を真似られる人物であると、自《みず》ら認めていることとなるのだ。却《かえ》って下手人を特定しやすくなるようなことをする必要があるか。話が行き詰まりかけたその時、要人が口を開いた。

「ずっと気になっていたことがあるのです……改めてお訊き致しますが、秀助は両手を失っていたということで相違ありませんか」

「ああ、間違いねえ」

　己が右手を切り落とし、残る左手は藤五郎を花火で仕留めた時に失っていた。

「その時に使った花火は淡い赤のもの。つまり全て為《な》し終えた後、秀助は娘への弔《とむら》いに上げるつもりであった」

「秀助は確かにそう言っていた。故にもう一度作る時が欲しいと――」

　源吾はそこまで言って絶句した。あることに気が付いたのである。

「そう。秀助は両手を失ってどうやって花火を作ったのでしょう」

皆が声を失う。先代平蔵の話だと、秀助は捕まった時に口で種火を咥《くわ》えて花火を上げていた。それは出来たとしても、果たして両手を失って花火玉まで作れるだろうか。それもあの時に上がっていた花火は一発ではなかった。

「つまり、秀助を手伝う者がいた、ということ」

要人は目を細めてこちらを見つめた。謂わば、秀助の後継者ともいうべき存在である。

「そいつが下手人ということか……だが秀助に弟子はいねえはず」

秀助は独りで工房に籠《こも》り、ただ新しい花火を追い求める日々を送っていた。その日常を変えたのが妻と子の存在。それを奪われたからこそ、秀助は狐火《きつねび》となったのだ。

「明日、鍵屋に聞き込むか。何か解るかもしれねえ」

源吾は掌に拳を打ち付けた。考えるよりも行動。それで今までも何とか突破口を開いてきた。

「それがよろしいかと」

要人も即座に応じて皆が頷《うなず》く。当面の為すべきことが見えてきた。

「深雪、もういいぞ」

「はい。今お持ちします」

源吾が呼びかけると、すぐに台所から声が返ってきて、鍋を手にした深雪が姿を見せた。

「では、私はこれで……」

要人が立ち上がろうとした時、深雪がまたもや要人を止めた。

「召し上がっていって下さい」

深雪はただ要人と皆の仲が悪いだけと思っている。

「いえ……」

「私は料理が下手そうですか？」

深雪は頓着《とんちゃく》なく訊きながら、鍋を囲炉裏《いろり》の鉤に掛けた。

「そのようなことは……」

「なら座って下さい」

深雪は、要人の肩に手を置いて無理やり座らせるようにした。要人に対して、いつになく深雪は強引さを見せる。こうなれば皆も口を挟めない。

「昨日はただでしたが、今日は二十文頂きます」

探索を生業《なりわい》にしている要人も、この松永家のしきたりは知らないらしく首を捻《ひね》る。

「あ、お金取るんです。深雪様は」

新之助は懇切丁寧《こんせつていねい》にしきたりを教えた。皆が戸惑っている中、いち早く状況に馴染んでいるのが、要人と刃を交《まじ》えた新之助なのだからおかしな話である。警戒はしつつも、新之助の天性の明るさは消えないらしい。

「では私は……」

皆がいつもの壺に銭を入れるので、要人が状況を理解して財布を取り出すが、深雪はぴしっと手を出して制した。

「日名塚様は初めてですので、ただです」

「何ですかそれ。私は初めから取られましたよ」

新之助は口を尖らせて壺の中に二十文を入れていく。

「今日から始まったのです」

深雪は冗談っぽく笑いつつ蓋を取る。湯気が立ち上る鍋は昨日と同じものである。

皆が椀と箸を取る中、源吾はぴたりと動きを止めた。蓮花《れんげ》が弾《はじ》けるほどの小声で要人が呟くのを、耳朶が捉《とら》えたのである。

「エルテンスープ……」

　確かにそう言った。

　――こいつ……。

　星十郎すら料理の名は知らず、「エルテン」というのが蘭語の「えんどう豆」であると知っていただけだった。それなのに要人は知っている。皆が鍋に舌鼓《したつづみ》を打つ中で、源吾は終始《しゆうし》そのことが気に掛かり茫《ぼう》としていた。

　皆が帰った後、深雪は布団《ふとん》を敷き始める。皆がいた時には何度かぐずった平志郎も、今は微かな寝息を立てて眠りについている。

「深雪」

　源吾が呼ぶと、深雪は掛け布団を手に持ったまま振り返った。

「はい」

「今日はどうした」

　要人のことであった。深雪は執拗《しつよう》に要人を誘い入れた。これまであまり無い対応だったように思う。夫婦だけあってそれだけで意味が通じたようで、深雪は掛け布団をふわりと敷きつつ言った。

「その前に、皆様は何故あそこまで日名塚様をお嫌いになられます」

「それは……」

「女子には申せぬこともあるでしょう。日名塚様もそう仰っていました」

「うむ」

武家の女らしくないところも多々ある深雪だが、口の堅さは間違いない。そうだとしても深雪や平志郎を巻き込みたくはない。

「あの御方は……寂しそうでした」

「そうか」

公儀隠密に詳しい訳ではないが、己の正体を隠して誰とも深く交われず、上からの指示が何であれ忠実に動かねばならない。それくらいは容易く想像出来る。だとすると深雪の言う通りなのかもしれない。

要人が笠を上げて平志郎を見た時、僅かながらも初めて口元が緩んでいるのを見た。だが、あの男は、下手人とはいえ人を躊躇いなく殺す冷酷さも持ち合わせている。だからこそ気持ちの整理が付かないでいた。

「おやすみになりますか?」

深雪は行燈《あんどん》に近付いて尋ねた。源吾が無言で頷くと、深雪は息を吹きかける。影が揺らめいたのも一瞬、闇がすぐに覆っていく。衣擦《きぬず》れの音がして深雪が布団に潜り込んだのが判った。源吾は、胡坐を掻いて闇を覗いていた。

「旦那様」

「ああ」

布団の端を口に寄せているのだろう。深雪の声がややくぐもっている。

「日名塚様のことを私は何も存じ上げません」

「うむ」

「その上で申し上げますが……心優しい御方かと」

「だといいな」

曖昧《あいまい》な返事だとは思う。だが一方で本心でもあった。

相貌《そうぼう》は似ても似つかない。それなのに何故か、あの男を見ると秀助の最後の姿を思い出す。源吾は闇の中で秀助と要人の姿を交互に思い浮かべた。

第五章　狐《きつね》を継ぐ者

一

翌日、源吾は日本橋の鍵屋に向かうことにした。同行者は新之助、そして日名塚要人である。一度例の甘味処で落ち合ってから日本橋を目指す。

源吾たちが着いた時、要人はすでに到着していた。横に置かれた湯呑の中には茶が満たされているのに、湯気が立ち上っていない。随分前から待っていたのだろう。

「おはようございます。では行きましょう」

要人は刀を腰に差して立ち上がる。すでに勘定《かんじょう》を済ませているあたり無駄が無い。日本橋へ向かって歩き始め、暫《しばら》くして源吾は言った。

「茶は飲まなかったのか」

「外ではそのように心がけています」

毒を盛られることを警戒しているという意味か。

「昨日は食っただろうが」

「あの鍋に毒が盛られていれば、新庄藩の取り潰しは火を見るより明らか。そのような愚《おろ》かな真似《まね》をする松永殿ではありますまい。それに……」

要人は笠に手を当てて下に引くようにして続けた。

「この数年、外で物を口にしたのは、あれが初めてでした」

「そうか」

深雪の屈託《くったく》のない好意が、無にならなかったことが少し嬉しかった。もう少し要人のことを聞き出そうと思案《しあん》していた矢先、新之助が軽妙な調子で問うた。

「日名塚様、どこで剣を学ばれました？」

単刀直入《たんとうちょくにゅう》もいいところである。源吾は頭を掻《か》いて苦笑する。

「その昔」

「それはいつに対しての答えでしょう。どこでって訊いているじゃないですか」

新之助はずけずけと問う。表裏を使い分けるということが苦手なこの若者らしい。

「国で」

要人は短く答える。しかしたったこれだけの会話でも得たことがある。少なくとも要人には「国元」がある。つまり江戸の生まれではないということが解《わか》る。

新之助はなおも引き下がらない。

「それじゃ解らないな。だって日名塚様は浅山一伝流《あさやまいちでんりゅう》でしょう」

「ほう……」

「あ、やっぱり当たった」

新之助は謎《なぞ》かけに正解したかのように、ぱんと手を叩《たた》いて喜んだ。

「お好きにお考え下さい」

「じゃあ、そうだと思って話します。浅山一伝流は各地に広まっているんですよ。だからそれだけじゃあ解らない」

「鳥越殿はお詳しい」

要人は顔色を変えぬまま褒《ほ》めたが、新之助はにやりと笑って首を横に振る。

「はぐらかそうとしたって駄目です。国元はどこですか」

要人は溜息をついて押し黙った。この若者との問答《もんどう》は相性が悪いと気が付いたのだろう。そこで源吾も腹を決めて問いかけた。

「お前、昨日の鍋を知っていたな」

「え？　あの呪詛《じゆそ》みたいな名の鍋をですか⁉」

新之助が諸手《もろて》を上げて吃驚《びっくり》する。

「今の一言。深雪に言っておこう」

取り消します取り消しますと連呼する新之助をよそに、源吾は改めて要人を問いただした。

「声が漏《も》れていたぜ」

「地獄耳もいいところ。厄介《やっかい》な方々だ……」

要人は辟易《へきえき》するように零《こぼ》した。

「まさか国元は南蛮《なんばん》って訳じゃねえよな」

「そう思って頂いても結構」

「それにお前は元々火消だ」

「それも……」

「結構ってか。新之助、こいつ何も話さねえ」

源吾は面倒臭くなって手を首の後ろで組む。

「そのようですね。秘密の男……何かかっこいいですね。私もなろうかなあ、公儀隠密。斬るのは嫌だけど」

要人は口に指を当ててしっと鋭《するど》く息を吐き、素早く周囲を見渡した。

「馬鹿《ばか》、外で公儀隠密って口にするな」

要人は珍しく慌てたように、また尖《とが》った息を吐く。それで思わず己も口にしていたことに気が付き、自嘲《じちょう》気味に笑った。

「俺たちは向いてねえ」

「そのようですね」

隠密などとは最も縁遠い二人と行動するのだから、要人も大層骨が折れることだろう。

そうこうしている間に鍵屋に辿《たど》り着く。花火を商《あきな》っている商家は他にもあるが、どれも小さな店《たな》ばかりである。それに比べ鍵屋の店はかなり大きく、近所の歴史ある呉服問屋や薬問屋にもひけを取っていない。

鍵屋については、亡き先代平蔵に詳しく聞かせて貰っている。

鍵屋がこれほどの身代《しんだい》を築けたのは、約三十年前に発表された打上花火のおかげであった。これはこの鍵屋が編《あ》み出した。他の花火屋も真似ようとしているが、未《いま》だ鍵屋の技術には遠く及ばない。そのことによって花火は鍵屋の専売のようになっているのだ。

その打上花火を生み出したのが、当時二十歳にも満たぬ二人の天才花火師。一人は清七《せいしち》と謂《い》い、残る一人が秀助であった。同じ天才といえども秀助のほうが常に一歩先を進んでいたという。

「主人はおられるか」

源吾は暖簾《のれん》を潜《くぐ》りながら言った。現在の当主は六代目鍵屋弥兵衛《やへえ》のはずであった。

「どなた様ですか」

出迎えた男が怪訝《けげん》そうに尋ねる。

「新庄藩の松永源吾と申す者。こちらは同じく鳥越新之助、そしてこちらは直参《じきさん》で……」

「直参《じきさん》旗本戸田《とだ》家用人《ようにん》日名塚要人と申します」

三人の素性《すじょう》は知れたが、武士が花火屋に用があることなどそうそうなく、男は来意を計りかねている。

「主人は一月《ひとつき》前から臥《ふ》せっております」

「そうですか。あなたは？」

「清助《せいすけ》と申します。ここの番頭を仰《おお》せつかっております」

平蔵から聞いた話の中に、清助という者は出てこなかった。

「清七さんという手代はおられますかな」

「来月は両国《りょうごく》の川開き。清七はそれに向けて追い込みを」

毎年皐月《さつき》、隅田川で多くの花火が打ち上げられて見物客で賑《にぎ》わう。その昔、源吾が打ちひしがれて火消を辞める決心をした時、深雪と共に見上げたのも川開きの花火であった。あの日の淡い緑の美しい花火は、今でもはっきりと覚えている。それが秀助の作だと知ったのは随分後のことであった。

「じゃあ、清吉さんはいますか？」

新之助は店先に並べられた、見本の花火を指で突《つつ》きながら訊いた。

「清吉……という者はおりませんが」

「嘘《うそ》言っちゃあいけねえよ」

源吾は思わず地の話し方が出てしまった。清吉とは清七の一人息子で、鍵屋弥兵衛をして、

——清七が十年に一度の偉才、秀助が百年に一度の鬼才なら、清吉は千年に一度の神才だ。

と、称された花火師であった。一度見た花火はすぐさま模倣《もほう》し、皆が驚愕する

火薬、金属の調合を発見した。当時まだ七歳であったというから神童と呼ぶに相応《ふさわ》しい。

　清吉は父である清七より、秀助に積極的に教えを請《こ》うた。残酷にも清吉は、父より秀助のほうが優れていることに早くから気が付いたのである。

　清吉はその天賦《てんぷ》の才で秀助を猛追し、遂にある花火を生み出した。その花火は誰も成し得なかった赤み掛かった発色をするだけでなく、空で破裂した後、いくつもの火の玉が出現し、思い思いに宙を泳ぐというものであった。

　清吉の花火を試し上げすることになったが、

　――ありえぬ。赤など……後の世の花火師に託すべきものだ。

　と、秀助はこれに猛反対した。秀助は、これがしこたま火薬を詰め、中に筒を仕込んだ危険なものだということを見抜いていた。だが皆は清吉への嫉妬《しっと》からそう言っているものだと思い、また秀助の妻お香は夫が孤立することを恐れて宥《なだ》め、娘のお糸も赤い花火を見てみたいと言ったことで、押し切られるような格好で試し上げが行われた。

　果たして秀助の案じていた通りになった。花火は重さで飛ばず、地で爆発。無数に飛んだ火の玉の一つがお糸の命を奪った。源吾はそのような経緯を知っている。故に言葉が荒くなってしまったのだ。

「なるほど……そういうことか。もう清吉はいないのだな」

「おい、そんなはず――」

要人が清助の言葉を鵜呑《うの》みにしたように応じたので、源吾は口を挟もうとした。しかし要人はそれを手で制して清助に向けて言い放つ。

「鍵屋の奉公人は出世するたびに名が変わるはず」

「そういうことか……」

すっかり失念していた。先代平蔵はそのようなことも言っていた。鍵屋では丁稚《でっち》の時は「吉」、手代は「七」、番頭になると「助」の字を付けるのだ。

「つまり清助であるあなたが当時の清七。そして今の清七が……神童と呼ばれた清吉」

「お武家様……ご用件は……」

「秀助について訊きたい」

「あっ――」

清助は驚きのあまり二、三歩後ずさりした。

「俺たちは火消だ。このところ立て続けに起きている火付けを探っている。店の者から話を聞きたい」

「しかし……」

要人が懐《ふところ》より一通の書状を取り出し、はらりと開いた。

「奉行所より探索の許しを得ている。抗《あらが》うならば御白洲《おしらす》で聞くことになるが。いかに？」

鍵屋が協力を拒《こば》むことも想定していたということになる。

「分かりました……皆を集めます」

清助は観念したように奥へと引っ込んで行った。源吾は書状を畳む要人に尋ねた。

「用意のいいことだ。そんなに簡単に許しを得られるのか？」

「幸い奉行所は田沼様の影響が強い。一声で動く」

幕府は田沼派と一橋派に二分されているという。もっとも一橋は徳川一門のため、自ら政《まつりごと》に関わる資格はない。一橋の息の掛かった者が田沼に敵対しているのだ。

暫くすると鍵屋の者たちが続々と姿を現した。花火職人が六人、それ以外に商いを行う奉公人が八人。元は職人であった清助も、今では花火作りは止《や》め、店先で差配《さはい》をしているらしい。

奥の一間を借りて一人ずつ聴き取りを行う。質問はただ一つ。

「秀助に弟子はいなかったか」

と、いうことである。成果は芳《かんば》しくない。秀助が鍵屋を出奔《しゅっぽん》したのは九年前の明和二年（一七六五）、ほとんどがその後に雇われたからだった。残るは二人となった。まずは清七を呼び込んだ。

「清七でございます」

襖《ふすま》を開けて入って来た清七の顔を見た。切れ長の目、薄い唇《くちびる》、尖った顎《あご》、どれを取っても才気《さいき》走った雰囲気を醸《かも》し出している。

――こいつが……。

全ての元凶《げんきょう》である。とはいえ頭から決めつけて憎む訳にもいかない。花火の試し上げをした時、まだ清吉と呼ばれておりまだ八歳。分別《ふんべつ》があったはずが無い。持て囃《はや》して調子付かせた大人たちの責が大きいだろう。その清七も今では十七歳の若者に成長している。

「秀助について訊きたい」

清七が着座するや否や、源吾は早速聴き取りを始めた。

「懐《なつ》かしい名です」

まるで他人事《ひとごと》のように聞こえた。感情を逆撫《さか》でされたが、源吾はぐっと堪《こら》え、問うた。

「秀助に弟子はいたか」

「はい」

清七が即答するので、源吾は思わず身を乗り出した。

「何という者だ」

「私です」

清七は真顔で言い切り、言葉を紡《つむ》いだ。

「秀助さんは卓越《たくえつ》した技をお持ちでした。私はそれを見て盗んだからこそ、今の私があると思います。もっとも……秀助さんに出来て、今の私に出来ぬことはありませんが」

――何も学んじゃいねえ……。

源吾は愕然《がくぜん》としてしまった。事故とはいえ人一人の命を奪ったのだ。そのせいでお香は井戸に身を投げ、秀助は狐火に身を落とした。一つの幸せな親子を微塵《みじん》に打ち砕いていながら、眼前の清七からは苦悶《くもん》の色が一切感じられない。

「明和の大火……誰が下手人か知っているか」

源吾は声を震わせながら訊いた。世間では僧体《そうたい》の無宿者《むしゆくもの》、真秀の犯行ということになっているのだ。

「当時、火付盗賊改《ひつけとうぞくあらためかた》方長官の長谷川平蔵様の詮議《せんぎ》を受け、鍵屋の者は秀助さんなのだろうと薄々気付いていていました。小塚原の刑場まで行った者もいたそうですが……顔に袋を被せられており確かめることは叶《かな》わなかったと」

清七は史書に書かれた事実を読み上げるように平然と語る。

「そうか……一応訊いておく。大火の後、秀助に手を貸したか」

「まさか。極悪人ですよ」

清七は目を丸くして嘲《あざ》笑うように言った。その時、源吾の中の何かが音を立てて切れ、摑み掛からんと畳を踏み鳴らした。新之助の顔にも怒気《どき》が走り、立ち上がろうとしている。

だがそれより疾《はや》く動いた男がいる。要人である。膝《ひざ》で畳を蹴って清七に迫ると諸手で襟を摑んでいる。

「な、何を――」

清七が手足をばたつかせた。源吾は予想外のことに茫然《ぼうぜん》となり、新之助も驚きを隠せないでいる。

「貴様、良心は痛まぬか」

要人の顔は冷静そのものである。だが声に怒りが滲《にじ》み出ている。

「あれは――事故なのです！」

「そうかもしれぬ。だがそれが秀助から全てを奪ったのも事実」

「どうか致しましたか！」

騒ぎを聞きつけて飛び込んで来た清助は、何が起こったのかと目を白黒させている。

「父上……このような無法《むほう》。お上《かみ》に報《しら》せて――」

清七は手を伸ばして清助に助けを求めた。しかし要人は清七の顎を摑み己の方を向かせ、冷酷に言い放った。

「私がその『お上』だ」

清七は躰《からだ》をがたがたと震わせ、清助は土下座《どげざ》して許しを請うた。

「要人、やりすぎだ」

源吾が肩に手を置くと、要人は清七を突き放した。

「今一度訊く。秀助に弟子は」

「秀助は何事も独りで行っていました……」

喉《のど》に触れて咳き込む清七に代わり、清助が畳に頭を擦《こす》り付けて答える。

「先ほど清七は技を盗んだと申したが」

要人が冷たく言うと、清助は額《ひたい》から止めどなく汗を流して弁明した。

「あくまで見せてくれた一部だけ。全体の二割にも満たぬでしょう。秀助は己の花火の工程を全て帳面に書き記していました……今の清七の花火はあくまで独自に——」

「待て！」

源吾が叫んだので、皆の視線が一斉に集まる。

「はい……」

清助はこちらの気分も害したかと泣きそうな顔になる。

「帳面があるのか」

初めて知った事実である。それがあれば秀助を模倣《もほう》出来るではないか。

「はい。しかし秀助が出奔した後に残されてはいませんでした。恐らく持って出たものと」

要人、新之助と順に顔を見合わせて頷《うなず》く。どういった経緯で手に入れたかは解らぬが、下手人はこれを使っているのではないかということだ。

「帳面の存在を知っているのは誰だ」

「旦那様、私、清七の三人でございます」

状況から鑑《かんが》みて、三人とも今回の事件の下手人とは考えにくい。残されるのは、

「秀助が死んだ後、何者かの手に渡ったか……」

と、いうことだけだ。ならば誰でも下手人になる可能性があり、それを見つけるのは砂浜の中から針《はり》を探すほど困難であろう。

落胆しかけたその時、清助があっと声を上げた。

「いかがした」

「もう一人……帳面の存在を知っている者がいます。多少花火も作れます……」

「誰だ⁉」

「種三郎《たねさぶろう》という男です」

清助は記憶を手繰《たぐ》りつつ話を始めた。秀助がお香と夫婦になる一年前、秀助に弟子入りしたいと鍵屋を訪ねて来た者がいた。

「それが種三郎」

源吾が名を口にすると、清助はこめかみを伝う汗を拭《ぬぐ》いながら頷く。

「はい。鍛冶屋の次男で、何でも、川開きの花火に甚《いた》く感動したとのことです。独りを好む秀助は当然断りましたが、種三郎が何度も熱心に頼むものだから、秀助も遂《つい》に認めることに。鍵屋一同、秀助が弟子を取ったことに驚いたものです」

お香と一緒になる一年前。その頃の秀助は人の温もりを欲し、もがいていた時期なのかもしれない。源吾はそのように感じた。

「種三郎はどれほどいた」

「半年という短い間でしたので、私も失念していました」

「それほど熱心に頼み込んでか？」

「それが……秀助が破門にしたのです」

種三郎は鍛冶屋の息子だったこともあり、並の者よりは火について知識があった。花火師としての筋も悪くないと、当初は秀助も語っていたらしい。秀助が人のことを嬉しそうに話す様に、清助としても安堵《あんど》したという。だがある日、種三郎が自作の花火を勝手に売ったことが露見《ろけん》し、秀助は烈火《れっか》の如《ごと》く怒った。

「種三郎は儲《もう》かると思ったから、花火師を志したのです」

清助も花火師の端くれである。顔に怒りの色が見えた。

　種三郎は博打《ばくち》で借金をこさえて、実家から勘当《かんどう》されていたことが解った。何とか手早く儲ける術《すべ》はないかと途方に暮れていた時、両国の花火を見てこれだと思いついたようだ。素人目《しろうとめ》には花火はほぼ鍵屋の専売。廉価で同程度のものを作れば飛ぶように売れる。素人目には花火の質の違いなど判りやしない。秀助に詰《なじ》られた種三郎は、悪びれることもなくそう言い放ったという。

「下手な花火師が作った花火は恐ろしいもの。人を傷つけることもある……秀助はそう常々……」

　清助は嗚咽《おえつ》して言葉にならなくなった。この九年、清助は後悔していたのだろう。人目を憚《はばか》らず泣いた。

「私も解っていたのです……なのに……」

「九年前、それを息子に言うべきだったな」

　源吾が言うと、清助は洟《はな》を垂らしながらこくこくと頷いた。秀助が出奔したあと、清七の花火無くして鍵屋は成り立たなかったのだろう。いつしか父子《おやこ》の立場も逆転したに違いない。横にいる清七が何故父は泣いているのかと、冷めた視線を送っているのがその証左《しょうさ》ともいえる

「清七、悔い改めるなら今だ。その心根じゃ、いつか身を滅ぼすぜ」

「はい。肝《きも》に銘《めい》じます」

口ではそういうが、清七は腹の内で嘲笑っているようだ。よくある年寄りの説教とでも思っているのだろう。

秀助は長く人と交《まじ》わってこなかったからか、花火師の才を見抜く力はあっても、人を見抜く力は持っていなかったと思わざるを得ない。種三郎しかり、眼前で鼻持ちならぬ顔をしている清七しかりである。

――秀助、お前見る目ねえよ。

天にいるのか、いやまだ地にいるかもしれない。どこにいるとも解らぬ秀助に向け、源吾は心の中で愚痴《ぐち》を零《こぼ》した。

二

混乱に紛《まぎ》れて北へ北へと逃げた。両腕の怪我《けが》をまずどうにかせねばならない。左手は熱傷のため火事で負ったものと言えようが、右手は刀傷。医者に見せる前に適当な言い訳を考えねばならない。

朦朧《もうろう》とする意識の中、己を叱咤《しった》して浅草界隈《あさくさかいわい》まで辿り着いた。このあたりは先日己が放った火のせいで焦土《しょうど》となっている。

――俺は何ということを……。

生き別れとなった子を捜す女、愛しい人の亡骸《なきがら》に縋《すが》って慟哭《どうこく》する男、数多《あまた》の悲《ひ》哀《あい》が渦巻《うずま》いている。

鍵屋の周辺には平蔵率《ひき》いる火付盗賊改方が溢《あふ》れかえっていた。まずはこれを引っぺがすため、江戸の各地で不可思議な火を起こす必要があった。

「怪異に見えるほうがなおよろしい」

藤五郎の甘い誘いに乗った己が全て悪い。たとえこの身を切り刻まれようと、鍵屋だけを狙うべきであったと後悔したが、もう遅かった。

火とは不思議なものである。人の心を見透かして語り掛けて来る。お香やお糸と幸せに暮らしていた時は、

――人を喜ばすのが、俺たちの使命さ。

と、こちらが恥ずかしくなるほど、爽《さわ》やかなことを語っていた。

だが二人を失うや、火は表情を一変させる。焔《ほのお》の先が妖《あや》しく揺れ、色味さえ幾分暗くなったように感じた。

――共に行こう。俺はお前の味方だ。

火はそう語った。実際、火に意思など無いだろう。だがこれほど己の心を鮮やかに投影するものを、秀助は他に知らなかった。

「そこのあなた！」

両腕を脇に挟むようにして歩いていた秀助を、背後から呼ぶ者があった。怪しまれたのかと恐る恐る振り返る。刺子半纏《さしこばんてん》を身にまとい、手には鳶口《とびぐち》を持っている。町火消《まちびけし》だった。

——まずい。

ここで捕まる訳にはいかない。まだ己には為《な》すべきことがある。とはいえ両手はすでになく、抵抗することも儘《まま》ならない。いや、仮に無傷であっても、もう人を傷つけるつもりはなかった。それが「あの火消」と交《か》わした約束でもある。

「どうか……しましたか？」

痛みで顔が歪《ゆが》もうとするのを必死に耐え、秀助は笑顔を作った。

「何を悠長《ゆうちょう》な！　その怪我、お見せなさい！」

怪我を負っていると見抜かれている。町火消は己の両腕を取って呟《つぶや》いた。

「これは酷《ひど》い……そこに座って下さい」

もう駄目だと思ったが、町火消は何故傷を負ったかには興味を示さず、傷そのものを注視している。そして近くにいた仲間の町火消に命じた。

「私の道具と晒《さらし》を持って来なさい。あと焼酎《しようちゆう》も」

男は透き通るように白い肌をしていた。頰に付いた煤《すす》の黒さが、白さを一層際《きわ》立《だ》たせている。仲間が持って来た道具箱を開くと、小刀のようなものが数本、後は針や糸が収められている。

「火を熾《おこ》せ」

消炭《けしずみ》は幾らでもある。すぐに火が熾され、男はそれで小刀、針を炙《あぶ》った。

「火は鉄の毒を取り除《のぞ》いてくれます」

男は不安にさせまいと思ったか、優しく微笑《ほほえ》みかけて説明してくれた。

「あなたは……」

町火消とは医術も修めているものなのか。そんな話は聞いたことがなかった。

「火消ですよ。元は医者ですが」

「副頭！　焼酎です」

仲間がそう告げると、男はこちらに持ってくるように言う。

「副頭……その若さで」

「私の歳で定火消の頭や、加賀鳶の頭になった人もいるのです。珍しくはありません。……少し痛みます。この手拭《てぬぐ》いを噛《か》んで」

差し出された手拭いを噛みしめる。

「右手の刀傷はともかく、左手は無数の金属片が刺さっています。これを除きます」

男はそう先に言って小刀、あるいは針を手早く動かす。痛みはあった。だが己が苦しめた罪なき人々のことを思えば、何でもないものだろう。

「ふう。焼酎で洗って、晒を巻きます」

一々《いちいち》、何をするのか教えてくれる。このような医者ばかりならば、どれほど患者は安心することだろう。全ての処置を終え、男は言った。

「安静にしてください。行くところはありますか？　無いならば……」

「あります」

秀助は俯《うつむ》きながら答えた。行く当ては無い。だが行きつくところは解っている。折角《せっかく》治療をしてもらったのに、それが無為《むい》になると思うと心が痛んだ。

「ならば良かった」

男の頬に小ぶりの笑窪《えくぼ》が出来た。

「一つ……いや、二つお尋ねしてもよろしいか」

「はい何でしょう」

「ある火消の御方を知りたいのです。世話になりまして……」

「ふむ。特徴は？」

秀助は思いつく限りの特徴を言った。顔の話ではぴんと来なかったようだが、羽織に鳳凰《ほうおう》の柄が描かれていたことを告げると、男はすぐに判《わか》ったようでぽんと手を叩《たた》いた。

「松永源吾様。火喰鳥《ひくいどり》の異名を取る火消です」

数々の火事を鎮《しず》めた伝説的な火消であったが、一時現場から離れていたこと。それが一昨年になって火消に復帰したことなど、男は詳しく教えてくれ、

「私はあの御方に憧れて、火消になったのです」

と、話を結んだ。

「火喰鳥……ですか。ありがとうございました」

「もう一つは？」

男は首を少し捻《ひね》った。

「貴方《あなた》の名は」

男は名乗るほどでも無いと断る。火喰鳥にせよこの男にせよ、己が思っていた

火消の像とは大きく異なっている。このような男たちがあの場に立ち会ってくれていたら、お糸は助かったのかもしれない。いやそれ以前に、危険な試し上げ自体を止めてくれたかもしれない。そしてお糸が死んだ後に出逢えたとしても、己の人生も変わったものになったかもしれない。

何も礼など出来ない。それでも名を心に刻みたく、秀助は執拗《しつよう》に迫った。男は興奮すると傷に障《さわ》ると宥め、観念したか苦笑しつつ名乗った。

「燐丞と申します。このように白い顔をしているので、人は白毫《びゃくごう》などと笑います」

「燐丞殿……生涯、この恩は忘れません」

残り少ない一生であるが、秀助はそう誓った。

「忘れて下さい。それが医者の本望《ほんもう》なのです。忘れるほど楽しい日々を過ごして頂くことが。まあ、今は火消が本業ですが」

燐丞の優しい言葉が胸に突き刺さる。この手では涙が零れても、拭うことも儘ならない。秀助は肩に顔を擦り付けつつ立ち上がった。

「ありがとうございます」

「お大事に。無事家族に会えるとよいですね」

燐丞は穏やかに笑って見送ってくれた。秀助は力強く歩み出した。己の人生は間もなく終わる。今はそこに向かう最後の旅路の途中、絶望した己に神仏がもう一度、人の優しさを思い出させようとしているのかもしれない。火消たちとの邂逅《かいこう》はそうとしか思えなかった。

焦土の中、秀助は行く。雲間から差し込む光に懺悔《ざんげ》しながら、秀助は風に流れる灰を踏み締めた。

三

鍵屋を訪ねて三日後、源吾の自宅に再び一同が集まった。あの日、要人は鍵屋を出てすぐ、

「探索は私の得手《えて》。種三郎を追います。三日頂きたい」

と、躊躇《ためら》うことなく宣言した。そして言葉通り、僅《わず》か三日で足跡を調べ上げ、その旨《むね》を伝えてきたのだ。新庄藩火消の主《おも》だった頭たちが集まる中、要人は澱《よど》みなく調べてきたことを報告した。

「種三郎は千住《せんじゅ》の鍛冶屋の次男。三度の飯より博打が好きで、常に借金をしてい

るような有様。十九の時に勘当され、父が死んだ後にも実家に戻っていないと、兄から聴き取りました。近所の裏付けも取れており、匿《かくま》っているという線は無いと見ています」

先日の感情的な様子とは打って変わり、要人は静かに正確に語る。

「江戸の主な賭場《とば》、百二十一箇所に聞き込みましたが……」

「百二十一⁉　三日でですか？」

新之助は口をぽかんと開いた。

「はい。お望みとあらば場所も教えましょうか」

「どうやったらそんなに早く」

「それはご勘弁を」

公儀隠密独自の情報網があるということか。あるいは要人の他にもそのような者が江戸中に潜伏《せんぷく》しており、指示を出せば一斉に動く仕組みになっているのかもしれない。教えて下さいよとねだる新之助を無視し、要人は報告を続けた。

「続けます。賭場に聞き込んだところ、種三郎が最後に姿を見せたのはおよそ一《ひと》月《つき》前。そこで種三郎は聞き捨てならぬことを口走っています。賭場にいた旗本《はたもと》の三男から聞きました」

――暫《しばら》く賭場には来られねえのです。だけど、今度来るときは借金も綺麗《きれい》さっ
ぱり。それどころか十両、百両の大博打をしてやるつもりですぜ。

種三郎はそう言って下品に笑っていたというのだ。旗本の三男は法螺《ほら》だと思っ
ていたらしいが、そういえば確かに種三郎を見なくなったとも言っていたそう
だ。

「そいつ、かなり怪しいですね」

武蔵が皆を見回して確かめるように言う。

「秀助は種三郎を呼び寄せて、最後の花火を作らせたということですかね？」

そう言ったのは彦弥である。

「その礼に秀助から帳面を譲《ゆず》られた。あるいは奪った」

そう言う寅次郎は、図体《ずうたい》に似合わず几帳面《きちょうめん》な性格で、話の内容をいつも持参した帳面に記している。その帳面をひらひらと宙に振りながら言った。

「その帳面を金に換える方法を考えた。まあ普通に考えれば、花火を作るってことですが……」

新之助は顎に指を添えて視線を上にやる。

「まあ、そんなやくざ者なら、もっと楽に金に換える方法を考えるだろうな」

ここでまた武蔵が吐き捨てる。

「火術を欲している者に売り込んだ。あるいは向こうから誘われた……というところか」

源吾が話を纏《まと》め上げると、要人は片眉を上げた。

「数々の事件を解決に導いただけはある。おみそれした」

「秀助譲りの火術を欲している者。そして最近、人材を集めている者。一人しかいねえな」

「一橋」

要人は短く言う。田沼の政敵、つまりは要人の敵でもある。

「星十郎、どうした？」

このような時、星十郎は積極的に推理する。しかし今日はまだ一言も発せず、赤茶けた前髪を指に巻いたり、解いたりしているのみだった。

「解《げ》せないことがあります」

「何か推理が間違っていたか？」

「いえ、私も種三郎が極めて怪しいと思います。一橋の手の者になったというのも有り得る話」

「じゃあ、何が解せない」

「種三郎が何故、秀助の怨恨《えんこん》の相手を狙うのかということです」

「それは……秀助が生きているように見せかけるために……」

「何のために」

星十郎は興奮しているのか語調が強くなり、源吾もおっと後ろに仰《の》け反《ぞ》る。星十郎は一呼吸置いて続けた。

「失礼致しました……秀助が生きているように見せかけ、世の不安を煽《あお》ろうと一橋が企《たくら》んでいることも考えました。しかし一橋はそこまで馬鹿ではない」

仮にも徳川家の一門で、民部卿《みんぶきよう》の官位を得ている雲上人《うんじようびと》である。ここでの会話を人に聞かれれば大変なことになるだろう。

「なるほど。使う時期の問題ですな」

要人の気付きは的を射ていたようで、星十郎は深く頷く。

「秀助の火術は他に代《か》え難《がた》きもの。田沼様と真に対決する時まで奥の手として取って置きたいはずなのです。ここで使えば、ましてや秀助を装《よそお》えば、すぐに田沼様は察知して真相を探ろうとする」

「事実、私にそのように命じられた」

要人と星十郎が間髪《かんはつ》入れずに話を進めていく。

「そもそも、私はまだ一橋は帳面を得ていないと思います」

「ちょっと待って下さい！」

新之助が両手を上げて、二人の間に入って話を止める。

「すでに秀助の火術を使っているではないですか。帳面があると考えたほうが自然じゃ……」

星十郎は首を横に振って応えた。

「いいえ。これも気が付いたのですが……何故あの粉を使わないのか」

「あの燃える粉か」

秀助を追い詰めた時、もろに喰らっている彦弥は顔を顰《しか》めた。

「はい。あれの正体こそ見破れたものの、とてもではないが、余人が易々《やすやす》と作れる代物《しろもの》ではありません。恐らくそれが出来たのは、この国では秀助ただ一人」

星十郎いわく複雑な調合、工程を踏まねば途中で爆発することは必至《ひっし》という。

あのように散布して焔《ほのお》を生む他に、放置して自然発火にも使える。火付けを行う者にとっては垂涎《すいぜん》の秘術と言っても過言《かごん》ではない。

「ちょっと待って下さいよ……」

新之助は眉間《みけん》に指を置き、記憶を呼び起こして続けた。

「朱土竜、木の自然発火、粉塵《ふんじん》爆発、水が燃える。今までに起こったのはこれらです」

「確かにあの粉は使われちゃいねえな」

明和の大火は広範囲で出火したため、秀助一人で全て火を付けたとは考えにくい。粉と違い、種を知り、手順を教えられれば、模倣が可能な方法ばかりである。あの時は藤五郎などに予《あらかじ》め伝授したとも考えられる。此度の火付けは、それらを種三郎の知識と合わせて実行していることは十分にあり得た。

星十郎は前髪を指でぴんと弾《はじ》く。いよいよ推理も結末に近づいているのだろう。

「粉が無いことは帳面が無い証左。加えて一橋も気付いているのです。誰かの手助けがなければ、最後の花火を作れなかったこと。そして、その者が帳面を持っている可能性が高いことに」

「だから秀助を真似《まね》る訳ですか」

この中では要人だけが、星十郎の思考にいち早く付いていっている。

「はい。秀助が生きていると思わせ、帳面を持つ者が動くのを待っている」

その者が秀助に恩義のある者ならば、向こうから捜しに来るだろう。帳面を奪ったとすれば復讐と奪還を恐れ、これまた動くことが考えられる。

「つまり……秀助の後継者は別にいる」

源吾が呟くと、皆は一様《いちよう》に押し黙った。今の火付けにも対応し切れていないのに、別に秀助の技を持つ者がいるとは考えるだけで恐ろしい。しかもその者は帳面を持っている正統な後継者なのだ。

——お前は何を残した。

源吾は腰のあたりにそっと手を触れた。普段は火事装束《しょうぞく》の時だけ、帯に赤い鈴を括《くく》りつけている。だがここのところは平装でも身に着けていた。秀助が生きていれば、この鈴の音を聴いて、ひょっこり姿を現してくれるかもしれない。そんな気がしたのだ。

だがどうやら秀助はやはり死んでいるようだ。本来なら安堵《あんど》すべきかもしれない。だが何故か胸に寂寥《せきりょう》感が込み上げ、ぎゅっと鈴を握った。

四

名も知らぬ小さな橋の下。それが秀助の見つけた仮の宿である。燐丞という火消が処置をしてくれたものの、夜になると激痛が襲ってくる。何とか眠ろうとするものの、微睡《まどろ》む度《たび》に目を覚ます。口の端に違和感を持って肩で拭うと、それは涎《よだれ》の泡であった。眠っている間も歯を食い縛っているのだ。

――まずは食わねばならぬ。

間もなく死ぬために食う。何ともおかしな話だと思うが、少しでも傷を癒《いや》すためには食が必要であった。それは案外容易《たやす》く手に入った。幕府が蔵米を放出したらしく、あちこちの町で連日のように炊き出しを行っている。役人が立ち会っている訳でなく、下賜《かし》されて町衆が行っており、拾《ひろ》った菰《こも》を身に纏《まと》っていれば素性《すじょう》が露見《ろけん》することもなかった。

三日目、ようやく痛みもましになった時、秀助は次に為すべきことを見定めた。

――この手ではとても作れない。材料と道具もいる……。

誰かに助けを請わなくてはならない。己が横から的確に指示を出せば素人《しろうと》でも作れるかもしれない。だが出来るならば、玄人《くろうと》とまでは言わずとも、経験のある者のほうが望ましかった。

「種三郎……」

口から零れ出たのは、かつて短い間だけ指南したたった一人の弟子の名であった。鍵屋を出た時、花火の製法や火薬の調合を事細かく記した帳面を忘れず持ち出しており、今も腹巻の中に肌身離さず入れている。欲深い種三郎ならば、これを譲ると言えば手伝ってくれるかもしれない。

「いや、駄目だ」

すぐに思い直した。己が編み出そうとした究極の花火。その製造過程で生まれた焦熱《しょうねつ》地獄の粉「九尾《きゅうび》」の作り方も書き記してある。そこだけ破るか。いや、それ以外にも使い方次第では悪用出来るものが沢山ある。己は江戸中に憤怒《ふんぬ》と哀《あい》傷《しょう》をばらまいた。間違っていた。間違いだらけであった。もう二度と同じことを繰り返してはならない。

途方に暮れた四日目、ふと目を覚ますと掛け布団代わりにしていた菰が無い。盗まれたのかと身を起こしたが、それはすぐ横にあった。見知らぬ子どもが横で寝ている。わざとではないだろうが寝惚《ねぼ》けて菰を持っていった。そのような格好で眠っている。

　秀助は、子どもの汚れた寝顔を飽くことなくじっと見つめていた。どれほど時が経《た》っただろう。半刻ほどか。子どもが口をむにゃりと動かして薄《う》っすら目を開けた。

「ご、ごめんなさい」

　知らぬ間に菰を奪っていたというのは間違いないようだ。朝方になれば相当に冷える。無理も無かろう。

「いい。気にするな。何故《なぜ》ここにいる？　親は……」

　何となく答えは解った。きっとそれも己のせいだろうと。

　父は象牙挽物《ぞうげひきもの》の職人であったらしい。象牙を轆轤《ろくろ》で挽《ひ》き削《けず》り、小刀で細工を施《ほどこ》す。代表的なものは印籠《いんろう》で、他にも根付け、簪《かんざし》、櫛《くし》などを作っていた。腕は良いが己の納得のゆくもの以外は打ち捨てる職人気質で、暮らしは豊かではなかったという。

「はぐれたか」

「ううん。おっ父《とう》も、おっ母《かあ》も死んじゃったから……」

男の子は本郷丸山町《まるやまちょう》の長屋に住んでいたという。己は目黒行人坂《めぐろぎょうにんざか》を担当したが、藤五郎たちは同町の道具屋与八《よはち》宅に火薬を使った火付けをした。それによって生じた猛火を蒙《こうむ》ったということになる。

「すまない……」

「何でおじさんが謝るの？」

蹲《うずくま》って顔を半《なか》ば腕に埋《うず》めていた男の子は、秀助を見上げて目を瞬《しばた》かせた。

——俺が殺した。

心の中で詫びるのが精一杯だった。罵《ののし》られることも、捕まることも、そして死ぬことも怖くはない。我儘《わがまま》だとは思う。だがあと少しだけ己の旅路は残っている。それが終われば打ち明けて、この子に殺されてもよいと思った。

「おじさん、その腕……」

恐る恐る子どもは言う。

「ああ、怪我をした」

「おじさんも大変だったんだね」

何なのだ、神仏は。どうして今になって光明《こうみょう》を見せる。人の美しさを見せようとする。いやずっと人は美しく、同時に醜《みにく》いものであったのだ。己が醜いものしか見ようとしなかっただけだ。

また涙が溢《あふ》れて頬を伝う。今までずっと堪《こら》えていたからか。己でも情けなくなるほど涙脆《もろ》くなっている。肩で拭おうとした時、男の子がすっと手を袖の中に引っ込め、頬を撫でるように拭いてくれた。

「ありがとう……」

「うん」

「行く当てはあるのか？」

男の子は首を横に振る。空を見上げようとした。今にも泣き出しそうな曇天は橋に半ば隠れ、まるで空が割れたような錯覚を受けた。

「降り出しそうだ。ここにいたほうがいい」

今度はこくりと頷いた。この子に何か一つでも償《つぐな》えないかと考えている。それを空のせいにしたに過ぎない。

「うん。そうする」

男の子は立てた膝に顎を置くように、また顔を自らの腕に埋めた。遂にぽつぽつと雨が降り出し、丸みを帯びた匂いが漂《ただよ》い始めた。秀助は絞り出すように訊いた。

「お前、名は……」

「──」

雨は沛然《はいぜん》たる驟雨《しゅうう》に変わり、二人の間の音を奪っていった。無言の時を埋めた雨音がようやく弱まった頃、秀助は橋から落ちる滴《しずく》を見つめながら、ぽつんと言った。

「力を貸してくれないか」

第六章　青き狼《おおかみ》

一

　前回の新庄藩の二人も相当に喧嘩《けんか》慣れしていたが、今回は別格の強さであった。己はかなり打たれ強いほうだが、たった一発の拳《こぶし》をくらっただけで、膝《ひざ》が笑いまともに立つことも覚束《おぼつか》なかった。

「化物《ばけもの》め……」

　――容赦《ようしゃ》もねえ。

　気炎《きえん》を吐いて己を奮《ふる》い立たせ、なおも向かった慶司だったが、頭を鷲摑《わしづか》みにされて板壁に叩《たた》きつけられた。それで勝敗は決した。往来《おうらい》に大の字になって気を失ってしまった。

　気付いた時にはすでに相手の姿は無く、別の男が塀《へい》にもたれて座り、月を見上げていた。確か相手の近くに付き従っていた男である。

「目を覚ましたか。半刻（約一時間）、眠っていたぞ」

「てめえ……あいつはどこに——」

身を起こそうとしたが、頭がぐわんと痛み、情けないことに吐き気まで催《もよお》す有《あり》様《さま》である。

「御頭《おかしら》はとっくに帰ったよ」

「くそ……俺はまだやれた」

慶司は地を叩《たた》いて悔しがった。男はこちらをちらりと見て、また月へと視線を戻す。

「御頭の言った通りか……昔の秋仁にそっくりな目をしている。また来るだろうって」

「当たり前だ。次は絶対ぶっ殺してやる」

「伝えておけ、いつでも来い。逃げも隠れもしねえ……だってさ」

男の横顔を見ると口元が緩《ゆる》んでいる。

「てめえ、頭が心配じゃねえのか」

「馬鹿。御頭がお前如《ごと》きに負けるか。あの人は最強の町《まち》火消《びけし》だぜ」

「俺は火消なんかには負けねえ」

「俺は宗助ってんだ」

男はこちらを向いて微《かす》かに笑った。

「確か番付《ばんづけ》で見たぞ……西の前頭《まえがしら》十六枚目、『不退《ふたい》』の宗助はてめえか」

「安永《あんえい》二年の番付見てんのか？　今は東の前頭十五枚目だっての。で……こっちが名乗ってんのに、名乗らねえってか。しけた男だな」

宗助がへらっと笑ったのが、癇《かん》に障《さわ》った。男という一語に無性に反応してしまうことは己でも分かっている。父の金五郎がことあるごとに、男のくせに、男として、男の道は、など、やたらとその言葉を遣ったという。

――金だけ送りつけて何が男だ。

慶司はずっと罵《ののし》ってきた。だから今でもやたらと反応してしまうのだろう。

「今日のところは、見逃してやるよ」

力の入らぬ足を叱咤《しった》して立ち上がる。

「ん？　やってもいいんだぜ。俺は相手が何であっても退《ひ》く気はねえよ」

慶司は舌打ちした。この男も府下一番の無頼火消集団、に組の副頭なのだ。肝《きも》の据わり方からして並ではない。

「一つ訊《き》いていいか」

「何だ?」

「あの男はいつからあんなに強い」

「んー……十二の頃には、やくざ者三人を相手取って半殺しにしたっていうから、生まれつきじゃねえの?」

「化物か」

「おう。あの人は化物だ」

宗助はからっと笑って立ち上がると、尻の砂を払った。

「俺も一つ訊く。俺が答えたんだから、お前も答えてくれるよな。男ならな」

宗助はにたにたと笑って言った。すでに己の弱点がばれてしまっている。

「慶司、何で番付火消を狙っている」

ふいに名を呼ばれて鼓動が速くなった。

「お前……俺を知っているのか」

「うちと『い組』は同じ一番組だぜ」

漣次率《ひき》いる「い組」四百九十六名、秋仁の「よ組」七百二十人、元は武蔵が率いていた「万《まん》組」四十八人、「は組」五百二十三人、そして宗助の所属する「に組」三百九十人、合わせて二千百七十七人は大規模な火事の時には町火消一番組

として行動を共にせねばならない。そのために月に一度は会合を持つ。最も近い会合は昨晩、そこでい組の漣次が、

――番付狩りの正体は、元い組頭金五郎の子、慶司らしい。この件はうちが落とし前を付ける。姿を現したら報《しら》せて欲しい。

と、四つの組の代表に頼み込んだらしい。もっとも、に組の頭はその会合もすっぽかしており、番付狩りの存在を知っているかすら怪しいもののようだが。

「俺の親父も火消でよ。火事場、火事場でまともに遊んでもらった記憶なんてねえよ」

こちらが黙っていても、勝手に話を進めてくる。

「子どもの頃は火消が大嫌いだったのに、火消になっちまってんだから、人生ってのは解《わか》らねえもんだよな……どうだ俺に話す気はねえかい？」

「何でてめえなんかに」

「いいじゃねえか。御頭の弱点、教えてやってもいいぜ」

宗助は口に手を添えて囁《ささや》く。正直なところ、あの化物には一朝一夕《いっちょういっせき》で勝てる気がしない。弱点があるのならば聞いておきたかった。それにあれほど無茶苦茶な頭を支えている故か、宗助には何でも受け入れてくれそうな不思議な魅力を感

じたのも事実だった。

慶司が溜息をついて再び板塀を背に座ると、宗助も同じように横に腰を下ろした。

慶司は江戸の賭場《とば》に出入り禁止となっていた。母もいない江戸に何の未練も無い。諸国を流れる旅の博徒《ばくと》となった。

「俺が江戸に戻ったのは去年の暮れだ。御袋の知り合いが、江戸に俺が戻ったことを聞きつけ、文を届けてきた」

母は己の喪《も》が明ければ、慶司に渡して欲しいと頼んでいたらしい。だが慶司は喪が明けるとすぐに江戸を出たため、渡すことが出来なかったというのだ。

「親父は……御袋を捨ててなんかいなかった」

文には、己が信じて来た事実とは別のことが綴《つづ》られていた。

子が出来たと聞いた時、金五郎は跳び上がるようにして喜んで夫婦になろうと言ったという。

――私は怖かった。

文には涙の跡があった。江戸では年に三百以上の火事が起こり、その半数近くが人口の密集している日本橋界隈《かいわい》で起こっている。その管轄《かんかつ》を守る金五郎は二、三日に一度、火事場に出ることになる。

それだけではない。火事の約三割が火付けによるもの。夜回りで火付けを目撃した火消が、逆上した下手人《げしゅにん》に刺されるようなことも珍しくはなかった。

毎晩、毎晩、半鐘《はんしょう》が鳴らぬか。鳴れば無事に帰れるか。明日は、一月《ひとつき》後は、来年は。無限に心配が重なり、とてもではないがこちらの身が保《も》たない。生まれて来る子に同じ想いをさせたくない。そのような理由で、母の方から拒《こば》んだというのが真相だった。

慶司は酷《ひど》く狼狽《ろうばい》した。金五郎への憎悪《ぞうお》が消えた訳ではない。母はきっと金五郎が火消を辞めると言ってくれるのを、心のどこかで望んでいたはず。その道を選ばなかったのは事実なのだ。だが前ほど憎むことも出来なかった。金五郎が共に暮らすことを望んでいたのも、嘘《うそ》ではないのだから。

「俺は金五郎に会いに行こうとしたが……」

「爺さんは逝《い》っちまったってことか」

宗助は受け口になって上に息を吹きかけた。

「そんな時だった。日本橋の居酒屋『来生《きすぎ》』で呑《の》んでいた」

「一番組の連中がよく使っている飲み屋だな」

「そこで鳶《とび》たちが話しているのを聞いたのさ」

どの火消が最も優れているかという、愚《ぐ》にもつかない話であった。当代ならばやはり加賀鳶の大音勘九郎だろう。いや見事復活を遂《と》げた火喰鳥ではないか。纏《まとい》番《ばん》ならば縞天狗が筆頭よ。待て待て、若手に突き上げられているが、眠獅子《ねむりじし》の畑山監物もそろそろ目を覚ますはずだ。などと、口々に話していた。

「うちの御頭もいるんだがな」

宗助は零《こぼ》し、拾《ひろ》った石をぽいと投げた。

「次の話題は過去の火消さ」

加賀鳶前大頭「黒虎《くろとら》」大音謙八《けんぱち》、仁正寺藩「海鳴《うみなり》」の柊古仙《こせん》、に組「千眼《せんがん》」の卯之助《うのすけ》、いややはり何と言っても古今最高の火消は、大物喰いをして名を馳《は》せた尾張《おわり》藩の「炎聖《えんせい》」伊神甚兵衛《いがみじんべえ》。鳶たちの盛り上がりが最高潮を迎えた時、慶司はふらりと席を立って鳶たちの元に行くと、

——白狼の金五郎はどうだ。

と、いきなり尋ねた。一瞬、唖然《あぜん》としていた鳶たちだったが、一人が噴き出したことをきっかけに一斉に笑い出した。

町火消の黎明期《れいめいき》に活躍した火消だから、今でこそ大層な火消だったかのように

持て囃《はや》されているが、実のところ、大した火消ではないだろう。その証拠に勘九郎、源吾、内記、漣次、秋仁など、黄金《こがね》の世代と呼ばれる火消たちにどんどん抜かれ、さらには次の世代である柊与市にまで迫られていた。火消読売書きも無下《むげ》に扱うことも出来ずに、番付に載せるには大層苦労したことだろう。

　同世代の火消たちは殉職《じゅんしょく》するか隠棲《いんせい》して、美しくその火消人生を終えているのに、なおも現場に立ち続け、老《お》いさらばえた姿を晒していた。故に昔の異名も忘れ去られ、「白狼」などと揶揄《やゆ》を込めて呼ばれるようになった。

　それなのに火消とは、男とは、と黴《かび》の生えたようなことを口うるさく言われ、己たちも辟易《へきえき》したもの。そう嘯たちは目尻に涙を浮かべて笑い、腰を痛めても火事場に出て来た金五郎の真似《まね》をしてみせ、げらげらと腹を抱えた。

「近頃の若い奴らは……何も分かっちゃいねえ。もしに組の奴なら、俺が性根を叩き直してやる」

　宗助は己のことのように歯嚙みし、そしてこちらを見て苦笑した。

「で、やっちまったか」

「ああ。店の外に引きずり出して五人まとめてな」

「はは……まるで若い頃の御頭だ」

「ずっと金五郎のことを憎んできたが……俺以外に馬鹿にされるとどうも気分が悪い」

「そりゃそうだ」

宗助はこくこくと頷《うなず》いて同意する。

「だから、お前らの男がどの程度のものか見定めてやろうと、片《かた》っ端《ぱし》からぶっ倒すことにした」

「途中までは理解したが、何で最後にそうなるかな……お前馬鹿だろ」

宗助は呵々《かか》と大笑する。

「うるせえ。それしか思いつかねえんだよ」

「俺はそんな馬鹿が嫌いじゃねえぜ」

宗助も父が火消だったために苦悩したと言っていた。だからか、妙に馬が合うと感じた。

「それに……金五郎を殺《や》った火付けが、実は生きていたらしいじゃねえか」

「誰から聞いた」

それまで穏やかだった宗助の顔が引き締まる。

「町衆が噂《うわさ》しているさ。俺はそいつも見つけ出して捕まえてやるつもりだ」

「なるほど。そっちが本命か」

実のところ己でもよく解らない。明和の大火の下手人、つまり金五郎の仇《かたき》が生きていると耳にした時、頭から足の先まで痺《しび》れるような感覚が走った。どうやら下手人は火消に復讐を企《たくら》んでいるらしいとも聞いた。己も火消を狙えば、志《こころざし》を同じくする者と勘違いし、向こうから接触してくるかもしれない。己でも賢い遣り方ではないと思うが、これが足りない頭を絞って考えた最良の策であった。

「よし。共に追うか」

意外なことに宗助はそう言った。に組が管轄《かんかつ》外の事件に首を突っ込まないことは、子どもでも知っているほどなのだ。

「同情はいらねえよ」

「お前、本当に馬鹿だな。誰がお前に同情するか」

「じゃあ何故……」

「狐火は、俺の親父の仇でもある」

宗助の父、宗兵衛も明和の大火で命を散らしたらしい。何の巡り合わせか、同じ仇を持つ二人が出逢ったことになる。もしかしたら冥土《めいど》の金五郎が引き合わせたのかもしれない。慶司はそのようなことを茫《ぼう》と考えながら、夜空にか弱く瞬《またた》く一つの星を見上げた。

二

源吾は悶々《もんもん》としていた。秀助は恐らく生きてはいまい。僅《わず》かな間でも弟子だった種三郎が下手人である線は濃いものの、帳面は持っていない可能性が高い。では秀助は誰に帳面を託したか。その者が花火を作るにあたり秀助の手助けをしたと思われる。新庄藩火消の頭たちも手分けして聞き込み、要人も独自に探索しているが、全く目星が付かぬまま、六日が過ぎていた。

今までの間隔からすると「狐火もどき」の次の火付けはそう遠くないだろう。これにも気を配りつつ秀助の後継者を捜さねばならないという訳だ。

「まずい。忘れていた」

朝餉を摂《と》っていた時、源吾はふいに思い出し、箸《はし》で沢庵《たくあん》漬けを持ち上げたまま固まった。

「いかがなさいました?」

深雪も沢庵漬けを挟んだまま動きを止めている。

「今日は当番だ」

「非番のはずでは？」

「新人のほうだ」

「もう、次の日を仰《おっしゃ》って下さいと申し上げていましたのに。すぐに支度《したく》をします」

深雪は沢庵漬けを皿に戻して、次の間に急いだ。源吾も口に放り込んで立ち上がる。

「指南役が遅刻では示しが付かないのでは？」

「そうだな。しかも今日の相方は堅物《かたぶつ》だ」

深雪は支度の手伝いをしながら少し考えた。八名の指南役が誰であるのかは深雪も知っている。

「詠様《ながめ》」

「当たりだ」

支度がもう整うという時、勝手口から声が聞こえて来た。非番の日となると、一度は平志郎の顔を拝みにくる新之助である。

「新之助、いいところに来た！」

「火事ですか⁉」

新之助が血相《けっそう》を変えて入ってくる。

「いや違う。何だその格好は。まさか……」

非番なのに新之助は裃《かみしも》姿である。平志郎の様子を見に来たと思ったが、もしかすると己は評定《ひょうじょう》を忘れているのではあるまいか。そうなるといよいよ話はややこしいと血の気が引いた。

「今日は例のあれですよ。その前に平志郎の顔を見に来たのです」

「あれか！」

新之助が近く見合いをすると言っていたことを思い出した。

「気が乗らないですけどね。ところでどうしたのです？」

「今日の新人の教練をうっかり忘れていた。兵馬から小言《こごと》を食う。早駕籠《はやかご》を呼んでくれ」

「碓氷《うすい》に乗って行けばどうです？」

「まずいだろう」

「大丈夫ですって。偉そうに咳払《せきばら》いの一つでもして、早駆けの手本を見せたとか何とか言えば」

無理筋とはいえ即座に言い訳を思いつくのが新之助らしい。

「いけるか……?」

「いけます。曳《ひ》いてきます」

その自信はどこから来るのか。新之助は軽快な足取りで厩《うまや》に向かい、それほど時も掛からずに碓氷を曳いてきた。儘《まま》よと跨《また》がったところで、深雪が平志郎を抱いて見送りに出て来た。平志郎は馬を見るのが初めてだからか、口をぽかんと開けていたが、碓氷の揺れる尾に気付いて、

「あー、あー」

と、言葉にならぬ声を上げて手を伸ばしていた。

「いつか乗せてやるからな。行ってくる」

「いってらっしゃいませ」

深雪がいつものように平志郎の手を取って振ってくれた。

源吾は碓氷を駆って小川町定火消屋敷を目指す。江戸で馬が疾駆《しっく》することは珍しい。その大半は火事であるため、行き交う人はすわまたかと振り返る。その度《たび》に源吾は、

「本番に見立てた教練である!」

と連呼しつつ駆け抜けた。何という言い訳だと呆《あき》れ顔の者もいたが、馬上の人がぼろ鳶の頭だと知ると妙に納得した顔つきになる。

小川町定火消屋敷についたのは、定刻である辰《たつ》の刻（午前八時）の鐘が鳴っている最中のことであった。詠兵馬はすでに到着しており、居並ぶ新人たちの前に立っている。皆が騒《ざわ》めく中、兵馬は振り返ると、顔を斜めに傾けて見上げる。隻《せき》眼《がん》である兵馬は見える左目を中央に持ってくる癖があった。

「火事か」

源吾は碓氷から飛び降りると、厳《いか》めしく大きな咳払いをした。

「早駆けの手本を見せた」

「お主、頭を打ったか」

新人たちへの体面を考慮してか、兵馬は側に寄って来て囁《ささや》く。真に心配した顔をしているので、源吾は観念して小声で返す。

「悪い。遅刻しかけた」

「戯《たわ》け」

兵馬は呆《あき》れと安堵《あんど》の入り混じった溜息を残すと、新人たちの前に進み出て声高《こわだか》に言った。

「今日の座学は火事に於《お》ける初動がいかに肝要《かんよう》かを話すつもりであった。松永殿は芝からここまで僅か四半刻（約三十分）で駆けられた。これが最速と考え、各々《おのおの》の組から各所までの基準を弾《はじ》き出す。まずはここ小川町、始め」

「おお……」

思わず小さく唸《うな》ってしまった。新之助の稚拙《ちせつ》な言い訳を、兵馬は見事にもっともらしく昇華する。

「すまねえ」

「誰しも過《あやま》ちはある」

「お前はなさそうだ」

「その時は腹を切る」

軽口でも言うようになったかと思ったが、兵馬は真顔である。絵に描いたような武士を地で行く兵馬ならやりかねない。

皆が距離や時を計算している中、兵馬は腕を組み換えながら続けた。

「粗野《そや》だが、存外《ぞんがい》失態の少ないお主にしては珍しい」

「粗野は余計だ。ちと考え事をしていてな……」

「狐火……いや、秀助のことだな」

田沼は加賀鳶、ぼろ鳶の両輪を頼りにしている。そのため明和の大火の真相を加賀藩には伝えてあると聞いていた。

「秀助を模倣《もほう》した火付けだろう」

驚くことに兵馬は秀助当人ではなく、模倣だと気付いている。源吾は顔色を窺ったが、こちらからは眼帯で表情が読みにくい。

「何故、模倣と？」

「木札が置かれておらぬ」

その線から考えたことはなかった。兵馬の言う通り、秀助は火付けの後、必ず丸形の木札に狐と書いたものを現場に残していた。確かに今回、それは一度も見つかっていない。

「なるほど。だが生きていることを気付かせないため、置かなかったということも……」

「それは無い」

兵馬は一刀両断して続けた。

「矛盾《むじゅん》しているではないか。火付けの手法、狙いは明らかに秀助そのものだ」

「確かに」

秀助であるならば、そのことを隠そうとはしていない。つまり木札も置くはずという推理である。だが、実際には木札は見つかっていない。そこまで真似ないのには疑問が残る。

「真似しないのではなく、真似出来ないのだ」

「木札が置かれていることは、噂にはなっていたぞ」

「長谷川様は木札の『形』を伏せて、真似る者を防いでおられた」

あのような大きな火付けが起こると、必ずと言っていいほど模倣犯が現れる。他人の火付けに紛《まぎ》れ込ませ、己の邪心を遂《と》げようとする者である。先代平蔵はこれを危惧《きぐ》し、木札のことは公《おおやけ》にしつつも、丸形という点は伏せたまま探索していた。仮に模倣する者が現れても区別することが出来る。

「だが、俺たちは秀助の黒幕が今回も糸を引いていると考えている」

兵馬も一橋のことは知っていようが、ここで名を出すことは憚《はばか》られた。一橋ならば、木札が丸形であることを知っていても何らおかしくない。

「木札は秀助の独断ではないか。故に黒幕も後に木札のことを知ったとしても、形までは解らない」

「え……」

「黒幕が同じならばそうとしか考えられぬ」

「秀助は何のために」

「お主が一番解るのではないか」

兵馬はこちらを向き、片目で真っ直ぐ見つめてきた。秀助を追い詰めたのが己だということは、一部の火消たちは知っていた。

「そうだな……」

当初は世間の恐怖を煽るために木札を残したのだと思っていた。だが兵馬の推察を聞いた時、ふと頭を過《よぎ》った。

――あいつは誰かに止めて欲しかったんじゃねえか。

答えを確かめたいが、秀助の模倣犯の線でほぼ固まった今、それも叶わない。源吾は腰帯に付けた赤い鈴をそっと指で弾いてみた。鈴は何も教えてはくれない。ただ透き通った音色を奏《かな》でるだけだった。

三

昼からは躰《からだ》を駆使した教練になる。本日は解《ほど》けぬ縄の結び方を教える。打ち込んだ木の杭《くい》を柱に見立て、十数える間に結び、また十数える間に解く。そして俵を担がせて教練場を三周走らせ、再び杭に縄を結んで解く。これを五度繰り返させる。

息が上がった状態で出来ねば意味がないとの考えだ。五度目には大抵《たいてい》の者がへとへとになっていて、そうなれば当然、縄もまともに結べるものではない。

「炎は悠長《ゆうちょう》に待ってくれぬぞ！　急げ！」

兵馬の叱責《しっせき》に、藍助は下唇《くちびる》を噛みしめて立ち上がる。

一方、有望株の慎太郎は皆が四度目に挑んでいる時に、すでに五度目を終えていた。息も安定しており、やはりこの中では一歩抜きん出ている。

全員が終えて休憩に入った時である。突如《とつじょ》、陣太鼓《じんだいこ》の音が鳴り響いた。源吾だけが聞こえている訳ではない。かなり近くで鳴っており、その場にいる全員が色めき立った。

「これは……」

兵馬は音の方角を睨みつけた。

「駿河台定火消だ」

今いる小川町からは目と鼻の先の距離である。新人の教練に場所を提供している小川町定火消の鳶が屋敷からわらわらと飛び出してきて、一人が激しく陣太鼓を打ち出す。近くの町火消たちも早くも半鐘《はんしょう》を掻《か》き鳴らし始めている。物々《ものもの》しく一変した状況に、新人の鳶たちは動揺を隠しきれないでいた。

源吾と兵馬は顔を近付けて相談を始める。

「定火消は駿河台、小川町、飯田町《いいだまち》の順に近い」

源吾は宙に切絵図を描いて指を動かす。かつて飯田町定火消の頭だった己にとって、この界隈は庭と言ってもよい。江戸は北方からの風が多いため、御城の北にはこのように特に定火消が配されていた。

「武家火消は稲葉《いなば》、森川《もりかわ》、松平織部正《おりべのしょう》、同駿河守などの諸家」

当然、兵馬も切絵図が頭に入っており、すぐさま応じる。

「町火消は万組、そして蝗《いなご》のよ組」

「火付けだとするならば、駿河台定火消が狙われていると考えるべきである」

「最も早く応援を出せるのは……」

「ここ小川町だ」

兵馬が言い切るや否や、源吾は小川町定火消の鳶に向けて訊いた。

「出られるか⁉」

「御頭を待っています」

　これは仕方ないことである。頭か副頭がいなければ火消というものは動いてはならず、幕府直属の定火消は特にそこが厳格に決められていた。

「こりゃ来ても動けねえな」

　源吾が舌打ちすると、別の鳶が進み出た。

「その通りです。風は南向き……この場合の小川町定火消はここを死守せねばなりません」

　小川町は駿河台のやや南。今の風向きの場合、小川町定火消は御城守護の最後の砦《とりで》となるため動けない。これも元定火消の源吾はよく知っていた。

「兵馬！」

　振り返ると、先ほどまでいた場所に兵馬の姿はない。厩から碓氷を曳いてきている。元は勘九郎から譲られた黒馬。兵馬のこともよく知っているらしく、碓氷の嘶《いなな》きは再会を喜んでいるような甘えたものに聞こえた。

「分かっている。碓氷と来てよかったな」

　兵馬の考えは己とぴったり符合《ふごう》しているようだ。

「ああ、二人で行くぞ」

源吾は碓氷に跨り、兵馬を後ろに乗せた。碓氷は並の馬よりも二回り大きく、二人乗りなどは物ともしない。

「上手くやっているようだ」

「おかげ様で」

兵馬は感嘆《かんたん》する。駿馬《しゅんめ》の碓氷だが、気性が荒々しく勘九郎でも手を焼いたと聞いていた。だが、己も同じような性分だからか、最初から妙に息が合った。

「私たちはどうすれば……」

新人の鳶の一人が、馬上に向けて伺《うかが》いを立てて来た。

逸《はや》る碓氷を宥めつつ手綱《たづな》を操る。碓氷は教練場に小さな弧《こ》を描くように旋回した。躰に上下の振動が伝わり、玲瓏《れいろう》たる鈴の音が高く響く。

「本日の教練は取りやめだ。各家、各組に戻り指示を仰《あお》げ」

「はい!」

源吾は頷くと碓氷の鐙《あぶみ》を鳴らし、小川町定火消の門から飛び出した。向かうは駿河台定火消屋敷。二人を乗せた碓氷は、騒がしくなり始めた往来を割るように疾駆《しっく》する。

　陣太鼓が鳴ってからそれほど時は経っていないにもかかわらず、遠くからでも黒煙がはきと見える。方角と距離から察するに、駿河台定火消屋敷のすぐ真北の場所。北風に煽られている今、駿河台定火消屋敷に類焼が及ぶのは時間の問題、つまり秀助を装う例の火付けが現れたと見てよい。ただ解せないのは早くもあちこちから煙が上がっており、すでに延焼が見られることだ。そして時折大きな爆発音も聞こえて来る。

「この短い間に、ここまでの火勢になるとは訝《いぶか》しい」

　後ろで兵馬が唸《うな》り声を上げる。

「そうか……もう一つあった」

　閃《ひらめ》くことがあり、源吾は呟《つぶや》いた。

「どういうことだ」

「今までの火付け、朱土竜《あけもぐら》、木の中からの発火、粉塵《ふんじん》爆発、臭水《くそうず》と全て秀助の手法。燃える粉は作れていないとすれば、一つだけまだ使っていない手口がある」

「我らが前に見た、あれか」

　兵馬も解ったようで苦々しく舌を打つ音がした。火元は間もなく。碓氷が鋭《するど》く曲がった時、轟々《ごうごう》と燃え盛る土蔵が視界に飛び込んで来た。土蔵には数か所大穴が空《あ》いており、そこから炎が噴き出している。所々青みがかっており、纏《まと》わりつくように土壁を這《は》っている。

「瓦斯だ」

源吾は歯を食い縛って手綱を絞った。かつて日本橋を襲った焔である。精製の難しい硫黄《いおう》を用《もち》いるため、誰でも簡単に使えるものではない。この焔は水を掛けると反対に勢いを増す。い組「白狼」の金五郎はそれに手こずっている間に、もう一つの土蔵が爆《は》ぜて命を落とした。

「砂が効くのであったな」

火を消すには大まかに二つの方法がある。水によって炎の熱を奪う法。もう一つは炎の糧《かて》とも言うべき風を巻き込まぬように窒息《ちっそく》させる法。前者が効かぬどころか勢いづかせてしまうと星十郎が見抜き、駆け付けた加賀鳶と共に大量の砂を浴びせて消したのであった。兵馬もその場にいた故、そのことを知っている。

「だが何故ここまで早く飛び火した」

背後の兵馬が周囲を見渡すのが解った。この男、その目に捉えた景色を頭の中で組み換え、まるで鷹《たか》が空から見下ろしたように視《み》えるという特異な眼を持っている。

　土蔵の母屋《おもや》にあたる屋敷だけではない。近所の三軒に火が移っている。しかも不思議なのはそれらが軒《のき》を連《つら》ねていないということ。火の粉が飛んだにしては明らかに燃えるのが早い。そしてそれらの全てが、家の一部を何かに食い千切られたように破損している。

「あの時も……あれか！　来るぞ！」

　両の耳朶《じだ》に、得体《えたい》の知れない、譬《たと》えるなら子狐《こぎつね》の鳴き声のような怪音を捉え、三年前の日本橋の火事をまざまざと思い出した。鳴き声が途切れたかと思うと、大気が揺れ、風神の咆哮《ほうこう》とはこのようなものではないかという轟音《ごうおん》がした。

「まただ！」

　鳶たちが叫びながら頭を抱えて逃げ散る。土蔵を破って火球が飛び出したのである。それは大筒の砲弾の如く直線に飛び、斜向《はすむ》かいの家に直撃すると、あっと言う間に火の手が上がった。これもかつて日本橋で見たものと全く同じ。あの時は新之助に袖を引かれ、九死に一生を得た。

　現場は混乱を極めており、これ以上碓氷に乗って近付くことも出来ず、二人とも地に降り立った。

「悪いな。大人しくしていろよ」

源吾が鬣《たてがみ》を撫でると、碓氷はやや不満げに鼻を鳴らしたものの、大人《おとな》しく通りの端に寄った。気性こそ激しいものの頭の良い相棒なのだ。

「さあ、どうする。将棋倒しは出来ねえか？」

源吾は頭を振って首の骨を鳴らした。以前、兵馬が長屋を倒して炎を圧殺したことを星十郎から聞いている。

「視たところ難しい」

「残念」

「一つ一つ、潰していくほかなかろう」

大混乱に陥っている中、この二人だけが日々と何ら変わらぬ振る舞いである。経験豊かな火消は、焦れば事態を悪化させることを知っている。

「駿河台は己の屋敷を守ることで必死のようだ」

目と鼻の先の駿河台定火消は、手桶《ておけ》や竜吐水《りゅうどすい》でもって自らの屋敷を濡らし、際《きわ》の建屋を取り除《のぞ》く支度に余念がない。真っ先に駆け付けて消火に当たっているのは、武家火消ではなく町火消の万組。武蔵の古巣だけあって魁《さきがけ》の魂が引き継がれている。とはいえ万組の定員はかなり少なく、たった四十八人。何から手を付けてよいのか解らずに右往左往している。手桶の水を浴びせ、噛みつくように反撃する炎に尻もちをつく者もいた。

「水は使うな！」

竜吐水に水を注いでいる鳶に叫んだ。

「松永様⁉」

万組の鳶の視線が一斉に集まる。

「この炎には水が効かねえ」

「そんな……どうすればいいのです」

「砂を掛けて鎮火するしかない」

「この人数では無茶です！」

「追っつけ集まってくる。今は町方の避難を優先する。その後に飛び火した家の周りに火除《よ》け地を作る」

額《ひたい》から滝のように汗を流す別の鳶が進み出て、背後で轟然《ごうぜん》と燃える土蔵と屋敷を指差した。

「では、これはどうするのです！」

「今は燃えるままにする。人が集まるまではとても手が出せねえ」

鳶たちが顔を見合わせてざわつく。

「しかし――」

「駄目だ。この人数で戦える炎じゃない。死人が出る」

源吾は首を横に振った。目の前の炎に対し、指を咥《くわ》えて静観するというのは火消として最も苦しい決断である。若い頃ならば到底《とうてい》導けなかった答えに違いない。源吾は口内の肉を噛みしだいて続けた。

「逃げる訳じゃねえ。必ず止める。だがそれより先にすべきことがある」

前回でも二百人以上で対処した。あの時は砂場が近かったが、ここは御城の北方の駿河台、浜まで相当な距離がある。その数倍、千人いても足りるということはない。応援が来るまで今は耐えるべきである。

「我は松永に従う。お主らはどうだ」

「詠様までここに……」

加賀鳶の次席である兵馬が賛同し、逸《はや》っていた万組の連中も落ち着きを取り戻す。

「長丁場になるぞ。俺が命じずとも必ずうちは来る。武蔵がいるんだ」

その名が出たことで全ては決した。万組の連中は頷き合った。

「分かりました！　命《めい》を出して下さい！」

「よし。この辺りに明るい万組は総出で逃げる皆を導け！」

「はっ！」

万組の連中は、ぱっと散開して避難する者の元へ走ると、荷を捨てろ、命だけを守れと連呼しながら誘導を始めた。そうこうしている間に八丁《はっちょう》火消が駆け付ける。その数はざっと百二十。

「稲葉丹後守《たんごのかみ》家中、大藪清右衛門《おおやぶせいえもん》。この場の指揮はいずれの御方か！」

通常、火事場では先着の火消が指揮を執《と》る。だが源吾は単独で駆け付けたに過ぎず、配下は誰一人連れていない。面子《めんつ》を重んじる武家火消である。自らが指揮を執ると言い出しかねないと身構えていた。

「拙者《せっしゃ》が務めております」

「おお、松永殿か！」

大藪と名乗った侍《さむらい》火消の顔が何故か解れた。それでもぼろ鳶と揶揄《からか》われる新庄藩火消の下に就《つ》くことを、よしとしない者はまだまだ多い。己の火消の腕を認めてくれているのかと思ったが、そこには別の訳があった。

「拙者、先月までは京に。江戸火消の頭が病で御役を辞すことになり、御頭の推挙で江戸の頭に就いた次第」

「弾馬の配下か！」

京では四家の大名が火消の任を担《にな》っており、常火消《じょうびけし》と呼ばれる。そのうちの一家がこの稲葉家である。源吾が京に赴《おもむ》いた時、稲葉家常火消の頭である野条弾馬とは共に炎と闘い、肝胆《かんたん》相照らす仲となった。

「御頭には、松永殿に何かあれば手を貸せと言われております」

「どうせ、松永の阿呆《あほう》が困っていたら、助けてやれというところだろう」

「いかさま……」

大藪は苦笑しつつ鳶口を腰から抜いた。

「あちこちから火の手が。あちらの一軒を頼めるか」

「承《うけたまわ》った。皆の者、聞いたか！　稲葉家は南東に火除け地を作るぞ！」

稲葉家中が声を上げて一斉に向かっていく。続々と火消が集まってきている。一家、一組で纏まって来る者たちもいれば、近くにいたからと二、三人で駆け付ける鳶もいる。源吾と兵馬で手分けしつつ、一々指示を与えて消火に当たらせた。

「珍しいのが来た」

　兵馬に言われて気が付いた。東から甲高い金属音が近づいている。これは半鐘の音ではない。火事場で火消を鼓舞《こぶ》する鉦吾《しょうご》という手持ち鉦《がね》の音。通常は一組に一つや二つ。近付いて来る音は十を超えている。このような打ち方をする組を、源吾はただ一つしか知らない。

「に組の鉦吾……面倒なことになってきた」

　に組の定員は三百九十であるはず。源吾は目を凝《こ》らしたが、やはり六十ほどしかいない。しかもいれば一見《いっけん》してすぐ解るほどの巨軀を持つ、あの無茶苦茶な男の姿は無い。

「松永様！」

　先頭を走っているのは宗助である。元は組頭であったが、今ではに組の副頭を任されていると聞いている。

「何でここに……」

　に組は決して縄張りから出て来ない。

「御頭に無断で一番、二番組を繰り出しました」

　父から受け継いだ『不退』の異名を取る宗助だけあって、肝が据わっている。辰一に歯に衣《きぬ》着せぬ物言いをすると、最近では評判になっている。

「殺されても知らねえぞ」

「覚悟の上ですよ。ちょいと事情がありまして」

宗助はにかっと笑った。

「事情？」

「こっちのことです。で、うちはどこを？」

「東の屋敷が手薄だ。頼めるか」

「わかりやした」

宗助は快《こころよ》く了承すると、背後に居並ぶ配下に命じた。どの者も、豪胆《ごうたん》で無頼《ぶらい》と名高いに組らしい、粗野な雰囲気を醸《かも》し出している。

「聞いたか、野郎ども！　半端《はんぱ》な真似したら、後で御頭に殴られるぞ！」

「そりゃ勘弁だ。炎より御頭が怖《こえ》え」

に組の鳶たちはげらげらと笑い、銘々応じて持ち場に向かった。これでも目標の数の約三分の一。しかも大量の砂を用意しなければならないという問題も残っている。

今度は西から砂塵《さじん》を上げて向かってくる火消が目に飛び込んで来た。数は百ほどか。先頭を走る馬上の侍《さむらい》は、菅笠《すげがさ》を深々と被っていた。日名塚要人率いる麹町定火消である。

「早いな」

源吾は到着した馬上の要人を見上げた。笠の下に覗く細い両眼は、最も火勢の強い土蔵を睨みつけている。

「次が決着と見定めておりましたので」

帳面を持っている真の後継者を炙《あぶ》り出すため火付けを行っているとして、如何《いか》にしてその者を見つけるつもりなのか。前回から間隔が空いているため、次で何かを仕掛けてくるのではないかと源吾も睨んでいた。だが未《いま》だ敵方に何の動きも見られない。

「各所劣勢《れっせい》だ。頼めるか」

「承知。八組に分かれ諸家を援《たす》けよ」

要人は下馬すると同時に短く命じる。麴町定火消の鳶たちは計ったように揃って頷くと、要人を置いて走り去っていく。

「お前は……」

「お二人では捌《さば》くのにご苦労されているご様子。お力添え致そう」

恐らくそちらが本命ではない。またこちらが抜け駆けせぬかと、監視するつもりなのかもしれない。だが近隣を始めとする火消が四方八方から雪崩《なだ》れ込んでいる今、この先もっと増えることが予想され、兵馬と二人では捌き切れないと思っていた。要人の申し入れは正直なところ助かった。

各地から喊声《かんせい》が断続的に聞こえて来る。各所で火消が劣勢を覆《くつがえ》すべく奮戦しているのだ。今から十数年前、父の下《もと》で平鳶のように動いていた時が懐かしかった。あの頃は何も考えず、ただ火事場を駆け巡っていればよかった。だが今はそういう訳にはいかない。己も駆け出したい衝動をぐっと抑え、源吾は血が滲《にじ》むほど下唇を噛みしめた。

四

次々に来る火消を三人で導き、四半刻ほどが経《た》った。移り火の四箇所では火消が優勢であるが、本丸である火元に手が出せぬ以上、また新たに火が移る家屋も出て一進一退という状況である。

「加賀鳶はまだか」

加賀鳶が駆け付ければ戦況は変わると見た。本拠である本郷はそう遠くなく、もう到着してもいい頃だと思ったが、漆黒《しっこく》の一団は未だ姿を見せない。

「人に頼るな。大頭は何かを考えておられるようだ」

「武蔵……頼む」

思わず口から零れた。新之助は見合いの真っ最中のはず。管轄内ならともかく、遠方の火事で即座に席を立つ訳にもいくまい。それでも武蔵が独断で配下を繰り出すはず。故に先ほども武蔵の名を出したのだ。新庄藩上屋敷のある麻布《あざぶ》からここまでは相当距離がある。すぐに出立してもまだ四半刻は掛かるだろう。

その時、火元のほうでまた轟音が鳴り響いた。まだ何か仕掛けが残っていたらしい。むしろ時間差で爆発するように計算して、配置しているのだろう。

「松永殿！」

駆け戻って来たのは稲葉家の大藪である。顔面が蒼白《そうはく》で、先ほどの爆発によって何事かが出来《しゅったい》したと解った。

「どうした⁉」

「火元の隣の屋敷が倒壊し、鳶が瓦礫《がれき》の下敷きに！」

「何だって……どこの組だ！」

口惜しいが火元は当座の間は放置しておき、戦力が整ったところで叩く。このような方針を立て、駆け付けた火消にも納得させてそれぞれの持ち場に向かわせた。誰かが無視して本丸を攻めたのだ。

「それが——」

大藪が早口で説明するところに拠《よ》ると、稲葉家が消火に当たっていた時、脇を抜けて火元に走る十数人の集団がいた。源吾が方針を転換するとは思えず、訝《いぶか》しんだ大藪ら数名の火消は、配下に現場を任せて後を追いかけた。

追いついた時、二、三人が火元の隣の屋敷の屋根に上り、下から送られた桶で水を浴びせ始めたところであったらしい。大藪は止《や》めろと連呼するが、屋根の火消は意に介さず水を浴びせ続ける。埒《らち》があかぬと大藪と共に来ていた麴町定火消の二人が力ずくで止めるべく、屋根に上ろうとした。

「水で消えねえから、苦戦しているんだろうが……」

源吾は声を震わせた。どこの火消か解らないが、たかだか十数人で本丸を攻めるなど素人《しろうと》のような振る舞いである。しかも今回の焔は水を餌《えさ》にして躍動するのだ。

「その通り、火元の炎は狂喜乱舞《きょうきらんぶ》し、今度は屋敷から火薬玉が飛び出しました。下から飛んだので、恐らく縁の下に仕込んでいたものと」

「その火薬玉が……」

「はい。斜めに飛び、隣家の屋根を貫きました。屋根は穴に吸い込まれるように崩れ……」

屋根にいた鳶のうち、二人は体勢を崩して外側に落下し、骨を折る重傷を負った。残る一人と、制止しようとしていた麴町定火消の二人の火消が、穴に落ち、瓦礫の下敷きとなったというのだ。

「要人……」

配下の二人が安否も知れぬ事態となったのだ。菅笠に隠れて表情は解らないが、その拳が小刻みに震えている。

ただでさえ不足している人手を救出に割《さ》かねばならない。それどころか止めようとした火消を巻き込むなど、手伝いに来ているどころか、邪魔をしに来ているようなお粗末さである。源吾は唾《つば》を飛ばして訊いた。

「一体どこの馬鹿だ」

「い組だと申していました」

「い組⁉ 来たか？」

兵馬は首を横に振る。そもそもい組の管轄は本町《ほんちょう》や、呉服町《ごふくちょう》である。この現場からはやや遠く、こんなに早く駆け付けたのも訝しい。

「間違いねえのか」

「はい。屋根の上に上り、確かに『い組の慎太郎』だと喚《わめ》いておりました」

「あの馬鹿野郎！」

源吾は激高《げっこう》して拳を振った。慎太郎といえば、先ほどまで己と兵馬の教練を受けていた新米の鳶である。残された一部の新人が自身の家や組に帰らず、暴走したということか。兵馬もそれと解ったようで、片眉を吊り上げて難しい顔で呟いた。

「火事場の狂気に呑まれたか」

新人の鳶がよく陥《おちい》る状態である。火事場に来るとその異様な雰囲気に呑まれ、己が一瞬のうちに英雄になったかのように錯覚する。一種の陶酔《とうすい》状態ともいえよう。だが実際は何も出来ない雛に過ぎず、炎は火消の熟練度などはお構いなしに牙を剝《む》く。それで今まで幾人もの若き命が散って来た。

「人を割《さ》く」

源吾は即座に決断を下した。

「馬鹿は死なねば治らんと言いたいところだが……巻き込まれた麹町の者もい

る。仕方あるまい」

　兵馬も呆れてはいるが、見捨てるという選択肢は毛頭《もうとう》ないらしい。

「要人、一緒に――」

　言いかけた時、また天を揺るがすような破裂音が鳴り響いた。音が火元からのものでないのは、耳の良い源吾でなくとも明らかである。東の空に大輪《たいりん》の花が咲いているのだ。

「花火……どういうことだ……」

　今のように火事場では刻一刻と状況が変じるが、このような異常事態は経験したことがなく、源吾は頭から煙が噴き出しそうな心地であった。花火は一発ではない。二発、三発と打ち上がり、日が傾いて薄紅色に染まりゆく空に美しい紋様を描いた。これが何を意味するのかは解らない。だが今は目の前の難事を一つずつ潰していくしかない。源吾は改めて要人に向けて叫んだ。

「一緒に救い出すぞ！」

「お断り致す」

　まさか拒まれるとは思わず、源吾は啞然となってしまった。

「お前何を言っているのか解っているのか……」

花火の秀麗《しゅうれい》さとは反対に、辺りは大気が歪むほどの熱波と、黒白入り混じった煙が広がりつつある。そのような中、菅笠に手を添えて天を見上げる要人は、心無き案山子《かかし》のように見えた。

「何か仕掛けてくるとは思っていたが……まさかこうくるとは。行かねばなりません」

要人は軽く会釈して歩を繰り出す。源吾はその肩を掴んで引き留める。

「どこへ行く」

「下手人を捕らえに」

そもそも今までの火付けは、秀助が生きていると錯覚させ、後継者ともいうべき帳面の持ち主を誘《おび》き寄せるためのものと考えていた。下手人としてもそれが誰か見当《けんとう》もついておらず、向こうから接触させる他に捜しようはない。要人は訥々《とつとつ》と解説した。

「そういうことか……」

「花火の元に下手人はいるということです」

相手は火消というものを熟知している。たとえ花火を訝しむ者があろうとも、目の前の火事を止めることを優先すると解っているのだ。無関係な者は当然、花火など歯牙《しが》にもかけずに逃げる。そんな中、花火の元へ向かう者がいるとすれば、ただ一人ということになる。

「帳面を持つ者です」

要人は源吾の手を払い、自身が乗って来た馬の元へと歩み出す。

「待て！」

「次を防ぐためにも、ここで狐火もどきを止めねばなりません。火事は火消で対処願いたい」

源吾は要人の前に回り込むと今度は胸倉《むなぐら》を摑んだ。頭で笠を押し上げるようにし、鼻先が付くほど顔を近付ける。

「てめえも火消だろうが……」

要人は薄い唇を歪めて言った。

「私はもう火消ではありません」

公儀隠密なのだ。要人の目がそう語っていた。

「配下を見捨てるつもりか」

「勘違いをしておられる。麴町定火消は皆が私と同じなのです」

「な……」

要人だけが潜入していると思っていた。しかし要人の言うことが真なら、麴町定火消全員が公儀隠密ということになる。定火消というものは旗本が任じられる役職の一つに過ぎず、それまで火消と関係ない役から移ってくるため、御役料で配下を丸ごと抱えることになる。その時に、田沼が手を回して麴町定火消を丸ごと乗っ取ったということになる。

「我らは皆が同じ身の上。たとえ死すとも、二度と同じ過《あやま》ちを犯しません」

意味は解らない。だが要人の目に憤怒と悲哀、そして決意が宿っていることを感じた。以前見たものと同じ、その時よりもさらに色濃く表れている。

「松永、力を貸さぬ者に掛ける時はない」

「くそっ……」

兵馬に静かに宥められ、源吾は要人を突き放すようにして手を離した。確かに諍《いさか》いを起こしている場合ではない。要人しかり、慶司しかり、この火事場に様々な思惑《おもわく》が集結していると悟った。

だが源吾の為すべきことは、どんな時も単純明快。命を諦《あきら》めぬということ。眼前の火を消し止めるということである。

要人は颯爽《さっそう》と馬に跨ると、短く気合を発し、東へと駆けていく。火元に向かう源吾は一度振り返った。要人の背が小さくなっていく。あの男は今、泣いているのではないか。何故かそのような気がして源吾は小さく舌打ちをした。

五

目的の地へ向かう途中、宗助はちらりと振り返って言った。

「慶司、大人しいじゃねえか」

「あんたが静かにしろって言ったんだろう」

慶司は頭巾《ずきん》を剝ぎながら答える。

あの日、出逢ったばかりの宗助は共に火付けの下手人を追ってやろうと言った。初めは断っていたが、宗助が放った次の一言で考え込んだ。

――下手人がいるとすれば火事場だ。

この下手人の手口が狐火のそれに酷似《こくじ》していることは、府下《ふか》の火消ならば誰でも解る。本当に狐火なのか、それともそれを模倣した輩《やから》なのか。それは宗助には解らないという。ただ火付けの下手人というものは、火事場の近くにいることが極めて多い。火がきちんと付いたか確かめるため、己の生んだ炎を見たいがため、ただ何となく不安になって戻った。捕まった下手人は後に様々な理由を語るが、結局のところ近くにいるということは同じである。

良いことを聞いたと一応礼を言い、立ち上がった慶司に、宗助はさらに一言付け加えた。

——お前、やっぱり馬鹿だろ。今のお前が火事場に行ったら袋叩きになるぞ。すでに十回ほど番付火消を襲っている。その中に一人でも顔を覚えている者がいれば、宗助の言う通りになるだろう。特に「蝗」と呼ばれるほどの数を誇る、よ組などとかち合った日には、秋仁の仇だと群がってくるに違いない。そうなれば流石の己でも下手人を追うどころではなくなってしまう。

「なかなか似合ってるぜ」

宗助は己の半纏の襟を摑んで揺らした。

「うるせえ」

に組に紛れて火事場に入れば誰も気付かないという、宗助の提案を渋々受け入れたのだ。

「下手人に動きがあるまでは見ていろ。素人は危ねえ」

何を偉そうにと、慶司は嘲《あざけ》りながら鼻を鳴らした。

に組が受け持ちに辿り着いた時、屋敷は半ば炎《なか》に包まれていた。ここは纏まった組の火消がおらず、たまたま近くにいた鳶たちの連合で消火に当たっている。屋敷の住人によれば、逃げるために荷を纏めていたところ、居間のほうで何かが炸裂する大きな音がした。すぐに見に行くと天井を焦がすほどの焔が、部屋中に蔓延《まんえん》していたらしい。幸いにも居間に誰もおらず、怪我人はなかったが、荷を纏めるのも諦め、逃げ出してきたという。

「うちが受け持つことになった」

「おお……に組か」

宗助が言うと、先着していた鳶たちは感嘆《かんたん》の声を上げる。やはり、に組が縄張りから出ることは稀有《けう》だと、皆が知っている。

「こっちは水が効くって話だ。両隣を竜吐水で濡らす」

宗助の方針に、他の組の鳶が異論を挟む。

「この屋敷はどうにもならねえ。もう一軒向こうを濡らし、両隣を潰すのが定《じょう》石《せき》だろう？」

この鳶が正しいことは、それこそ素人の己でも解る。

「どうにかするのよ」

宗助は不敵に笑うと、続けて配下を煽るように問うた。

「あれと御頭、どっちが怖《こえ》え？」

「勿論《もちろん》、御頭だ」

に組の鳶は口々に返す。

「なら何も訳はねえな。まだ半ばも残ってる。ぶっ潰せ！」

群狼の如くに組が屋敷に向かい、残っている半分の柱を猛然と切り始めた。

「熱いぞ。気を付けろ」

まるで湯屋での会話のように炎を語り、鳶たちは柱を折っていく。その豪胆さに慶司も舌を巻いた。

「どうだ？　火消は男だろう？」

宗助はにやっと笑ってみせる。

「お前らがいかれているだけだ」

「いやいや、あの人はこの程度じゃねえよ」

宗助は大真面目に言って指揮を執る。柱の大半が取り除かれた。どうやら片側の柱だけ抜いて、屋敷を滑らすように倒壊させるのが狙いらしい。残すところ大柱二本となったところで、鳶の一人が宗助を呼んだ。

「副頭！　どっちを折ればいい？」

宗助は腕を組んで唸る。

「うーん……分からねえ！」

「ですよね？　右にしやすすか？」

「そうするかあ」

火事場と思えぬ、あまりに呑気《のんき》な会話が繰り広げられているので、慶司は思わず口を出した。

「お前ら火消じゃねえのかよ」

「多分どっちでもいいんだが……稀《まれ》に変な倒れかたするからなあ。確実に見極められるのなんて、詠様くらいだろうよ。そうだ……お前決めろ」

「何で俺が！」

「お前、博打強いんだろう？　任せる」

戸惑う慶司をよそに、に組の鳶たちも早く決めろとやいのやいの騒ぎ立てた。

「左……」

「左らしい！　やれ！」

向かって左の柱に鉞《まさかり》を入れると、屋敷がぐらりと傾いた。同時に鳶たちは一斉に退避する。

「慶司、半纏を顔に。炎が来る。あと下がれ」

「言うのが遅《おせ》え！」

慶司は半纏で顔を覆い、後ろに逃げた。地鳴りのような音と共に屋敷は斜めに倒れ、宙が全て赤く染まるほどの火の粉が向かってくる。慶司は屈《かが》んで懸命にそれを凌《しの》いだ。

「もういいぞ」

宗助に言われて顔を出した。屋敷は見事に崩れている。炎は口惜しそうに瓦礫の上で揺らいでいた。

「よーし、竜吐水、玄蕃桶《げんばおけ》、手桶、全て使って消すぞ」

宗助が新たに指示を飛ばしたその時、東の空に乾いた音が鳴り響いた。何と花火である。火事が起こっているのに、誰が上げたというのか。茫然と眺めていた慶司に宗助は言った。

「おい、あれ怪しくねえか」

「ああ……俺も臭った」

博打を打つ時、勝負所になると鼻の奥につんと、冬の夜風のような澄んだ香りを感じる。それと同じものを今も感じた。あの花火は下手人に繋がるものだと本能が告げている。

「行け」

宗助は手を宙で払って追いやる真似をした。駆け出した慶司であったが、すぐに脚を緩めて振り返った。

「何で俺を援《たす》けた」

「狐火は俺の親父の仇だと言ったろう。それとこれは貸しだからな。上手くいけば俺の頼みも聞けよ。男ならな」

宗助は口元を綻《ほころ》ばせる。

「くそ爺《じじい》め。面倒を残しやがって」

今更親父と呼ぶのは気が進まないが、金五郎と呼び捨てるのも何故か気が引けた。宗助は何かを思い出したように眉間を開いた。

「白狼の前の呼び名を知っているか？」

何も答えずにいると、宗助は首を少し傾けて片笑んだ。

「青狼《せいろう》の金五郎。お前みたいな向こう見ずな男だったらしいぜ」

慶司はけっと舌の根を鳴らして再び駆け出した。交互に振る自身の腕が目の端に映る。炎の明るさで茫と橙色に染まっていたが、火事場から離れるにつれ薄まってくる。今が夜ならば月明かりを受けて青み掛かった色になるかもしれない。そのようなことを考えてしまい、慶司は今一度舌を鳴らした。

花火は三発。位置はしかと覚えた。両国あたりと見た。この火事である。万が一に備えて東に逃げる者も多く、今頃は人もまばらであろう。

——そういうことか。

己でも決して頭が良いとは思わないが、勝負勘ならば誰にも負けないと思っている。

下手人は誰かを捜している。その者を呼び寄せるため、このような危険を冒《おか》したのだろう。そして江戸は火付けによる火事に見舞われている。これも火消や捕方の目をそちらに向けるためで、同じ下手人の仕業《しわざ》ではないか。

——この辺りの筈《はず》だ。

慶司は土手を走りながら河原を見下ろした。花火などを上げれば近隣の民が集まるのではないか。そう思ったがそのような者は見えない。

——相手の身になって考えろ。

博打の基本である。博打は攻め方にばかり目を奪われがちだが、本当に大切なのは守り方である。己につきがきていないと解れば、栄螺《さざえ》が殻《から》を閉ざしたように守る。その時、相手の出方を常に考えて耐える。そして相手に綻びが出たと見るや、運をこちらに引き寄せんと攻めに転じる。

まず近隣の民は見に来る。恐らく四半刻以内、いやもっと早いかもしれない。

それに対して下手人は、

「お騒がせして申し訳ない。今度の川開きの花火の試し上げをしていたのです」

などと宣《のたま》い、小川町で火事がありそれどころではないとでも言われれば、

「真ですか！　すぐに片付けて戻ります」

と、もっともらしく驚く振りをするのだろう。これで近隣の者は興を失い、万が一に備えて荷をまとめるため、話もそこそこに切り上げる。そうなれば次に警戒するのは、来るかもしれない捕方。こちらは参集をどれほど急いでも到着に一刻は掛かる。つまり、

――花火を上げて四半刻から一刻。この間に来る者を待っている。

間もなく一刻が経とうとしている。慶司が焦り始めたその時、土手を登ろうとする二人の男を見つけた。町人と浪人のようである。先に立って登っているのは

行李《こうり》を背負っており、目だけが妙に大きくどこか卑《いや》しい顔に見えた。下の男は菅笠をかぶっており、上からは顔がはきと見えない。

「花火、見たぜ」

瞬間、町人風の行李の男の顔色がさっと変わる。

「これは試し上げを……」

「小川町から来た」

慶司が間髪《かんはつ》入れずに続けると、男は後ろを振り向く。そして浪人と頷き合うと、声を潜めて尋ねて来た。

「秀助を知っているのですかな」

「秀助……？　知らねえな」

「外れですか」

行李の男は疎《うと》ましそうに鼻を鳴らした。

「こっちは当たりだと思ってんだがな。奉行所に付き合ってくれねえか」

「何のために」

言葉の中に嘲《あざけ》りが含まれていると感じた。

「花火の試し上げは、火消が立ち会う掟《おきて》だろう？」

江戸生まれの者ならば、それくらいのことは皆当然のように知っている。

「それで奉行所に……ですか。失礼だが、法度《はっと》を守るような御方に見えませんが」

「こう見えても案外、いい奴なのさ」

慶司が手を伸ばした瞬間、行李の男は踵《きびす》を返して土手を転がるように逃げ出した。慶司もすぐさま追って土手を下る。行李の男は、菅笠の男の脇をすり抜けてなおも逃げた。

「どけ！」

「断る」

菅笠の男が発した初めての言葉だった。酷く乾いた声である。

「邪魔するなら、のびてろ」

慶司は宙に身を舞わせて、容赦《ようしゃ》なく飛び蹴りを繰り出した。菅笠の男は体《たい》を開いて躱《かわ》す。明らかに喧嘩《けんか》慣れした動きである。慶司は河原に着地すると、すぐに菅笠の男に向き直った。

――こいつが狐火……？

息を呑む。今まで上から見ていたため分からなかった。菅笠の下から覗く顔の左半分に大きな火傷《やけど》の痕がある。

「言いがかりは止めろ」

「それはお白洲で言いな」

無視して行李の男を追った。鈍足《どんそく》とまではいかぬものの、決して脚は速くない。二十間ほどいったところで追いつき、慶司は行李に手を掛けた。

「おい」

はっとして振り返ると、火傷の男がすぐ後ろに迫っている。気配はおろか、跫音《あしおと》も聞こえなかった。

慶司は後ろに飛ぶようにして回し蹴りを放つ。火傷の男は躰を大きく仰《の》け反《ぞ》らせ、鼻先を掠《かす》めるところで躱した。一転、火傷の男は慶司の脚が地に着く刹那《せつな》、痛烈な拳を打ち込んで来た。

――ここだ。

この男がかなりの場数を踏んでいることは解った。故に必殺の一手で仕留めるつもりである。

慶司は左膝の力をふっと抜く。躰も左に崩れる格好である。男の拳が右の耳のすぐ横を通る。それと同時に腕どうしを絡《から》みつかせるように、右の鉄拳を男の頬に打ち込んだ。

男の顎骨が鈍《にぶ》い音を立てる。手応えがあった。全体重を乗せた相手の拳に合わせ、反撃の一撃を打つ。慶司の奥の手で、未だこれを受けて倒れなかった者はいない。

「なっ――」

男の目が光ったと思うと、脾腹《ひばら》に重い一撃を受けて慶司はえずく。

「うらぁ！」

今度は顎を打ち抜く。しかし男は倒れるどころか、前に突っ込んでくる。強烈
な頭突きを受けて慶司は吹っ飛んだ。唇が裂けて血が滴《したた》る。それを拭いながら慶
司は立ち上がった。

――何て、躰をしてやがる。

己も大概打たれ強いが、この男の強靱《きようじん》さは尋常ではない。そのせいで腕っぷ
しはこちらが勝《まさ》っているのに、明らかに押されている。

「倒れるまで打ち込んでやらぁ」

「お前が立っていられたらな」

男は口を引き攣《つ》らせるように笑って、大きく後ろに飛び退いた。と同時に、短

く鋭い風切り音がし、雄牛《おうし》に突進されたかと思うほどの衝撃を脇腹に受けた。

「くそ……」

目の前に花火玉が転がっており、導火線に火が付いている。その向こうに行李の男が霞《かす》んで見えた。いつの間にか行李は下ろされて蓋《ふた》が開けられており、男は竹筒を脇に抱えている。そこから飛び出した花火玉が腹に当たったのだ。流石に息が出来ず立ち上がれない。行李の男が距離を取った時、閃光と共に破裂音が走った。

「よし！」

行李の男の勝ち誇った声が遠くに聞こえた。辺りが白くなっているのが解り、肌に突き刺すような痛みが走った。

煙が晴れていく。驚愕する行李の男の顔が見えた。

「さすが火消だな。火消羽織の使い方を知っている」

背後から火傷の男の唸る声が聞こえた。火消羽織を着ていてよかった。宗助らといた時のように、咄嗟に屈んで羽織で顔と躰を覆ったのだ。袖を摑んだ右手は焦げて悪臭を放っている。

「誰が……火消だ……」

慶司は荒い息を抑えきれず、途切れ途切れに呟いた。

「もう一発打ち込んでやる」

行李の男が歯噛みして、火縄を取り出した。このままでは簡単に狙い撃ちされるが、躰が他人のものになったように力が入らない。

――立て、男だろう。

朦朧《もうろう》とする意識の中、耳元で囁かれたような気がした。

「うるせえ！」

慶司はゆらりと立ち上がると、天に向けて吼《ほ》える狼の如く叫んだ。一歩踏み出すと、行李の男は無様《ぶざま》なほど狼狽《ろうばい》した。だが、そこで慶司は後ろから羽交《はが》い締《じ》めにされた。気付かぬうちに近付いて来た火傷の男に組みつかれたのだ。

「撃て」

火傷の男は低く命じる。

「お前もただじゃ済まねえぞ」

「死ななければ何でも同じことよ。早くしろ」

言葉の真意は解らないが、共に花火玉を受ける覚悟らしい。促された行李の男は火縄で導火線に火を付け、玉を筒に放り入れた。筒がこちらを向く。暗い穴の奥、蛍のような光が見えた。直撃すれば命も危うい。

「何発でも受けてやる！　来い！」

慶司が腹を括って睨みつけたその時、筒と己の間に影が飛び込んできた。

それが人だと解った時、先ほどと同じ風切り音が聞こえた。ばちんと柳の木を折ったような音がした。飛び込んで来た男は、何と手にした菅笠で花火玉を弾いたのだ。

「爆発するぞ！」

慶司が叫んだ時、乱入者は跳ねるように転がる花火玉を追い、地に向けて腰から刀を抜き放った。誰一人言葉を発しない奇妙な時が流れる。現れた男はゆっくりと屈んで何かを摘むと、行李の男にそれを掲げた。

「馬鹿な……」

男の指に導火線が挟まれている。しかもまだ火は消えておらず、ぶすぶすと音を立てていた。男はそれを地に落として、足で踏みにじった。

「誰だ！」

行李の男は顔を紅潮させて唾を飛ばした。

「お上《かみ》だよ。種三郎」

刀を引っ提《さ》げたまま、昂《たかぶ》るでもなく言う。

「俺の名を……」

行李の男はぎょっとして二、三歩下がった。認めたようなものである。火傷の男がふっと力を緩めた瞬間、慶司はふらつきながら裏拳を放ったが、これも躱される。火傷の男はゆるりと行李の男、いや種三郎の元へと歩を進めた。乱入者はこちらを一瞥《いちべつ》して言った。

「番付狩り、慶司だな」

何故か己の名も知っている。

「あんたは……」

「誰でもよい」

男は自らをお上と言った。奉行所、あるいは火盗改であろうか。ともかく役人であろう。

役人は目を細めながら刀を構える。その時、火傷の男が何か囁くと、種三郎は火種を手渡して一目散《いちもくさん》に逃げ出した。

「待て――」

「動くな」

火傷の男は行李から先ほどより一回り大きな火薬玉を取り、火縄を近付ける真似をした。

「ほう。身を挺《てい》して時を稼《かせ》ごうというのか。名を訊いておいてやろう」

「名は捨て――」

火傷の男が言いかけた時、役人は猛然と男との距離を詰め、鋭い突きを放った。火傷の男は避けようともせず、躰を捻って自らの左肩を差し出した。刀が肩を貫き、互いの躰がぴったりと密着する。

「観念しろ。暴れるなら斬る」

役人とも思えぬ物騒《ぶっそう》な発言である。だが慶司にはそれ以上に驚くべきことがあった。火傷の男は深手を負ったにもかかわらず、毛ほども顔色を変えないのだ。忍耐強いとかそういう話ではない。まるで傷など存在しないかのように。思えば己の渾身の一撃にも全く無反応であった。そこまで考えが巡った時、慶司は喉《のど》を絞るように叫んだ。

「離れろ！　そいつは――」

「死ぬのもまた一興か」

火傷の男は躊躇《ためら》わず火薬玉に火を付けた。役人ははっとして刀を抜いて離れ、二人の間にひょいと火薬玉が投げられた。爆音が辺りにこだまし、一点から溢れ出た光が周囲の色を消し去る。慶司は一間ほど後ろに飛ばされ、尻もちをついて硝煙《しょうえん》に噎《む》せ返《かえ》った。離れていた己でもこうなのだ。役人は、とすぐに立ち上がる。

「あんた！　大丈夫か⁉」

役人は元居た位置から三間も後ろで仰向《あおむ》けに倒れている。尖った石で頭を打ったのだ。頭の後ろから鮮血が溢れ出ていた。意識が混濁しているようで、睫毛《まつげ》が小刻みに震えている。

「あいつを……」

言われて火傷の男を捜す。晴れていく煙の向こう、逃げている男の背が豆粒ほどの大きさに見える。慶司に追うという選択はもう無かった。

「しっかりしろ。あんたの名は。家族は」

「こう……」

「こう？」

慶司は役人の口に耳を近付けた。今度ははきと名を告げた。

「麴町定火消の日名塚だな……まずは医者だ」

慶司は腰の手拭いを日名塚の頭に巻き付けて血止めをし、両腕で担いで河原を歩み始めた。

──それでこそ男だ。

また耳の奥で声が聞こえたような気がする。

「うるせえ」

土手を登る慶司は、ぐっと歯を食い縛り、蚊《か》の鳴くような声で呟いた。

第七章　焰《ほむら》の火消

一

　火元に駆け付けた源吾は息を呑《の》んだ。上から巨人に踏みつぶされたように、隣の屋敷は原形を留めていない。辺りには瓦《かわら》が飛散しており、それが直撃したのか頭から血を流し手当を受けている鳶《とび》もいる。

「運悪く、大黒柱を打ち抜いたのだ」

　兵馬は瓦礫《がれき》を見ただけで、どのように倒壊したのか看破《かんぱ》した。稲葉家、万組、麴町定火消《じょうびけし》、所属にかかわらず、ある者は倒れた柱を押しのけ、またある者は生き埋めになった者の名を呼び、重傷を負った鳶を後方へと運び出す。この場にいる者は合わせて二十人足らず。圧倒的な人数不足である。かといって他の現場から人を呼べば、炎は勢いを盛り返すだろう。

　源吾も瓦礫の山の中に飛び込んだ。すぐ隣りは轟々《ごうごう》と燃えているのだ。瓦礫も短く触《ふ》れるのがやっとというほど熱せられている。手が火傷するのも構わずに屋根板を持ち上げてどかした。

「返事をしろ！　慎太郎！」

火に掛けた鉄板のようになっている瓦を摑《つか》んでは投げ、放っては摑み、名を呼びかける。ふと気付けば全く動いていない集団がいる。新米の鳶たちのうち、怪我《けが》をしなかった七、八人がわなわなと躰《からだ》を震わせて立ち尽くしているのだ。

「お前らも手伝え！」

源吾の悲痛な訴えに、新米鳶も動き出す。だが瓦に触れるや熱さのあまり手を弾かれたように離す者、流れて来る黒煙に噎《む》せ返って膝《ひざ》を突く者が後を絶たない。

——駄目だ……。

このままでは到底《とうてい》間に合わない。絶望の二字が心を蝕《むしば》もうとする。それを振り払うように叫んだ。

「兵馬！　手を貸してくれ！」

「待て……今、どこに埋まったか視《み》ている」

兵馬は瞑目《めいもく》して、右目の眼帯を手で押さえ、天を仰《あお》ぐ。そしてゆっくりと顎《あご》を引くと刮《かっ》と左目を見開いた。

「松永、今いるところから七歩北へ。その辺りが最も臭い」

「分かった！」

兵馬も駆け付けて共に残骸《ざんがい》をどかした。すると、見立て通り瓦礫の隙間から人の手が見えた。

「意識はあるか⁉」

「はい……」

「名は」

「麴町の水谷一郎太《みずたにいちろうた》です」

「今助ける」

「御頭は……」

本当のことを答えるべきか迷った。水谷は混濁しているだろう意識の中でも、こちらの戸惑いを敏感に悟り、掠《かす》れた声で言った。

「追ったのですね……よかった」

要人が言ったことは真らしい。水谷は自らの命よりも、下手人《げしゅにん》の捕縛を案じている。

「いいから。話すな」

「我らより、若鳶を先に……近くに埋まっているはず。呻き声が聞こえました……」

慎太郎のことを言っている。源吾は訳が分からなくなった。要人と同じ公儀隠密ならば、もっと冷酷な男かと思っていた。

——我らは皆が同じ身の上。たとえ死すとも、二度と同じ過ちを犯しません。

要人の言葉が過《よぎ》った。どのような境遇かは知れぬが、麴町定火消は共通の理念で動いている。

源吾と兵馬、二人で柱を持ち上げようとするが、びくともしない。

「助けてくれ！」
二、三人の鳶が手助けに加わるが、結果は同じである。柱がどこかでがっちりと嚙《か》み合っている。火元の勢いは止《とど》まることを知らない。どれほど大量の硫黄《いおう》が仕込まれていたのか、瓦斯《がす》はまだ出続けているようで、時折《ときおり》焰風が容赦《ようしゃ》なく襲ってくる。
「もっと力を籠《こ》めろ‼」

源吾の号令で力を加えるがやはりびくともしなかった。

「松永殿……お見捨てを」

「諦《あきら》めるな！　誰か――」

源吾は祈るように叫ぶ。その時、耳朶《じだ》が聞き慣れた声を捉えたような気がし、辺りを見回した。煙によって灰に染まった景色の中に、茫《ぼう》と影の塊《かたまり》が浮かぶ。近付いてくるにつれ、一人一人の輪郭がはきとしてくる。

「御頭《おかしら》！」

薄汚れた火消《ひけし》羽織を身に着け、先頭を疾駆《しっく》するのは新之助である。

「でかした！」

叫びながら涙が出そうになったのは、煙が目に染みたからだけではない。今日ほど新之助を心強く思った日は無いだろう。

「駿河台におられると思い、百十名全員を連れて駆け付けました」

「それにしても早い。どうして……」

「今日、御頭の家に寄った後、皆に伝えたのです。本日の非番は、外に出る時も火消装束《しょうぞく》を持てと」

いつまた火付けが行われるかも知れぬ今、頭が不在とあらば初動に大きな遅れが出ると考え、星十郎や武蔵と相談してそのようにしたらしい。さらに江戸を東西南北に分け、火付けの場所によって予《あらかじ》め参集場所も決めておいたというのだ。いざ火事の時は、すぐさまそこへ走れとも命じていたらしい。

「やるじゃねえか……」

明和の大火以前の新之助では考えられぬことである。その成長ぶりに胸に込み上げるものがあった。

「私は火消装束だけです。先生が参集場所について考えて下さり、武蔵さんは道具が必要だからと、非番でも詰めて下さっていました」

火消は初動。これに尽きる。人の脚を速くしようと訓練しても限界はある。出動までの時をいかに縮めるか。そのためには冷静な判断と、日々の備えが重要である。今回は新之助だけで考えた訳ではないものの、そのように備えていたことは完璧と言える。

「今日は俺の負けだ」

己はそこまで備えを命じていなかったのだから、負けを認めざるを得ない。

「御頭がいない時は皆がびくびくしているのです。皆が頼りにしている証拠ですよ。残念ながら、私じゃまだ力不足」

新之助は下りた馬を、配下の銅助に託してこちらに駆け寄って来る。

「今のお前なら、もうすぐそれもなくなるさ」

「この下に人がいるのですね。寅次郎さん！」

「お任せを」

寅次郎と壊し手の面々《めんめん》が進み出て、共に瓦礫の中に入ってくる。

「いくぞ！」

寅次郎の咆哮《ほうこう》で皆が力を込める。源吾らではびくともしなかった柱が、みしみしと軋《きし》みながら持ち上がった。壊し手二人で生き埋めになっていた水谷一郎太が引き出される。

「まだ二人いる！　捜せ！」

すでに新庄藩火消総出で瓦礫を除《よ》けて探索を始めている。新米たちと違い、熱さに弱音を吐く者は誰一人としていない。兵馬の言った場所を重点的に捜すが、視界が悪いこともあって中々見つからない。

「おがしら――げほっ……」

目に涙を溜めた星十郎が、咽《む》せながら近くに来た。

「皆を……黙らせて下さい。動くことも止めて……早く」

意図は解らないが、この新庄藩一の知恵者が言うからには何か策があるのだ。

「皆、動くな！　口も開くな！」

源吾の指示で皆は雷に打たれたように立ち尽くし、それまで口々に相談していたのも嘘《うそ》のように収まった。このような静寂な火事場は見たことがない。轟々と猛《たけ》る火焔だけが不気味な音を発している。星十郎は息を整えて絞るように叫ぶ。

「埋まっている方！　意識があるならば声を出しなさい。小声でもいい。御頭が聞き逃しません！」

――そうか！

思わず口を衝《つ》いて出かけ、源吾は手で押さえた。星十郎は煤《すす》に汚れた顔を向け頷《うなず》く。己よりも自身の能力の使い方をよく解っている。火事場はうるさいものという思い込みがあったせいだろう。源吾は俯《うつむ》き加減になると、眉間《みけん》に力を籠めて耳を欹《そばだ》てた。

（ここ……です）

（助け……）

二人の声を確かに捉えた。

「そこと、そこだ！」

源吾がばっと顔を上げて指差した時、火元から火焔が噴き出した。

「伏せろー！」

叫ぶと同時に源吾も瓦礫の上にうつ伏せに倒れ込んだ。炎は瓦礫の上を撫《な》でるように走る。まるで意思があり、獲物を逃さんと激昂《げっこう》しているかのようである。

「寅、助けろ、彦弥、手伝え！　防ぐぞ！」

今度は武蔵である。荒れ狂う焔に向かっていく。

「水は――」

「源兄！　解っている！」

武蔵は思わず昔のように呼ぶ。彦弥に手短に説明し、水番、纏番で散乱した戸板を掲げた。襲い来る炎への楯《たて》にしようとしている。

「新之助、それ拾《ひろ》ってくれ！」

彦弥は戸板を掲げて爪先で指す。花火玉のようなものが転がっている。土蔵、火元の屋敷だけでなく、倒壊した屋敷の中にも仕込んでいたということか。新之助は火が付かぬようにと、抱きかかえるように拾う。

「あ、こっちにも……火薬玉がまだあります。見つけて取り除いて」

「こっちは儂《わし》らだけでいけます。頼みます！」

崩れた軒《のき》を持ち上げた寅次郎が吼えた。稲葉家、麴町定火消が新之助と共に、目を皿のようにして他に火薬玉が無いか探す。

「お前らも手伝え！　それくらい出来るだろう！」

新之助はきっと新米たちを睨みつけた。いつもと異なり語調が荒々しい。叱《しか》られた子どものように頷き、新米たちも火薬玉を探す。

「こっちにありました！」

「こっちも」

見つかったのは四つ。他にもまだあるかもしれないが、目についたものは全て取り除いた。

「あと一人だ！」

その間に壊し手がまた一人救い出した。慎太郎ではない。麹町定火消である。あちこちに擦り傷があり、ぐったりとしているが、意識ははっきりとしている。

一方、もう一箇所の瓦礫を除いていた寅次郎が叫ぶ。

「御頭……駄目だ！」

「どうした⁉」

「胸を挟まれて、気を失っている」

幾重にも重なった材木の下、痛ましい慎太郎の姿があった。

「慎太郎‼」

源吾は躰《からだ》を捻《ね》じ込んで頬を軽く叩いた。

「松永……様。ぐわっ……」

慎太郎は苦痛に顔を歪めた。胸の上に大きな柱がのしかかっている。もしかしたら肋《あばら》が折れており、不用意に動かせば肺に突き刺さるかもしれない。

「気をしっかり持て」

「すみません……勝手なことを……」

「必ず助け出して、後でとっちめてやる。だから死ぬな」

慎太郎の目にみるみる涙が溜まる。若い頃の己も無茶ばかりした。一歩間違えば慎太郎のようになっていたこともある。その度《たび》に火消の先達《せんだつ》に助けられた。今度は己にその役目が回ってきただけだ。

「御頭！　もう駄目だー！」

彦弥が仰《の》け反《ぞ》りながら助けを求める。

――どうする、どうする。

己に問いかけるが一向に答えは出ない。

「松永！　大頭が来た。大量の砂を持って来ておられる」

兵馬が往来《おうらい》を指差す。白煙を掻き分けてこちらに向かってきている漆黒《しっこく》の集団が見えた。しかも大八車を何台も曳《ひ》いており、それに砂が満載されている。いち早く火事の性質を聞き、砂での鎮火しかないと支度《したく》してきたのだろう。

「加賀鳶だ！　助かった」

新米の鳶の中には歓喜に泣き出す者もいた。だが源吾を始めとする新庄藩火消の顔は暗いままである。

「間に合わねえ……」

源吾は呟いた。砂があれば確かに火元を消し止められるだろう。だがそれには優に一刻は要する。その間に身動きの取れない慎太郎は、炎に呑み込まれて絶命してしまう。

「熱い！」

触手のように伸びる炎に堪えかね、武蔵配下の水番が戸板を放り出す。

「まだ諦――」

「諦めるな！　ぼろ鳶の意地を見せろ！」

武蔵より早く叫んだのは、同じく水番で来月には「け組」に移ることが決まっている半次郎であった。

「半次郎、よく言った！」

武蔵は目を真っ赤《か》にして褒《ほ》め飛ばした。

「最後の一時まで諦めない。あっしがここで学んだのはそれですから」

半次郎は歯を食い縛《しば》って戸板を前へ押し出す。

「松永！」

叫んだのは勘九郎である。加賀鳶は大八車の砂を手桶で掬《すく》い、今まさに消火にあたらんとしている。

「勘九郎！　助けてくれ！」

恥も外聞《がいぶん》も無く悲痛な声を上げると、勘九郎も身を震わせて配下へ命じる。

「たとえ死すとも、ぼろ鳶を救え！」

轟然《ごうぜん》と燃える火元に砂をぶちまけるが、そう簡単にこの業火が消える訳はない。牙八などは自身の髪が焦げるほど近付いて砂を浴びせる。

――全滅する……。

長年の経験からそう直感した。慎太郎一人を救おうとすれば、多くの命が犠牲になる。

田沼の問いが思い出された。千人の籠《こも》る屋敷、一人が暮らす小屋、どちらかしか救えぬならばどうするのかというものであった。今の状況はその問いと酷似《こくじ》している。

源吾は綺麗《きれい》ごとを諦めない。千と一人を救うため、自らの命を懸けると答えた。しかしそれは果たして正しいのか。己の命はともかく、配下まで巻き込んでよいものか。自問自答《じもんじとう》し、源吾は腹を括《くく》った。

「退《ひ》け！」

「えっ――」

新庄藩火消一同の声が重なる。

「このままじゃ全滅は必至。一度退いて立て直せ」

「こいつを見捨てろと仰《おつしや》いますか！」

寅次郎が顔を真っ赤にして詰め寄る。

「見捨てねえ。俺が残る。お前らは退け……これは頭取《とうどり》として命じる」

声に力が籠った。寅次郎は唾《つば》を呑《の》んで気圧《けお》されたように一歩下がる。

「しかし……」

「行け！　新之助！」

新之助は歯を食い縛って皆に命じた。

「皆、御頭の言う通りに……早く」

寅次郎ら壊し手は瓦礫の山から降り、武蔵や彦弥も戸板を放り出して退却する。

「先生！　何か、何か策を――」

新之助は星十郎の肩を揺らす。星十郎は自らの髪を鷲掴《わしづか》みにして掻《か》き毟《むし》った。

源吾が一番解《わか》っている。これを打破《だは》する策などもう残されていない。

「新之助、皆を頼む」

「駄目です――」

必死で訴えかける新之助の肩をしかと摑み、源吾はその両眼を真っ直ぐに見つめた。

「お前以外の誰に託す」

「御頭……」

睫毛が焦げるのではないかというほどの熱波が襲う。それでも二人とも顔を背《そむ》けない。短い時である。しかし幾千の会話が互いの目の間を飛び交っていると感じた。

「お前の番はもっと先だ」

どんな火消もいつかこんな日が来る覚悟をしている。それは十年後かもしれないし、今日であるかもしれない。だがもし今のように選べるならば、新之助よりも己が先にそれを迎えねばならないということである。

「解りました……しかしまだ諦めません」

新之助は声の震えを押し殺すように言った。

「それでこそ、ぼろ鳶だ。行け」

源吾は微かに頰を緩め、新之助の胸を軽く押した。

新之助が皆を連れて退くのを見届けると、瓦礫の下で呻く慎太郎に向けて呼びかけた。

「慎太郎……痛むだろうが耐えろよ」

指揮用の鳶口を抜き、慎太郎を覆う柱の一本に突き立てた。少しずつ、少しずつ削り、柱を一つ一つ折る。そして慎太郎の躰を引き抜く。鉞《まさかり》などで一気に事を進めれば、その衝撃で慎太郎の折れた骨が肺を突き破りかねない。これしか残された方法はない。ただ時が足りないことも解っている。鍬《すき》で田を耕すように何度も何度も突きたてた。慎太郎は顔こそ顰《しか》めるがもう弱音を吐かなかった。

「松永様……もういいんです。俺はろくでもねえ男で……流れ着いた江戸で……」

「昔語りは酒を酌《く》み交《か》わしながらだ」

慎太郎は顔をくしゃくしゃにして泣いた。

「あんたは俺と違って大切な火消なんだ」

「覚えていろ。命に重い軽いはねえ。これが俺の教えだ」

ひりつく頬を緩ませる。

黒白《こくびゃく》入り混じった煙が襲って来る。すでに乾ききった目からは涙すら出ない。炎はゆっくりと、だが着実にこちらに向かってくる。濡らした火消羽織から立ち上っていた湯気も遂に絶えた。

——秀助、尻ぬぐいを手伝いやがれ。

内心で悪態《あくたい》をついて、また鳶口を振るった。

秀助はもう生きてはいない。ようやくはきと解った。訳など何も無い。敢《あ》えて挙げるとすれば、両手を失ってなお、想いを遂《と》げようとしたあの時の顔。まるで別人のように穏やかで、己の成した悪行を全て受け入れんとしているように見えた。今更このようなことをするはずが無い。己も深雪と平志郎を喪《うしな》えば正気を失うかもしれない。狐火とは己のみならず、誰でもなり得る一つの姿といえる。

「松永様……」

誰もいないはずの背後から呼ばれ、勢いよく身を翻《ひるがえ》した。男が一人立っている。その向こうには戻って来いと手招く、新之助を始めとする新庄藩火消たちの姿が見える。

「お前は……」

「秀助さんから言伝《ことづて》です」

何故ここにいるのかということもある。だがそれ以上にあまりに衝撃的な言葉に源吾は声を失った。風も無いのに腰に括りつけた赤い鈴が鳴る。まるで秀助が己を呼んでいるかのように。

二

仮の宿に辿《たど》り着いて一月《ひとつき》が経《た》った。暦の上では卯月《うづき》に入ったはず。己が松永という火消と対峙《たいじ》し、猶予《ゆうよ》を貰《もら》ったのが弥生《やよい》の朔日《ついたち》。随分昔のことのように思える。

——手を貸してくれないか。

同じく橋の下に流れ着いた男の子にそう言った。

花火作りは容易《たやす》いものではない。ましてや己が作ろうとしているのは、古今誰も成し得なかった淡い赤の光を発する花火だ。横に己が付いているとはいえ、玄人《くろうと》でも難しい作業を全くの素人《しろうと》に託そうとしている。しかも相手は子どもである。

父が象牙《ぞうげ》挽物《ひきもの》の職人、故に子も手が器用ではないか。たったそれだけの理由で己は頼る気になったのか。いやそうではない。

追い詰められたのが松永という火消でなければ、そもそも己はもう生きていない。また逃げる途中、燐丞という火消に出逢わなければ、血を失って屍《しかばね》を晒《さら》しているだろう。与えられたこの猶予の中で、神仏は己に人の温もりを思い出させようとしている。何か償いをさせようとしている。そうとしか思えずにいた時、この子が突然現れ、思わず口から零《こぼ》れ落ちていた。

「花火を作りたい」

突拍子《とっぴょうし》もない申し出だろうが、男の子はこくりと頷き、了承してくれた。どんな気持ちで受けてくれたのか。それは秀助にも解らない。後で聞いたことだが、歳は十三だという。小柄なためもっと年下だと思っていた。

「まず金がいる」

秀助は最初にそう言った。本所三笠町《ほんじょみかさちょう》に「かずゑ屋」という両替屋がある。数少ない古馴染《なじ》みが商《あきな》っており、ここに持ち金の全てを預けてある。本所が焼けていないことは己が一番知っていた。何せ己がこの天魔の所業《しょぎょう》の下手人《げしゅにん》なのだから。己が下手人と町中に知れれば、かずゑ屋にも捕方《とりかた》が来るだろう。その前に引き出さねばならない。

「この有様《ありさま》だ。筆も持てぬ……」

少し迷った。偽名で通そうと思ったが、言伝で金を引き出させるためには本名を名乗らねばならない。

「おじさん名は」

なかなか賢《さか》しい。名が必要だと気付いている。真っ直ぐな瞳を見ていると、小細工を弄《ろう》するのが馬鹿らしくなってきた。

「秀助。娘の祝いに花火を上げたいと言えばよい」

「わかった。材料を買うんだね」

「賢いな。普段は日本橋の問屋を使うが……焼け野原だ。深川《ふかがわ》の船戸屋《ふなとや》を頼ってくれ。押し込みに遭《あ》って火薬を盗まれた時、俺が買ったと嘘《うそ》を吐《つ》いたのを覚えているだろうとな」

将軍のお膝元である江戸では、火薬の取り扱いが特に厳重で、決められた幾つかの問屋しか商いを許されていない。そしてたとえ如何《いか》なる理由でも火薬を流出させてしまえば、身代《しんだい》は取り潰され、場合によっては死罪となる。船戸屋の主人は己の口の堅さを知っており、助けてくれと懇願してきたのだ。

――ああ、そうか。

かずゐ屋にしろ、船戸屋にしろ、己には知人がいなかった訳ではなかった。妻子が死んだ時、怨《うら》みを吐き出せば、中には共に泣いてくれた者もいたかもしれない。それをしなかったのは己が人を信じず、頼ることをしなかったからだと今更悟った。

「分かった。本所のかずゐ屋、深川の船戸屋だね」

「そうだ。食い物も買っていい」

そう言って早朝に送り出した。どこかでしくじったかと心配になり始めた夕刻、明るい顔で戻って来たので秀助は安堵《あんど》の溜息をついた。材料を広げてもらい、秀助が揃《そろ》っているのを確かめた。

「米がすごく高くなってる。炊き出しをしていたから、握り飯を貰って来たよ」

「そうか。鍋もないしな……これから好きなものを買ってくればいい」

橋の下は二人だけではない。同じように焼け出されたのだろう男女が数人、今日になってまた二人ほど増えた。

「食べる？」

「置いてくれ」

犬のように這《は》って食べるつもりだった。

「駄目だよ。はい」

目の前に握り飯を差し出され、それに齧《かじ》りついた。お糸が死んでからというもの、何を食っても砂を嚙んでいるような心地がした。だが今日は何故か米の甘みを感じる。

「ありがとう……」

人は誰かに生かされている。そんな当たり前のことを思うと、また涙が零れ落ちた。

「秀助さんは泣き虫だね」

「ああ、俺は泣き虫の弱虫だ。だから……」

罪を吐露《とろ》しそうになるのを呑み込んだ。話せば当然恨《うら》まれる。それが恐ろしかった。せめてもう少し。そう自分に言い訳を繰り返した。

　翌日から花火作りが始まった。秀助は震える唇《くちびる》を前歯で止めた。まるであの花火の神童、清吉を見ているような気がしたのだ。いや手捌《さば》きは同等であるが、火薬と火の理解はそれ以上である。何故ならば秀助が教えてもいないのに、

「この玉どうしは横じゃ形が崩れるよね」

などと、まるで事前に知っていたかのように言うのだ。

「誰かに習ったのか……」

　秀助が言うと、男の子は頭を横に振る。清吉が火の神が遣わした使者ならば、この子は火の神の化身《けしん》ではないかと思えた。

「字は読めるか？」

「うん。寺子屋で習った」

「俺の腹巻から帳面を取ってくれないか」

　懐に手を入れさせ、帳面を取らせた。

「これ？」

「ああ、読んでみろ」

　一刻ほどであろうか。男の子が帳面を貪《むさぼ》るように読んでいる間、秀助は橋

の礎《いしずえ》に背を預け、今日も半分に断ち割られた空を見ていた。

「読んだ」

ぱたんと帳面を閉じる音も同時に聞こえた。

「解るか？」

「うん。これって……」

「俺が知る花火と炎の全てだ。それをやる」

「何で？」

「何で……か」

秀助は少し考えて言葉を紡いだ。

「花火師になる気はないか」

己がここを去った後、この子はどうやって生きて行くのか。昨晩、月明かりに照らされた寝顔を見ながら一晩中考えた。

神仏は同時代に多くの天才を産み落とすという。まるで時代を急いで進めんがために。戦国時代、神君家康公、豊太閤《ほうたいこう》、織田右府《おだうふ》を始めとする多くの名将が生まれたのもそうだろう。

花火師という矮小《わいしょう》な存在の中でもそれは同じであったと思わざるを得ない。

神は己と清七という二人の花火師を生み出し、続いて清吉という稀有《けう》な才を世に送った。さらにもう一人、この子を導くために己は生かされたのではないか。そう思えるほどの天賦《てんぷ》の才が眼前にある。この才を思うまま振るえれば、食いはぐれることはないと確信している。

「お前は火の神の加護がある」

秀助が続けると、表情にさっと翳《かげ》が差した。

「やだよ。火の神なんて」

言葉足らずであったことを悔いた。火事で父母を喪い、いや奪われ、己も明日をも知れぬ身となっているのだ。火を恨むのは当然だろう。

「何かなりたいものでもあるのか？」

「うん。火消になりたい」

幼い頃からずっと憧れていたらしい。だが同年代の仲間に比べて躰が小さく、ひ弱で脚も遅い。お前なんかなれるかと馬鹿《ばか》にされていたという。その仲間の生死も判らない。

もう二度と大切な者を失いたくない。守れる力が欲しい。父母もそれを望んでくれているはずと、改めて火消になる決意を固めたらしい。

「火消か……」

この短い旅路の間で三度目。つくづく己は火消に縁があると思う。火に向き合う者の表と裏、光と闇、彼らと己はそのような存在なのかもしれない。

「解った」

「秀助さんは馬鹿にしないの？」

「しないさ。お前はいい火消になれる」

「でも躰も弱いし……」

「そんな弱点、吹き飛ばすほどの才があるじゃないか」

「え……」

「火を熾《おこ》してくれないか」

間もなく日が落ちる。春とはいえ夜になれば冷える。それを凌《しの》ぐためと思ったか、素直に火打石でもって附木《つけぎ》に火を付けた。惚《ほ》れ惚《ぼ》れするほど流れるような手捌きであった。そこから枝に移し、火を大きくしていく。炎と対話しているかのように一切の無駄がない。すぐに小さな焚火《たきび》が出来上がった。

「帳面を燃やせ」

「でも……」

「お前の夢に必要なことは俺が教える」

頬を緩めると、こくと頷いて帳面を焚火にくべた。帳面の表紙に黒い紋様が浮かび、徐々に大きくなっていく。この帳面こそ己の一生の証《あかし》だと思ったこともあった。その頃ならば、燃やすなどは考えもつかなかっただろう。

だが今は何が真の証であったかを知っている。それを奪われたからこそ、己は闇に堕《お》ちた。そして今また、もう一度だけ証を残したいと望んでいる。

秀助は花火づくりの合間、己が持てる知識の内、火消として役立ちそうなことの全てを教えた。

「お前はいい火消になってくれよ」

花火も完成に近付いたある日、秀助はぽつんと言った。

「うん。悪い火消なんているの？」

「火消に限らず、醜《みにく》い者もいるさ」

秀助は俯《うつむ》きながら細く息を吐いた。

「じゃあ、どんな火消がいい火消なの？」

「俺は火消じゃないからな。ただ……あんな火消になって欲しいという男はいる」

「そうか。逢ってみたいな」

「きっと逢えるさ。あいつはどこにでも現れる」

苦笑して天を見上げる。きっと今この時も誰かのために奔走《ほんそう》しているのではないか。そのように思えた。

「でも逢っても解らないよ。秀助さんが教えてよ」

「俺はもうすぐ江戸を出なきゃならないと言っただろう？　この鈴をそいつに渡すつもりだ」

視線を腰に落とした。帯にはお糸の形見である赤い鈴がある。きっとあの男なら肌身離さず持ってくれるような気がする。

「じゃあ、その鈴を持っている人がその火消だね」

「ああ。もし逢ったら……言伝を頼めないか」

秀助は目を瞑《つむ》った。何年後かは解らない。もしかしたらこの子は火消になれないかもしれない。なれたとしても出逢える保証も無い。それでも訪れるかもしれない何時《いっ》かを信じ、想いを言葉にした。

「俺を戻してくれてありがとう……と」

「うーん……分かったよ」

要領《ようりょう》を得ないのだろう。首を捻《ひね》っている姿にお糸を重ね、秀助は柔らかく微《ほ》笑《え》んだ。

この子には無限の明日が広がっている。お糸が願って得られなかった明日を生きてくれるだろう。それを己は見届けることは無く、その資格も持ち合わせていない。ただ一度だけ願うことを許して欲しい。狭い空に禱《いの》り、秀助は穏やかな声で言った。

「あの男のような火消になれ……藍助」

三

源吾は口を押さえて呻《うめ》いた。胸の奥底から熱いものが込み上げてきて、躰が震える。

「藍助、お前は秀助を……」

藍助は煙に負けることもなく真っ直ぐ見つめて来る。今日、教練場で碓氷を走らせた時、鈴の音が聞こえ、その目でも確かめて藍助は確信したのだという。

「もし『鈴の火消』が困っていたら、助けてやれるような火消になれ、とも」

伝言を聞いただけでは、どこで出逢ったのかも判《わか》らない。だが源吾にはそれが何時のことかだけは解った。そして秀助がどんな想いであったかも。秀助の心が二年の時を越えて、己の中に流れ込んだかのように。

「それを伝えるためだけに来たのか！」

間もなくここは炎に包まれる。源吾の命が幾許《いくばく》もないと思い、藍助はこれが最後の機会だと伝えに来たのだろう。秀助が想いを託した藍助だからこそ、こんなところで死なせる訳にはいかない。自然と声が荒ぶった。

「慎太郎を助けたいのです」

藍助はあどけなさの残る目を向けた。

「懸けるのは俺の命だけで十分だ！　早く行け！」

怒号《どごう》と言ってもよい。源吾は腹の底から叫んだ。藍助は動こうとせず、唇を真一文字に結ぶ。稚《いとけな》く見える相貌《そうぼう》と異なり、存外意志が強いらしい。

「お前の力では役に立たん。もうすぐ炎が来るんだぞ！」

叱《しか》り飛ばすかのように説得し、再び鳶口を動かす。一厘《りん》、一毛《もう》でも助けられるかもしれないならば、己は諦めない。ただそんな賭けに他人を巻き込むのは真っ平《ぴら》だった。

「炎を止めましょう」

もう振り向くこともなかった。若さ故、物事が容易く見えているのだ。源吾にはそうとしか思えない。

「あれが止まるか！」

「止めます」

藍助はなおも食い下がる。

「水が効かねえんだぞ」

「秀助さんの教え通りならば止まります」

「な……」

藍助はその方法を手短に告げ、

「私は信じます」

と、最後に結んだ。藍助の瞳は迫りくる焔の明かりを受け、薄い赤色に染まって見えた。

「藍助、秀助は確かにそう教えたんだな」

「はい。間違いありません」

藍助は凛《りん》と答えて頷いた。

「分かった」

源吾は鳶口を腰に捻じ込むと、膝を折ってその場に屈んだ。煙を吸い込まないように細く、それでいて思い切り息を吸い込むと、二本の指で輪をつくり口に咥《くわ》えた。甲高い指笛が響き渡る。

——至急、援護を求む。

ここぞという時に使う、新庄藩火消で定めた合図である。随分後方に下がっていた新之助が振り返り、目を擦るようにしてこちらを見ているのが解った。源吾は立ち上がって手を大きく前後に振る。戻って来いという意味である。すぐに意が伝わり、新之助が駆け出して近付いて来る。

「新之助！　星十郎を連れて来い！」

力強く頷くのを見届けると、慎太郎に向けて優しく声を掛けた。

「戻って来る。絶対見捨てねえ。待っていろ」

慎太郎は頷くことも、首を振ることも無かった。ただ下唇を巻き込んで顔をくしゃくしゃにしている。

藍助の肩を摑み、瓦礫の山から降りたところで新之助、星十郎と合流を果たした。

「何か方法が⁉　それにこの子は……」

新之助は何のために戻したか理解している。それでも藍助の存在には驚いているようである。

「訳は後だ。消すぞ」

三人を引き連れ、急ぎ向かったのは加賀鳶、稲葉、麴町定火消が入り乱れる火元である。その中から鳶たちを叱咤する勘九郎を見つけると、源吾は大声で叫んだ。

「勘九郎！　あれを消す！」

「だから今それをやっているのだ！」

勘九郎は苛立《いらだ》ってこちらを睨みつけた。

「勘九郎、星十郎、兵馬、新之助……力を貸してくれ」

そしてこちらが真剣だということが伝わったか、勘九郎、兵馬が駆けてきた。

「お主、正気か」

源吾が方法を説明すると、勘九郎でさえも声を震わせた。

「どうだ、出来るのか？」

博識な星十郎に尋ねる。

「はい……理の上ではという話ですが。ただしどこを目掛ければよいのか、見当《けんとう》も付きません。炎の全てを看破《かんぱ》しなければならず、下手をすれば巻き添えを食う」

早口で答える星十郎の前に、後ろの藍助をどんと突き出した。

「こいつが読む。藍助、どうすればいい」

「慎太郎を傷つけないようにするためには、まずはあそこに一つ、一拍空けてあの柱の辺りと、土蔵との間に。さらにもう一拍空けて最後は居間の中に二つ」

藍助は轟々と燃える屋敷を指差しながら言った。

「兵馬、それで屋敷はどうなる」

建物の構造を見抜く能力で、この男の右に出る者はいない。それは今ある構造を見抜くだけに留まらず、その建物が現象によりどうなるかまで見通す。

「拙者に訊くまでもない……木っ端《こっぱ》みじんよ」

苦くはあるものの、珍しく兵馬は笑った。

「どれくらい離れればいい」

「二十間が際《きわ》……三十間は欲しい」

「勘九郎、皆を三十間退《さ》がらせてくれ」

「その若造を信じろというのか」

勘九郎は眉間に皺《しわ》を寄せて訊いた。

「俺は信じる。その俺を信じてくれ」

腹に力を漲《みなぎ》らせるように言葉を吐いた。

「卑怯《ひきょう》なことを言う」

勘九郎は不敵《ふてき》に笑うと、大袈裟《おおげさ》に鼻を鳴らした。源吾は砂を抱えて消火にあたっている全ての鳶に向けて、高らかに宣言した。

「消火を一度止めて、三十間後ろに下がれ！」

戸惑いを見せた鳶たちであったが、勘九郎が重ねて指示を出したことで、道具を纏めて潮《しお》が引くように退いていく。投擲《とうてき》では使い物にならない星十郎も退かせ、残るは源吾、新之助、勘九郎、兵馬。新庄加賀両火消の頭と頭取並。そして藍助の五人である。

「これを使うなんて……本当にいけるんですかね」

新之助は顔を引き攣らせた。

「やるしかねえ。お前も頭巾を着けろ」

皆がすでに火消頭巾を被り終えている。加賀鳶の頭巾を借りて藍助にも着けさせた。

「羽織も着ました。万全です」

新之助は頭巾の紐《ひも》を結びつつ言った。此度《こたび》ばかりは皆火消羽織を二枚重ねて着ている。

「さあ、やるぞ」

源吾の一言で五人が頷いて散開する。兵馬が一人屋敷の正面に残り、新之助と勘九郎がやや西側に、源吾と藍助が東側に向けて走った。上から見たならば未《いま》だ灼《しゃく》熱《ねつ》を吐き散らす屋敷を要とし、扇状に散った。

「松永様……」

頭巾のせいでくぐもった声で藍助が呼んだ。

「どうした。今更無理だなんて言うなよ」

「いえ、そうではなく……何故、こんなに簡単に私の言うことを……」

源吾は炎を睨み据えたまま答えた。

「秀助を信じていると言ったな……俺もあいつを信じる」

源吾は力強く言うと、此方《こちら》を覗《うかが》う兵馬に向けて手を挙げた。頷いた兵馬は大きく振りかぶり、そして投げた。緩やかな弧を描いて飛ぶのは火薬玉である。投げた兵馬は身を翻し、出来るだけ離れるために駆けた。

源吾らから最も遠い位置の勘九郎と新之助も、同じように火薬玉を投げ込んだのが見えた。

源吾と藍助も腕を振り上げた。同じ体勢になっている藍助が秀助と重なって見えた。

「喰ってやるよ」

秀助の答えは無い。いや二年前にとっくに答えは聞いていたのかも知れない。

源吾は鋭く腕を振ると、藍助の袖を摑んで下がった。その時、とてつもない爆音が起こる。一投目の兵馬の火薬玉である。爆風によって幾つもの解《ほぐ》れた焰の先が全て西側に傾く。髪が風に靡《なび》くのに似ている。

次は雷が生じたかのような轟音。勘九郎と新之助が投げた二つの火薬玉がほぼ同時に爆《は》ぜたのだ。西側に傾いた炎の触手が今度はこっちに押し戻される。明らかに火勢が弱まっている。炎が泣き喚《わめ》いているかのように見えた。

「くたばれ」

屈んで藍助の肩を抱き、源吾は呟いた。直後、源吾と藍助が投げた火薬玉が目覚め、三度目の爆発が起こった。今の一撃で僅かに残っていた屋敷の原形も全て吹き飛んだ。頭巾の上から火消羽織で顔を覆い、身を小さくしている源吾らのすぐ横を、木っ端が飛んでいく。

まるで宙が裂けたかのように、全ての炎が吸いこまれていくのを、源吾は確かに見た。散らばった木片にちろちろと火が残る程度で、狂乱していた火焔は嘘のように消え去っている。

「やった……」

横で安堵の溜息をついた藍助であったが、すぐに顔を背《そむ》けて嘔吐《おうと》した。頭の中では消せると信じていても、実際にそれをやるとなれば、とてつもない重圧に耐えていたのだろう。しかもこれが初陣なのだから無理もない。

「よくやった」

源吾は藍助の背をぽんと叩いた。一度退避していた火消たちが戻って来て、屋敷が元あった場所を茫然《ぼうぜん》と見ていた。あれほど猛威を振るっていた炎が一瞬にして消え去った。妖術を見たように口をぽかんと開けている者もいた。

——炎を飢《う》えさせます。

炎というものは「何か」を食って生きている。それは大気の中に無限に存在し、炎は決して飢えることはない。土蔵など限られた空間で餓死《がし》寸前になった炎が、外の何かを貪り食うために飛び出す。これが朱土竜の正体である。かねてから星十郎も言っていたことであった。だが今回は屋外の火災、飢えさせることは不可能に思われた。

秀助は爆発によってその「何か」を一瞬にして消費させれば、炎は次に食うものがなく消し去ることが出来る。そう藍助に教えたというのだ。名を付けるとすれば「爆破消火」だろうか。

「まだ近隣の飛び火が残っている。慎太郎も助けなきゃならねえ。休むか？」

「いえ……」

源吾が訊くと、藍助は口を拭いながら首を振った。

「よし。片付けるぞ」

源吾は藍助と共に皆の元へ向かった。新庄藩火消、加賀鳶らを中心とする鳶が約三百。戻って来た勘九郎は、頭巾を剝ぐと、こちらを見て頷いた。ここはお前が語れと目で訴えている。

「飛び火はまだ五箇所ある。に組以外はどこも苦戦しているようだ」

に組に割り当てた箇所からは、新たな煙が立ち上っていないことに気付いていた。

「これより散開して応援に向かい、全てを鎮圧《ちんあつ》する……」

源吾はそこで言葉を一度切って、爛々《らんらん》とした目の鳶たちを見渡した。

明和九年、古今未曾有《みぞう》の火付けによる大火があった。下手人はある花火師の慟《どう》哭《こく》が生み出した「狐火」という焔の怪物。花火師は肉体が滅んで二年経った今も、真の意味で死ねずにいる。源吾は唇を嚙みしめ、皆に向けて懇願《こんがん》するように言った。

「狐火を……どうか、あいつをもう眠らせてやってくれ！」

応《おう》という声が揃い、天を衝《つ》き上げる。勘九郎がすかさず指示を飛ばし、それぞれの持ち場に向かって散らばっていく。腰の鈴をぎゅっと握り、源吾も大きく一歩を踏み出した。

四

未の刻（午後二時）に小川町で発生した火事は、すぐに周囲に飛び火して猛威を振るい、完全に鎮火したのは夜も更《ふ》けた亥の刻であった。

火元の脅威が取り払われた四半刻後、瓦礫の下に取り残されていた慎太郎は、すぐに駆け付けた新庄藩火消によって救い出された。戸板に乗せられて運ばれる慎太郎は、涙を流しつつ詫《わ》び、何度も何度も礼を言った。

「礼を言うならこいつだ」

源吾はそう言って、藍助を前に押し出す。

「藍助……ありがとう……」

「うん。無事でよかった」

藍助は自身が馬鹿にされていたことなど全く気にしていないようで、満面の笑みで慎太郎を見送った。

もう一人、重傷の者がいると聞いたのは、その直後のことである。頭から血を流して気を失った日名塚要人が、に組の元に運び込まれたのだ。どうした訳か、運んで来たのは番付狩りこと慶司である。

「火事で逃げちまって医者が見つからねえ！　どうにかしてくれ！」

慶司は宗助に訴え、宗助から源吾に知らされたという次第であった。偶然にも、すぐけ組の燐丞が駆け付けた。け組の管轄から小川町は遠く、通常ならばここまで来ることは滅多《めった》にない。それを源吾が訝《いぶか》しむと燐丞は、

「どうしてでしょうね……何か、行かねばならない。そんな気がしたのです」

と、答えにならない答えを述べて要人の手当てを始めた。燐丞の処置が的確だったことも幸いしたのだろう。鎮火後には要人が目を覚ましたと聞き、源吾は話をしに行った。戸板の上に横になっていた要人は身を起こそうとしたが、源吾はそれを押し止《とど》めた。

「気分はどうだ」

「悪くはありません。火事は……？」

「もう大丈夫だ。残り火が無いか見て回っている」

火事を真っ先に気にするあたり、要人の根底にはやはり火消の血が流れている。それでも火事場を放棄して、下手人を追ったのだ。それには要人の過去が関係しているように思えた。

「そうですか……私はしくじりました」

要人は人払いを頼み、花火の下で起こった一部始終《しじゅう》を語った。

「下手人は二人……？」

「はい。一人は人相から種三郎。名を呼ぶと酷《ひど》く狼狽《うろた》えましたので間違いないかと」

「もう一人は？」

「見たことのない男です。首筋から顔の左半分に火傷の痕がありました」

要人は男の相貌を詳《つまび》らかに覚えていた。年の頃は四十七、八といったところ。目元は涼やかで鼻梁《びりょう》も高く、故に猶更、火傷の痕が痛々しく見えた。傷の無い右の目元に泣き黒子。そこで源吾はぴくりと肩を動かした。一人同じ特徴の者を知っていたのだ。だがその男も秀助と同じように、いやもっと以前、源吾が若い頃に死んだはずである。業火に包まれる屋敷の中に入り、そのまま出てこなかったのをこの目で見ている。焼け跡から真っ黒に焦げた屍《かばね》も発見されているので有り得ない。

「どうやらその男、痛みというものを感じないらしいのです」

要人は突拍子もないことを真顔で言った。慶司の拳を受けても、要人に肩を貫かれても、顔を顰めるどころか眉一つ動かさなかったという。人は痛みをいくら耐えても、躰は無意識に何らかの反応を見せる。それが一切見られなかったというのだ。俄《にわ》かには信じがたいが、そうとしか思えないと要人は言った。

「まだ続くか……」

「敵がのさばる以上、また新たな一手を仕掛けてくるでしょうが」

要人は口内の肉を嚙みしめている。

「要人」

「はい」

「お前は誰だ」

以前訊いたのと同じことを今一度口にした。

すっかり夜になり空には月が浮かんでいる。要人は目を細めて浮かぶ月を凝視《ぎょうし》し、何かに思いを巡らせているようだったが、返って来た答えはやはりあの日と同じものであった。

「日名塚要人です」

五

二年前の悪夢を彷彿《ほうふつ》とさせる一連の事件はなりを潜めた。種三郎の人相書きや手配書が出たことで、思うように動けなくなったことが理由であろう。

誰が持っているかも解らない秀助の帳面を探す。そもそも帳面が残っていることすら確実でない。恐らく黒幕である一橋も短期間で探し求め、成果が上がらなければすぐに手を引くつもりだったのだろう。星十郎もそう予想を立てていた。

人相書きが出たのは種三郎だけではない。その場にいた共犯の者も同じである。年の頃は四十から五十と幅が広い。顔の左半分にある火傷の痕が年齢を判りにくくしているのかもしれない。そしてもう一つの特徴として右目の下の泣き黒子がある。

人相書きを見れば見るほど、源吾は似ていると思った。それはかつて己が最も憧れ、同時に最も憎んだ男。この地に幕府が開かれてより、最高の呼び声が高かった伝説の火消である。

だが男は十八年も前に冥府《めいふ》へ旅立った。若き日の己の前で紅蓮《ぐれん》の炎に包まれて死んだ。見たのは己だけでなく、勘九郎や辰一、あの内記もその場におり、万が一にも助からないことを見ている。焼け跡からしかと黒焦げになった骸《むくろ》も出ている。

——似ている男もいるはず。

そう己に言い聞かせるが、どこか釈然としない思いがあるのも本当だった。

その下手人二人を追い詰めた要人は、頭の後ろを大きく縫う大怪我だった。命に別状はないものの、動けば傷が開くことになるため、暫くは現場に立てないとのことである。

追い詰めたもう一人の立役者は、府下の火消を困惑させていた番付狩りこと金五郎の息子、慶司である。

宗助が源吾の自宅を訪ねて来て、その慶司がに組に加わることになると話したのは、皐月に入って間もなくのことである。

「お前、正気か？」

源吾は素《す》っ頓狂《とんきょう》な声を上げてしまった。宗助は慶司との出逢いから順立てて説明した。

「あいつ、このままじゃ江戸をまともに歩けませんからね」

宗助は額を掻きつつ笑った。慶司は多くの火消の恨みを買った。中でも秋仁などは次に会ったらぶっ殺すと息巻いていたし、金五郎の弟子にあたる漣次も落し前を付けさせると宣言していた。これを慶司が落着させることは無理というものである。

「明日から詫び行脚《あんぎゃ》ですよ。まあ、人請《ひとうけ》がうちだと聞けば、文句も収まるかと」

慶司を連れて被害のあった各家、各組の火消に見舞金を添えて詫びて回るという。宗助の言う通り、後ろに辰一率いるに組が控えているとなると、大抵の者は面倒を避けて矛《ほこ》を収めるに違いない。

「秋仁さんは怒るだろうな」

宗助はひたひたと己の頬を叩く。一、二発は殴られる覚悟をしているということである。

「あれで案外涙脆《もろ》いからな。金五郎の話でも聞かせりゃ、いちころかもしれねえぞ」

「そりゃいいことを聞いた」

源吾が言うと、宗助は掌に拳をぽんと打ち付けた。

「だが鳶市でしか鳶は採れねえと決まったばかりなのに、法度《はっと》を破って大丈夫か？」

「ええ、金五郎の息子として一人前の火消になるべく『三年の間』、諸国を火消修業に出ていた……との触れ込みです」

宗助は悪戯《いたずら》っぽく笑って見せた。

「悪徳火消め」

源吾は煙管《きせる》に刻みを入れながら苦く笑った。

「あの御頭の悪行を揉《も》み消そうと思えば、狡《ずる》賢くもなりますよ」

「辰一は何て言っている？」

「ああ、いつでも掛かって来いって」

話が噛み合っておらず源吾は首を捻《ひね》る。

宗助の説明に依《よ》ると、まず辰一は鳶市で誰も採用してこなかったことに憤《いきどお》っていたという。

「焼けても死なねえ奴なんているか」

辰一の出した採用の条件を思い出し、源吾は大きな溜息をついた。

「慶司の野郎、花火玉をどてっ腹に受けて立ち上がったって聞いて、ぴんと来たんでさ」

「なるほど。確かに焼けても死なねえに当て嵌《は》まるな」

「それで誘ったんだが、慶司を口説き落とすためにね……」

慶司は圧倒的な強さを誇る辰一に、再度拳で挑むつもりだったらしい。そして宗助は辰一の弱点を慶司に教えると約束していた。その弱点は年に一度訪れるか訪れないかというもので、それを聞いた慶司は、

——そんなもん四六時中張り付いてなきゃならねえだろ！

と憤懣《ふんまん》やるかたない。その時に宗助は、

——四六時中張り付いて狙え。

と、焚き付けた。そしてそのことも辰一に告げた上、に組に加えてしまったというのだ。

「だからいつでも掛かって来いか。に組らしいというか何というか……」

源吾は呆《あき》れながら煙を吐き出す。

「松永様にも了承を得ようと参じた訳ですよ」

「龍と狼を手玉に取るたあ、お前いよいよ悪徳火消だな」

「何言っているんですか。うちは町方への印象を変えようと思っています。これからは『にっこりに組』でいきますぜ」

宗助はきりりとした眉の片方を上げて戯《おど》けるように言った。二年前、父の宗兵衛を失ったばかりの頃と比べ、随分と逞《たくま》しくなった。父の跡を継いで、いやある意味それ以上に、辰一を補佐しているかもしれない。今のに組はこの男で上手く纏まっているのだろう。

「嘘《うそ》つけ」

煙管を手に打ち付けて笑うと、宗助も悪戯が露見した悪餓鬼《わるがき》のような屈託《くったく》の無い笑みを見せた。

皐月二十八日、本日は両国川開きである。

今から四十五年前の享保《きょうほう》十七年（一七三二）八代将軍徳川吉宗《よしむね》が、飢饉《ききん》と疫病《えきびょう》で死んだ者を慰めるため、川施餓鬼《かわせがき》を行った。

翌享保十八年には、川施餓鬼に合わせ水神祭を執《と》り行い、その際、花火を打ち上げたのが初めであった。その時は二十数発をゆるゆると打ち上げる程度のものであったが、年々その数を増やし、今では数百発打ち上げる年もある。

また祭りから三月《みつき》の間、隅田川に船を浮かべることや、両国の川沿いの料理屋などは夜も商いすることが許される。故にその初日である川開きは、多くの人が詰めかけて大いに賑《にぎ》わう。

「久しぶりに行くか」

川開きの前々日、源吾が誘うと、深雪は目を輝かせて頷いた。

「よかったのか……？」

両国に向かう途中、源吾は深雪に恐々《こわごわ》尋ねた。日頃から深雪には、心労を掛け続けている。夫婦、親子水入らずのつもりだったのだが、前日になって新之助が訪ねて来て、

――皆で両国に行きませんか？

と、誘ってきたのだ。抵抗を見せるかと思ったが、深雪は意外にもこれをすぐ

に了承した。こうして源吾ら家族、新之助を始めとする主《おも》だった頭で両国へ向かっているのだ。

「ええ」

平志郎を抱く新之助を見て、深雪は穏やかな笑みを見せた。

「頭取並、疲れたなら代わりますが？」

寅次郎が腕捲《まく》りをして、平志郎の顔を覗き込んだ。

「疲れませんよ」

「無理を仰《おつしや》らず」

そう言う寅次郎も、平志郎を抱きたいのだと顔に書いてある。

「風が強いようだが、取りやめになったりしないですかねえ？」

武蔵は心配そうに暮れかけた空を見た。

「心配ありませんよ。間もなく凪は嘘のように止《や》む。夕凪《ゆうなぎ》というやつです」

星十郎の見立てならば決まったようなものだ、と武蔵は笑った。

「大変な人出でしょうから、平志郎が迷子にならないようにしないと」

新之助は周囲を警戒するように見回した。彦弥が鼻先を指で掻《か》いて、呆《あき》れた調子で言う。

「まだ歩けねえから心配ねえよ。しっかりと抱いておきな。それにしても人出があるということは……」

「奥方様がいるのだぞ」

寅次郎は、彦弥が何を考えているのかいち早く察して窘《たしな》める。これだけの人出なら、美人も多くいると言いたいのだろう。

「別に変なことは考えてねえよ」

彦弥は慌てて手を振る。

「良い加減、落ち着いたらどうです?」

新之助はしらっとした目で見た。

「お前に言われたかねえよ」

「そういえば……あの日お前、見合いの途中じゃなかったのか?」

今の今まですっかり忘れていたが、小川町の火事の日、新之助は見合いの真っ最中だったはず。それなのにすぐに現場に駆け付けたことになる。

「そうなんですけどね……。火事なので行きますと、席を立っちゃいました」

新之助は苦々しく笑った。

「そりゃ破談だな」

「でしょうね」

「気に入らなかったのか？」

「いいえ。いい娘さんでしたよ」

「そりゃ残念だ」

「仕方ありませんよ。私は火消 侍《ざむらい》ですから」

　そう言って新之助は格好を付けるように凛々《りり》しい微笑みを作った。しかし平志郎がその頬を摘んで引っ張っているから様にならず、源吾が噴き出すのを合図に皆で笑い合った。

　両国に辿り着いた時、ようやく辺《あた》りは薄暗くなり始め、予想通り多くの人で賑わいを見せていた。火を入れた提灯《ちょうちん》を軒先に下げた小料理屋は、手軽に食べられる団子や寿司などを用意し、行き交う人々の歓心を買おうと、思い思いの呼び込みをしている。

　土手に空いている場所をみつけ、斜面にもたれ掛かるようにして皆で座った。

「もうすぐですよ」

　新之助は弾《はず》んだ声で平志郎に話しかけていた。

　いよいよ花火の打ち上げが始まった。蛍《ほたる》のような火が勢いよく飛んでいくと、宙で弾けて空に大輪《たいりん》の花が浮かぶ。

「かーぎやー」

どこかの職人が口に手を添え、我先にと声を上げた。川開きの花火は、その殆《ほとん》どが鍵屋の作ったものである。夫婦になる前、深雪と見たあの花火もまた鍵屋の花火であった。

次々に花火が上がる。その中に、あの日と同じ、薄く緑がかった花火もあり、見物客は一層声を大にして鍵屋の名を呼んだ。確かに美しい。だがどうした訳か、あの日見た秀助の花火のほうが胸に迫るものがあった。

「秀助さんの勝ち」

花火の音に紛《まぎ》れ、源吾にだけ聞こえるほどの小声が聞こえ、はっとして横を見た。深雪がこちらを見て穏やかに微笑んでいる。同じことを深雪も考えていたようだ。

「ああ……あいつの勝ちだ」

「はい」

「親子水入らずのほうがよかったのではないか？」

改めて、今度ははきと訊いた。

「あの時はたった二人だったけど、今は……」

深雪は首を捻って皆を見渡す。天に浮かんでは消える花々に見惚《ほ》れる皆の顔は、花火の光に照らされてより楽しげに見えた。

「そうだな」

源吾も自然と口元が綻《ほころ》んだ。

「平志郎」

源吾が呼ぶと、新之助はそれだけで分かったようで、にこりと微笑んで平志郎を抱いて渡す。

「どうだ。綺麗だろう？」

膝の上にのせた平志郎の顔を覗き込む。空を指差して声を上げる平志郎の澄んだ瞳の中に、淡く煌《きら》めく一輪の花が映っている。

源吾も顎を上げて天を仰《あお》いだ。夜空に一つ強く瞬《またた》く星を見つける。火で象《かたど》られた花畑越しにこちらを見て、微笑んでいる。そんな気がして、源吾はそっと平志郎の頭を撫《な》でて頷いた。

終章

藍助の手を借りて、思ったような花火を作ることが出来た。また、火消《ひけし》の何たるかを己は知らないが、役に立ちそうな知り得る知識の全てを伝え終えた。もうここにいる意味は無い。

「明日、俺はここを発《た》つ」

そう告げると、藍助は目に涙を溜め、何度も首を横に振った。ここに来るまで死ぬことに何の怯《おび》えも無かった。だがもう少し生きたい、そう思うようになっている。それでも、そのような甘えは許されるはずもない。己が殺《あや》めた人々も同じ想いでいたはずなのだ。生きたいと願いながら一生を終える。これも神仏が教えたかったことなのかもしれない。

その夜、眠る藍助は、己の薄汚れた着物の端を握っていた。頭を撫でてやることも、抱き寄せてやることも今の己には叶わない。寝息を立てる藍助の顔を、朝日が差し込むまでずっと眺めていた。

翌朝、己に代わって荷を纏《まと》めてくれている藍助に向けて言った。

「藍助、話がある」

「うん……」

藍助の顔色は冴えない。

「内藤新宿《ないとうしんじゅく》に五兵衛《ごへえ》という手花火職人の老夫婦がいる。そこを頼れ」

元は鍵屋の職人で、秀助が若い頃に花火のいろはを教えてくれた。一年足らずで秀助がその全てを学んだ頃、早世《そうせい》した息子の菩提《ぼだい》を弔《とむら》いつつ、内藤新宿で子どもも相手の手花火商いをしたいと鍵屋を辞めた男である。五兵衛は人の好《よ》い男で、

――困ったことがあればいつでも来い。もっとも花火のことはもうお前に敵《かな》わんがな。

と、言ってくれていたのを覚えている。数日前から藍助をそこに預けようと思《し》案《あん》していた。藍助には有り金の全てを持たせた。五、六年は暮らしに困ることのない額である。その点では五兵衛に迷惑を掛けることはないだろう。

「じゃあ、行く」

荷を背負わせて貰《もら》い、秀助は小さく言った。最後の最後まで伝えるか迷ってい

した。

初めは別れの日に告げるつもりであった。だが昨夜、藍助の寝顔を見て考え直したことがある。己が藍助の父母を殺したということである。


――何のために伝えるのだ。

罵《ののし》られることはもう恐らくない。だがこの一月《ひとつき》あまり、父母の仇《かたき》と共に過ごしていた。それを知った藍助は何と思うだろうか。己は自らの罪悪感を軽くしたいがためだけに、語らずともよい真実を告げようとしていたのかもしれない。全てを背負って旅立つ。秀助はそう覚悟を決めた。

「五兵衛さんのところにいるから……向こうに着いたら報《しら》せてね」

藍助には上方《かみがた》の縁者の元へ行き、若い花火師に江戸の花火を教えて暮らすと言ってある。

「残念だが、文《ふみ》は書けない」

「そうだよね……」

手を失っているから。藍助はそう取ったようだ。

「俺はどこにいても……お前が立派な火消になるのを祈っている」

秀助が笑みを見せると、藍助は涙を流しながら頷いた。

「藍助……ありがとう」

秀助は力を込めて言った。そうでなくては声が震えてしまうと分かっていたから。

身を翻《ひるがえ》すと河原を歩み始める。涙が零《こぼ》れてしまわないように、顎《あご》を上げて口を結ぶ。

己の旅路は間もなく終わる。思えば不思議な旅であった。己を人に戻してくれた「三人の火消」の顔を順に思い浮かべ、秀助は河原の石を踏み締めた。

橋が視界から消えると、眩《まばゆ》いほどの蒼天が広がっていた。絵師が紙に筆を走らせるように、己は火でもってこの空に思うままに描いていた。ただそれが絵と違うのは、己の描いたものは形として残らないという点である。だが儚《はかな》く消えるからこそ、心に留まるものもある。それは花火も人も同じではないか。

――こんな晴れた日だった。

ふと何気ない一日を思い出した。

あれはお糸が赤い花火を見たいと言い出して一月ほど経った頃。己は難しいと解りつつそれを作ろうとし、一応形にすると、試し上げをしたい旨《むね》を申し出てその許可を得た。

このような蒼天の日、隅田川の流れを茫《ぼう》と見ながら陽が沈むのをただ待った。そして夜の帳《とばり》が落ちた頃、花火を打ち上げたのである。

赤は弱く、まだ完成には程遠い。真っ赤ともなればこれは三度人生を費やしても足りないと悟った。後世に託すべき代物である。その礎《いしずえ》として、一歩でも先へ進める。そして己が出来る最高の「赤」をお糸には贈りたい。改めてそう願った日であった。

「お糸」

秀助は空に向かって呼びかけた。飾る言葉など何も浮かんでは来ない。ただ逢いたい。もう一度その手を握りたい。潰れるほど抱きしめたい。あの日から心はずっとそう叫んでいる。

「おっ父《とう》が出来る、最高の赤を上げる」

返事は無い。雲が一つ風に流されて解《ほぐ》れていく。踏み締めた小石が擦れて小さく音を立てる。そんな些細《ささい》なことさえも答えに思え、秀助は微かに頰を緩めると、僅かに残る旅の終わりに向けて大きく足を踏み出した。

解説――夢を追う男が描く、諦《あきら》めず抗《あらが》う者たちの物語

書評家　東《あづま》えりか

二〇一八年十月一日、今村翔吾《いまむらしょうご》はやや緊張した面持《おもも》ちで都内ホテルの大きなバンケットホールに登壇した。この日は第十回角川春樹《かどかわはるき》小説賞の授賞式である。受賞作『童の神《わらべのかみ》』（応募時のタイトルは『童神《どうしん》』）は選考委員である角川春樹、北方謙三《きたかたけんぞう》、今野敏《こんのびん》、三人が満場一致で大激賞した作品である。今村翔吾はまだ三十四歳という若さだが、言葉を選びつつ今回の受賞に感謝し喜びを語っていた。

平安時代、「童」と呼ばれる奴隷《どれい》的な扱いを受け虐《しいた》げられてきた者たちは朝廷に戦いを挑んだ。その大将となった桜暁丸《おうぎまる》と仲間たちの物語は、御伽草子《おとぎぞうし》の世界を現実とリンクさせた大活劇となった。

稗史《はいし》と呼ばれる敗者たちの怒りと悲しみは、今現在の日本社会ともリンクし、読む者の心を震わせる。『童の神』は発売と同時に大評判となり、ベストセラーの道を驀進《ばくしん》し始めた。

「羽州《うしゅう》ぼろ鳶組《とびぐみ》」シリーズのファンであれば、今村翔吾の実力はすでにご存じのことで、この受賞を不思議に思う人はいないだろう。江戸の町を疾駆《しっく》する火消《ひけし》た

ちの戦う姿は、平安時代の童とも鬼とも言われる者たちと二重写しになる。火事場における火消たちの男の戦いも、男たちの陰に隠れることなく自らの持ち場で毅然《きぜん》と戦う女たちも、『童の神』に登場する人物と重なる。

さて「羽州ぼろ鳶組」も七巻目となった。初めて読む、という人は少ないと思われるが、いまや人気はうなぎのぼりである。そもそも舞台設定がいい。

世は後に田沼《たぬま》時代とも呼ばれる江戸中期の宝暦《ほうれき》・天明《てんめい》期。かつて「火喰鳥《ひくいどり》」と呼ばれ番付《ばんづけ》上位の常連だった定火消《じょうびけし》松平《まつだいら》家、松永源吾《まつながげんご》が、火事場の失態から主家を辞し、その後、出羽新庄藩《でわしんじょう》戸沢《とざわ》家の火消頭取《とうどり》となり、仲間を募《つの》り江戸の町を守っていく。

山本純美《やまもとすみよし》『江戸の火事と火消』（河出書房新社）によると、江戸は大名たちが集まって住んでいた屋敷地であり、大名屋敷は一種の治外法権《ちがいほうけん》の地で、犯人が中に逃れると江戸町奉行は手が出せない。したがって大名屋敷については、すべて大名側の責任を負っており、火災からの防災という点でも、自衛体制を要した。方角《ほうがく》火消である新庄藩は直接に江戸城の消火を担当する防災隊であった。方角火消の動員力は石高《こくだか》によらず均等制で、かつ任期は五年、十年と長く務めた。江戸城近辺の出火報知に際しては第一番組三十人を出動させ、必要に応じて第二番組三十人を出す。非常時の第三番組は藩主が五十人を率《ひき》いて出動しなければならない。これだけの人員を動員するためにどれだけの費用がかかっただろう。

本書に頻繁《ひんぱん》に登場する新庄藩の財政問題は、こんなところにも起因《きいん》していたのだ。

それにしても江戸は火事の多い場所であった。特に火付け、つまり放火が多かったと言われている。ぼろ鳶組の物語を読んで、いくらなんでもこんなに放火が多いものなのか、と疑問に思っていたのだが、『江戸の火事と火消』の中にこんな記述があった。

―放火は、江戸の町を襲う大小の火事の原因として、おそらく大きな割合を占めていたであろうと思われる。それは、大都市におし込められた苦しい街の生活のなかで、憂《う》さ晴らし過去の清算といった面を持っており、現代の火災原因で放火が大きな原因となっているのと同じような意味があった。―

そんななか、庶民の落書に薬と見立てた火事の効能書きが紹介されている。

一　第一諸人の難儀によし
二　くひ物売買によし

三　古かねかひ（古鉄買）によし
四　材木屋によし
五　野宿するによし
六　囚人によし（一時解放される）
七　諸品一トしきり値段を上るによし
八　諸職人によし
九　明店持たる家主によし
十　借銭多き人によし

現代でも借金に首が回らず思わず……、という例は多いだろう。

江戸中期、地方の弱小藩の財政は逼迫《ひっぱく》していた。火消は揃《そろ》えなければならないがお金はない。そんななかで、経済観念に優《すぐ》れ算盤勘定《そろばんかんじょう》が得意な源吾の妻、深雪《みゆき》が活躍する。この深雪の魅力的なこと。多くの男性にとって理想の妻なのではないだろうか。

資金不足で火事装束《しょうぞく》も揃えられず、あだ名は「ぼろ鳶」と揶揄《やゆ》される事情もよくわかる。そんな制約された不自由な中で集めた仲間たちが一癖《ひとくせ》も二《ふた》癖もある奴らばかりであっても、源吾は諦《あきら》めない。いち早く現場にたどり着き人の命を救う。このシンプルな一途《いちず》さに読者は共感するのだ。

『火喰鳥　羽州ぼろ鳶組』でのデビューから一年八ヶ月、多くのファンを魅了《みりよう》しているこのシリーズはいよいよ佳境《かきよう》を迎える。

本書『狐花火《きつねはなび》』は、今まで上梓《じようし》された『火喰鳥《ひくいどり》』『夜哭鳥《よなきがらす》』『九紋龍《くもんりゆう》』『鬼煙管《おにきせる》』『菩薩花《ぼさつばな》』そして『夢胡蝶《ゆめこちよう》』をいったん総括《そうかつ》し、新たな物語への足掛かりとなる作品となった。

『火喰鳥』で登場した〝狐火《きつねび》〟という火付人を思わせる放火がまた江戸の町を襲う。捕縛され小塚原《こづかつぱら》で火刑にされたはずの〝狐火〟は生きているのか。この謎《なぞ》を解くために、ぼろ鳶組の仲間だけでなく、かつての敵や幕府の隠密たちの力を借りて江戸の深部を探索する。

当然、火事場の迫力は満点だが、今までの作品に登場してきたキャラクターがそれぞれの歴史を負い、物語を紡《つむ》ぎ、彼らの心の機微《きび》が絡《から》まりあっていくことで小説のスケールがもう一回り大きくなった。

作品を読み進めるうちに、まさか、という人物に心を奪われ、思わず「カッコいい！」と呟《つぶや》きファンになってしまうとは思わなかった。いやはや、今村翔吾はどこまでうまくなるのだろう。

実は角川春樹小説賞受賞を記念して、角川春樹事務所の文芸誌「ランティエ」（二〇一八年十一月号）で対談をさせてもらった。多くは『童の神』についてであり、それは雑誌に譲《ゆず》るが、デビュー以前の話や「ぼろ鳶組」を書くことになった経緯《けいい》、そして今後の野望を語ってもらった。いくつか紹介したい。

小説家を目指したきっかけを尋ねると、以前は父親の経営するダンススクールでインストラクターをしていたが、ある日生徒に「夢を諦めるなっていうけど、翔吾くんも小説家になりたいという夢を実現してへんやん」と指摘され衝撃を受けたという。

そこから父親に退職の意思を告げ、退路を断ち、五年の猶予《ゆうよ》をもらって小説修業をはじめた。完全な独学であったため、最初は原稿用紙の使い方など基本ができておらず、「九州さが大衆文学賞」を受賞した『狐の城』は、「改行も章立ても段落もないこんな作品を応募してきたのはどんな人間なんだ」と注目されていたとか。

しかしその小説にはほかの人にはない勢いと物語の情熱があったと、九州さが大衆文学賞でも選考委員の北方謙三は教えてくれた。

同じような思いを持った祥伝社の編集者が「時代小説の文庫書下ろしをやってみないか」と声をかけたことで、この「ぼろ鳶組」が誕生したのだ。

ただ、その段階ではほかのいくつかの新人文学賞に応募していた状態で、いくつかは二次、三次選考に残っているものもあったという。『童の神』は最後の応募作だった。

志してわずか二年半で今村翔吾は小説家の道を勝ち取った。祥伝社としても大きな博打《ばくち》を打ち、勝ったということになる。小説家という不安定な職業に心配していた父親も、ここにきてようやく安心したようだ、と語る。

文芸の世界は広いようで狭い。文芸評論家をはじめ私のような書評家や、編集者などの雑談の中で、デビュー前の作家の話をよく聞く。今村翔吾の噂もずいぶん早いうちに耳にしていた。『火喰鳥』が出たばかりのとき、文学賞のパーティで「今村翔吾って新人、面白いよ」と耳打ちしてくれた評論家がいたのも事実だ。やがて評判が評判を呼び、ぼろ鳶組既刊六巻の解説者はそうそうたる評論家たちである。六巻目を担当した文芸評論家の縄田一男《なわたかずお》のように「俺にも書かせろ」と志願した者まで現れる始末である。

おまけに、ここ一、二年にデビューした男性の時代小説作家たちの評判がとてもいい。『火喰鳥』の解説で文芸評論家の細谷正充《ほそやまさみつ》が挙げている新人のほかに、二〇一八年には小説現代長編新人賞を受賞した吉森大祐《よしもりだいすけ》、松本清張賞の川越宗一《かわごえそういち》、日経小説大賞の赤神諒《あかがみりよう》など将来を嘱望《しよくぼう》される新人作家が目白押しである。

ここに今村翔吾が加わることで、お互いを意識し切磋琢磨《せつさたくま》してくれるだろう。楽しみである。

そのうえ、今村翔吾は多作に堪《た》えられる作家だと思う。事実「ぼろ鳶組」シリーズに加え「くらまし屋」シリーズ（角川春樹事務所）に続き、『ひゃっか！全国高校生花いけバトル』（文響社）という生け花に打ち込む高校生の青春ドラマという意欲作も上梓された。「小説新潮」では賤ケ岳七本槍《しずがたけしちほんやり》を描いた『八本目の槍《やり》』も連載開始。執筆《しつぴつ》依頼は引きも切らずの状態のようだ。

今村翔吾にはまだまだ隠された引き出しがありそうだ。これからの活躍を楽しみに次回作を待つことにしよう。

一〇〇字書評

切・り・取・り・線

購買動機（新聞、雑誌名を記入するか、あるいは○をつけてください）

□（　　　　　　　　　　）の広告を見て	
□（　　　　　　　　　　）の書評を見て	
□ 知人のすすめで	□ タイトルに惹かれて
□ カバーが良かったから	□ 内容が面白そうだから
□ 好きな作家だから	□ 好きな分野の本だから

・最近、最も感銘を受けた作品名をお書き下さい

・あなたのお好きな作家名をお書き下さい

・その他、ご要望がありましたらお書き下さい

住所	〒				
氏名		職業		年齢	
Eメール	※携帯には配信できません	新刊情報等のメール配信を 希望する・しない			

この本の感想を、編集部までお寄せいただけたらありがたく存じます。今後の企画の参考にさせていただきます。Eメールでも結構です。

いただいた「一〇〇字書評」は、新聞・雑誌等に紹介させていただくことがあります。その場合はお礼として特製図書カードを差し上げます。

前ページの原稿用紙に書評をお書きの上、切り取り、左記までお送り下さい。宛先の住所は不要です。

なお、ご記入いただいたお名前、ご住所等は、書評紹介の事前了解、謝礼のお届けのためだけに利用し、そのほかの目的のために利用することはありません。

〒一〇一－八七〇一
祥伝社文庫編集長　坂口芳和
電話　〇三（三二六五）二〇八〇

祥伝社ホームページの「ブックレビュー」からも、書き込めます。
http://www.shodensha.co.jp/bookreview/

祥伝社文庫

狐花火《きつねはなび》　羽州《うしゅう》ぼろ鳶組《とびぐみ》

平成30年11月20日　初版第1刷発行

著　者　今村翔吾《いまむらしょうご》
発行者　辻　浩明
発行所　祥伝社《しょうでんしゃ》
東京都千代田区神田神保町3-3
〒101-8701
電話　03（3265）2081（販売部）
電話　03（3265）2080（編集部）
電話　03（3265）3622（業務部）
http://www.shodensha.co.jp/

印刷所　堀内印刷
製本所　積信堂
カバーフォーマットデザイン　中原達治

 ISBN978-4-396-34475-7 C0193

祥伝社文庫　今月の新刊

柴田哲孝
Mの暗号
奇妙な暗号から浮かんだ三〇兆円の金塊〈M資金〉の存在。戦後史の謎に挑む冒険ミステリー。

江波戸哲夫
集団左遷《させん》
「無能」の烙印を押された背水の陣の男たちが、生き残りを懸けて大逆転の勝負に打って出た！

門井慶喜
家康、江戸を建てる
ピンチをチャンスに変えた究極の天下人の、日本史上最大のプロジェクトが始まった！

今村翔吾
狐花火《きつねはなび》　羽州ぼろ鳶《とび》組
悪夢、再び！　明和の大火の下手人、秀助。火刑となったはずの男の火術が江戸を襲う！

簑輪　諒
殿さま狸《だぬき》
豊臣軍を、徳川軍を化かせ！　〝阿波の狸〟と称された蜂須賀家政が放った天下一の奇策とは⁉